DARK SMITH

FÜR ALLE, DIE DIE WELT DER FABELWESEN UND
DIE FANTASIE VON KATHY CROW LIEBEN UND
KENNENLERNEN WOLLEN.

Thriller von Kathy Crow

KATHY CROW

DARK SMITH

DER WOLF IN JEANS

Thriller

Bibliografische Information der Deutschen Nationalbibliothek: Die Deutsche Nationalbibliothek verzeichnet diese Publikation in der Deutschen Nationalbibliografie; detaillierte bibliografische Daten sind im Internet über dnb.dnb.de abrufbar.

Satz, Umschlaggestaltung und Verlag:
BoD – Books on Demand GmbH, In de Tarpen 42, 22848 Norderstedt

Druck: Libri Plureos GmbH, Friedensallee 273, 22763 Hamburg

ISBN: 978-3-7597-0027-8

INHALT

Das Ende der Geschichte

TEIL 1:
DER WOLF IN JEANS

Dark Smith

Wir schreiben das Jahr 1875. Ich bestreite meinen Lebensunterhalt, indem ich Zeitungsberichte, Geschichten oder Erzählungen für unterschiedliche Zeitungsverlage schreibe, und verdiene nicht schlecht dabei. Mir geht es recht gut, und ich fühle mich in meiner Wohnung, die mitten in einer kleinen Stadt irgendwo in England ist, deren Namen ich hier aus bestimmten Gründen nicht nennen möchte, ziemlich wohl. Und damit das auch so bleibt, denn die Mieten sind nicht gerade günstig, lasse ich mir viele Geschichten einfallen und schreibe all das auf, was meiner Fantasie entspringt, bis mir der Kopf raucht. Meine Leser fühlen sich von mir gut unterhalten, und ich genieße eine für mich angenehme Aufmerksamkeit und werde aus diesen Gründen auch hin und wieder bei der besseren Gesellschaft eingeladen.

Doch sind inzwischen nicht alle Geschichten, die ich schreibe, erfunden, denn mein Leben veränderte sich plötzlich vollkommen, und ich fing an, über Geschehnisse zu berichten, die sich wirklich ereignet hatten, mitten im Leben meiner Mitmenschen. Doch lest es selbst, ich konnte es auch nicht glauben, hätte ich es nicht am eigenen Leib oder von Betroffenen erfahren, die mich aufsuchten und darum baten, es zu veröffentlichen, damit die Menschheit davon in Kenntnis gesetzt ist, dass nicht nur Gutes unter uns ist, sondern auch schwarze Mächte ihr Unwesen treiben und das Böse auch ein Gesicht hat.

DIE SELTSAMEN GASTGEBER

Mein Name ist Dark Smith, ich bin 29 Jahre alt, habe kurzes dunkelbraunes Haar und bin Brillenträger. Normalerweise bin ich kein Freund von großen Unterhaltungen und behalte privat Erlebtes lieber für mich, doch was ich in der Weihnachtsnacht im Jahr 1875 bei meinen besten Freunden auf ihrem Landsitz am Rande des kleinen Dorfes Robin Hoods Bay erlebt habe, davon muss ich einfach berichten.

Wie jedes Jahr haben Matt und Jennifer Williams, die zu meinem engen Freundeskreis gehören, ihre Einladungen für die bevorstehende Weihnachtsfeier und den Jahreswechsel auf ihrem Landsitz, dessen genaue Adresse ich hier auch nicht nennen möchte, verschickt. So erreichte mich am 22. Dezember 1875 ein Brief, der mir von Mrs. Moore, meiner Hausdame, einer ziemlich neugierigen, aber äußerst liebenswerten Person, überreicht wurde.

Mrs. Moore ist eine herzensgute Frau und eine ausgezeichnete Köchin. Ich möchte mir nicht einmal im Traum vorstellen, sie nicht mehr bei mir zu haben. Erledigt sie doch mit größter Sorgfältigkeit meinen Haushalt und was sonst so alles anfällt. Die Gute kümmert sich um mich wie eine Mutter, die ich leider nie hatte. Zugegeben, ich genieße die Fürsorge von Mrs. Moore, denn ich bin in einem Waisenhaus groß geworden, in dem nicht gerade zimperlich mit mir umgegangen wurde.

Wie jeden Morgen, gleich nach dem Aufstehen, schaute ich aus dem Fenster meiner Wohnung, die sich in der ersten Etage eines großen Wohnhauses befand und noch nicht mein Eigentum war. Ich hatte mir vorgenommen, das Haus irgendwann zu erwerben, um es mein Eigen nennen zu können. Aber dafür muss ich noch jede Menge schreiben.

Die unteren Räume bewohnt Mrs. Moore zusammen mit ihrer kleinen, lieben Familie, die aus einem netten, taubstummen Ehemann, der nur laute Geräusche von sich geben konnte, und einer fast schon erwachsenen Tochter, die sehr schön anzusehen war, bestand.

Grau und wolkenverhangen begann ein neuer Dezembertag, und es schien so, dass es jeden Moment zu schneien anfangen würde. Zusätzlich peitschte ein kalter Wind durch die noch menschenleeren engen Häusergassen. Dennoch hatte ich schon eine ganze Weile in meinem gut geheizten Arbeitszimmer bei Kerzenlicht an meinem Schreibtisch gesessen und versucht, mir eine neue Geschichte auszudenken, die ich für den Zeitungsverlag »**London Time** « schreiben sollte.

Wöchentlich wollte der Verlag von mir eine Kurzgeschichte, die die Bewohner in der kleinen Stadt über außergewöhnliche Neuigkeiten, die ich erfand, bei Laune halten sollte, damit sich die Zeitung gut verkaufte. Dies fiel mir heute Morgen sehr schwer, denn ich war äußerst unkonzentriert und müde. Ich brauchte jedoch das Geld, und so kam ich nicht drumherum, mir etwas Spannendes einfallen zu lassen, um die Leser zu begeistern. Schlaftrunken saß ich an meinem Schreibtisch und raufte mir mein noch völlig struppiges Haar. Die letzte Nacht war für mich ziemlich schnell zu Ende gegangen, weil sich Betrunkene laut singend unter meinem Schlafzimmerfenster aufgehalten und sich nicht davon abbringen lassen hatten, ihren grauenvollen Gesang woanders vorzutragen.

Als ich gerade vor Müdigkeit meine Augen nicht länger offen halten konnte und, mit der Hand am Kinn, einzuschlafen begann, klopfte es sacht an meiner Zimmertür, und Mrs. Moore betrat pünktlich wie immer um 7:30 Uhr, mit einem Tablett in ihrer Hand, auf dem eine Tasse mit dampfendem Kaffee stand, mit den Worten den Raum: »Mr. Smith, der ist gerade für Sie angekommen. Ich lege ihn auf den Tisch.«

Sie zog einen roten Briefumschlag aus ihrer Schürzentasche, legte ihn ab und schlenderte zur Tür hinaus. Mein trüber Blick richtete sich auf den roten Umschlag und ich rief meiner Haushälterin nach: »Danke, Mrs. Moore.« Ich begann mit einem müden Lächeln, den roten weihnachtlichen Briefumschlag, der stark nach Zimt roch, vor mich hin murmelnd zu lesen. Als ich sah, dass es sich um eine Einladung für das bevorstehende Weihnachtsfest und den Jahreswechsel handelte, war ich sogleich hellwach und in voller Vorfreude, das Fest in gemütlicher Runde meiner Freunde Matt und Jennifer zu verbringen.

Ich lief ins Schlafzimmer, zog einen braunen Lederkoffer unter meinem Bett hervor und fing an, ihn mit meinen besten Kleidungsstücken zu packen. Zwischendurch lief ich zur Zimmertür, öffnete sie einen Spalt und rief fröhlich durchs Haus: »Mrs. Moore, bitte bestellen Sie mir für morgen früh eine Kutsche.« Die Gute erledigte sofort alles zu meiner Zufriedenheit. Dann verschlang ich unten in der Küche mein Frühstück, wobei mich Mr. Moore lächelnd beobachtete und mir sanft meine Hand tätschelte.

Später machte ich mich fröhlich gestimmt auf ins vorweihnachtliche bunte Geschäftstreiben, denn ich wollte nicht mit leeren Händen bei meinen Freunden unter dem Tannenbaum stehen. Auch für Mrs. Moore besorgte ich eine schöne Weihnachtsüberraschung. Es war der bunte Schal, den sie im Schaufenster von Mr. Midges Damenbekleidung gesehen hatte.

Nachdem ich von meinen Weihnachtseinkäufen zurück war, begab ich mich sofort in mein Arbeitszimmer und begann, die ersten Zeilen auf das raue Papier zu schreiben. Ich dachte mir, etwas über einen Weihnachtsgeist zu schreiben, der die Leser für eine Weile ihren Alltag vergessen lässt, hatte aber nach den ersten Zeilen keine Ideen mehr, legte meine Arbeit nieder und genoss stattdessen einen Gin, der sanft meine Kehle hinunterfloss. Gleich nach dem Abendbrot rauchte ich auf dem Balkon eine Zigarette, starrte in eine sternenklare Dezembernacht und auf den bevorstehenden Vollmond.

Ich legte mich früh schlafen, denn für mich sollte die Nacht noch weit vor dem Morgengrauen enden, denn ich hatte eine längere Reise in der Kutsche vor mir.

Nach dreistündigem Schlaf stand ich auf, war sehr vergnügt und immer noch voller Vorfreude. Als ich in die Küche kam, meinen Kaffee mit viel Milch schlürfte und als Frühstück nur ein hart gekochtes Ei zu mir nahm, überreichte ich meiner guten Mrs. Moore ihr Geschenk, das ich am Vorabend in einer Geschenkkiste verpackt hatte.

Für Mr. Moore und Clan hatte ich die besten Pralinen in der Stadt gekauft und sie in eine Geschenkkiste mit einem Weihnachtsgruß gelegt. Freudentränen rollten über Mrs. Moores rundliche apfelrote Wangen, und sie drückte mich fest an sich. Dann legte sie ebenfalls einen sehr langen, bunten, selbst gestrickten Wollschal um meinen Hals und wuschelte mir durch mein dichtes dunkelbraunes kurzes Haar mit den Worten:»Kommen Sie mir gesund wieder, und ein schönes Weihnachtsfest wünsche ich Ihnen, Mr. Smith.«

Mit meinem riesigen Koffer, den ich mit beiden Händen trug, weil er doch ziemlich schwer war, begab ich mich zur Kutsche, die schon seit ein paar Minuten auf dem zugeschneiten Kopfsteinpflaster stand und nur darauf wartete, mich zum Landsitz der Williams zu kutschieren.

Als wir den Stadtrand erreicht hatten, wurde die Kutschfahrt durch das schlechte Wetter immer beschwerlicher. Nur mühselig bewegten sich die Räder mit lautem Knirschen durch den Schnee. Der Morgen brach an, und der Himmel war von dunklen Wolken verdeckt. Unsanft fuhren wir über vereiste Stellen, bis wir an einem etwas angenehmeren Waldweg anlangten, der nicht so dicht von Schnee bedeckt war. Eine unheimliche Stimmung von stürmischem Gesang des Windes begleitete mich und ließ meiner Fantasie freien Lauf.

Auf dem Weg zum Landsitz kam mir plötzlich alles so seltsam vor, es war so anders als die letzten Fahrten. Die Umgebung erschien mir unheimlich, und mich überkamen Ängste, von denen ich nicht gewusst hatte, dass es sie überhaupt gab. In meinen Gedanken beruhigte ich mich selbst und sagte zu mir: »Dark, du schaust jetzt nicht mehr aus dem Fenster, deine Fantasie geht sonst noch mit dir durch.« Mit diesen Gedanken lehnte ich mich in meinem Sitz zurück, schob meine Brille mit dem Zeigefinger auf die Nase und schloss meine müden Augen.

Nachdem ich in der Kutsche kräftig durchgeschüttelt worden war, kamen wir am frühen Abend am Haus der Williams' an, wo ich von Matt und Jennifer bereits erwartet und aufs Herzlichste begrüßt wurde. Ein äußerst elegantes Haus, das diesmal von einer schwarzen Stimmung überdeckt war, was etwas sehr Gruseliges an sich hatte.

Laut kreischend, eng aneinander gekauert, saß eine Schar von Krähen in dem blattlosen Baum, der gleich neben dem prachtvollen Haus stand. Ihr Krächzen klangen wie Zurufe für mich, fast so, als wollten sie mir etwas Wichtiges sagen. Bei genauem Hinhören klang es sogar wie eine Warnung, die mich zur Umkehr aufforderte.

Matt und Jennifer lächelten mich verlegen an, doch kam es mir so aufgesetzt vor – vollkommen anders als sonst. Schnell galt meine Aufmerksamkeit dem betörenden Duft von Weihnachten. Aus allen Fensterritzen und der offen stehenden Eingangstür kamen himmlisch gut riechende Weihnachtsgerüche geschwebt. Ein Duft von frisch gebackenen Kuchen, Plätzchen und Weihnachtsbraten.

Als wir das Haus betraten und ich vom Personal freundlich begrüßt wurde, konnte ich in ihren Augen eine Angst lesen, die mit der Hoffnung verbunden war, dass ich sie wovon auch immer erlösen sollte. Doch mein Blick richtete sich auf den prachtvollen Weihnachtsbaum, der in der Empfangshalle stand, vom Personal geschmückt worden war und im vollen Lichterglanz erstrahlte.

Mit gestellter Fröhlichkeit lächelten sich alle verlegen an. »Dark, komm schnell ins Warme, du musst ja ganz durchgefroren sein«, sagte Jennifer zu mir und hielt sich an meinem Arm fest, während sie mit einem Spitzentaschentuch ihre rote Nase putzte und mich bis zu den Treppenstufen begleitete. Es kam mir vor, als würde sie sich an mir abstützen, denn es war nicht zu übersehen, wie dürr und blass sie geworden war, was großes Mitleid und gleichzeitige Nachdenklichkeit in mir auslöste. In ihrem fast weißen Gesicht konnte ich Kummer und Sorgen erkennen, die nichts Gutes bedeuteten.

Nachdem wir die Eingangshalle des riesigen Hauses betreten hatten, strahlte ich dennoch über das ganze Gesicht und vergaß für einen Moment alles um mich herum. Zu schön war der Anblick der geschmückten Tanne, die im Hintergrund von zarter Weihnachtsmusik untermalt wurde. Im ganzen Haus duftete es nach Weihnachtsbraten, und ich konnte das Abendessen kaum erwarten.

Mit warmem Kerzenlicht und Tannengrün war das Treppenhaus weihnachtlich geschmückt. Das Haus war, wie im Märchen, wunderschön anzusehen, und überall an den Wänden hing Tannengrün, das mit Zimtstangen, Nüssen und roten Äpfeln geschmückt war. Dieser Anblick ließ mich für einen Moment aufatmen, und die traurigen Gedanken verblassten für eine kurze Zeit.

RÄTSELHAFTE GERÜCHE

Nachdem ich von Henry, dem Butler, in die erste Etage auf mein Zimmer gebracht worden war, kramte ich aus dem Koffer meinen Waschbeutel heraus, lief ins Badezimmer und machte mich etwas frisch für das bevorstehende Abendessen. Doch ließ mich auch hier in meinem Zimmer etwas nicht zur Ruhe kommen.

Ich hatte einen strengen Geruch in der Nase, den ich nicht so schnell wieder loswerden sollte. Er war stark und streng und erinnerte mich an unseren längst verstorbenen Familienhund Jo, der sich gern im Regen draußen herumtrieb, sodass sein Fell stark gerochen hatte.

Naserümpfend und in frischer Kleidung, die ich mit jeder Menge Duftwasser besprenkelt hatte, machte ich mich gut gelaunt auf den Weg zum Speisesaal. Noch immer roch das Haus nach herrlichem Braten, und ich lief hastig die Treppenstufen hinunter. Im Speisesaal angekommen, saßen Matt und Jennifer an einem großen langen Tisch, auf dem Kerzenlicht im goldenen Glanz erstrahlte. Matt saß im Schatten der Dunkelheit.

Im Kamin knisterte und knackte ein Feuer, dessen Flammen bei näherem Betrachten wie Fabelwesen aus einem Märchen aussahen, die versuchten, mir eine schreckliche Geschichte zu erzählen. Der Fußboden war mit schwarz-weißen Karomusterfliesen ausgestattet, die auf Hochglanz poliert waren, sodass man sich darin spiegeln konnte.

Jennifer bat mich, am anderen Ende des Esstisches Platz zu nehmen; ich wunderte mich darüber, kam aber ihrem Wunsch nach, denn sie hatte bestimmt ihre Gründe dafür, dachte ich mir. Unsere Unterhaltung war laut, denn wir mussten uns die Worte zurufen, wobei Matt und Jennifer scheinbar nicht an großen Gesprächen interessiert waren. Auch wunderte ich mich, dass ich bisher der einzige Gast war.

Nachdem ich mir meinen Mund mit der Stoffserviette abgetupft und meine abendliche Zigarette angezündet hatte, pustete ich die ersten Rauchkringel stöhnend aus. »Sind denn Doktor Bird und die Sandersens, Jack, Jewel, und all die anderen Gäste, die jedes Jahr mit uns Weihnachten verbringen, noch nicht eingetroffen?«

Im selben Moment schaute ich auf die Standuhr, deren Zeiger sich langsam auf Mitternacht zubewegten, und der herannahende Vollmond strahlte durch das bunte Fensterglas. Matt wurde immer unruhiger. Er zappelte und rutschte auf seinem riesigen Stuhl hin und her, während er mit einer Hand seine Krawatte lockerte und um Luft rang.

Jennifer bat mich, auf mein Zimmer zu gehen und die Tür gut zu verschließen. Als ich sie nach dem Grund fragen wollte, schrie sie mich an und klang dabei, als ob sie weine. Pure Angst konnte ich ihrem Gesichtsausdruck entnehmen, und mit kreisrunden, weit aufgerissenen Augen bibberte ihr ganzer Körper. »Geh, geh endlich, und verlasse auf gar keinen Fall das Zimmer. Geh«, schrie sie, während sie Matt mit einem Taschentuch dicke Schweißperlen von der Stirn tupfte.

Ich verstand die Welt nicht mehr, tat aber das, worum sie mich gebeten hatte. Schnellen Schrittes begab ich mich auf mein Zimmer und verschloss die schwere Eichentür, die mit vielen Schlössern versehen war. Zum Schluss schob ich zwei Eichenbalken zum Schutz vor die Tür, bevor ich das Eisengitter von der Decke fest im Boden verankerte.

Ich sah mir die nun gut gesicherte Zimmertür genauer an, ich sagte zu mir selbst: »Hm, ja, das ist noch ziemlich neu, die Farbe ist sogar noch frisch.« Ich lief eilig rüber zum Bett und kroch unter die dicke Daunendecke, denn ich fror auf einmal sehr, das Feuer im Kamin war wie von Geisterhand plötzlich erloschen. Eine unheimliche Stille und eisige Kälte schlichen durch das Haus.

Als ich unter meiner Bettdecke lag und gerade in einen leichten Schlaf gefallen war, konnte ich aus der Ferne schreckliches Wolfsheulen hören. Vorsichtig schaute ich über den Rand meiner Bettdecke und sah, wie der Vollmond in seiner ganzen Pracht mit schwarzer Stimmung zu mir ins Zimmer hineinschien, als ich zeitgleich grausiges Knurren und schmatzende Geräusche, die nicht weit von meiner Zimmertür entfernt sein konnten, hörte. Ein strenger, starker Geruch, wie der von einem Wolf, drang unter dem Türspalt durch.

Dann hörte ich plötzlich etwas laut schnaufen – es schnüffelte eine riesige schwarze, feuchte Nase am Türspalt und nahm meinen Geruch auf. Immer heftiger und lauter wurde das brummige Knurren, und ich konnte regelrecht die Gier nach Menschenfleisch hören. Mit lauten, angsteinflößenden Geräuschen begann das mir unbekannte Wesen an der Tür zu kratzen. Es versuchte, sie mit seinem Körper zu durchbrechen.

Es musste ein gewaltig großes Tier mit riesigen Krallen sein, denn später sah ich, wie tief die Spuren ins Holz gekratzt waren. Aufgeregt schlug und stieß es immer und immer wieder mit seinem Körper vor die schwere Tür, wobei das Knurren und gierige Hecheln immer lauter und boshafter wurden. Auf einmal ertönte in der Ferne eine Art Sturmglocke, was das Wesen davonjagen ließ.

DER WOLF IN JEANS

Um ins Freie zu gelangen, sah ich von meinem Fenster aus, wie sich ein riesiger Wolf durch das bunte Fensterglas im Treppenhaus die Freiheit verschafft hatte, in voller Größe aufrecht stand und den Vollmond anheulte. Angstschweiß schoss aus meinen Poren, und ich sagte zu mir selbst: »Das geht nicht mit rechten Dingen zu, hier sind schwarze Mächte am Werk.«

Im Mondlicht konnte ich die grausame Gestalt besser erkennen und sah in seinem weit aufgerissenen Maul lange, spitze Reißzähne, sein grauenhaftes Aussehen ließ meinen Atem stocken. In tiefschwarzer Nacht peitschte ein schrecklicher Wind durch das Land, und durch den starken Schneefall konnte man fast seine Hand vor Augen nicht mehr erkennen. Ich hörte jedoch, dass sich eine Kutsche dem Haus der Williams näherte. Durch lautes Zurufen, begleitet von Peitschenknallen, versuchte der Kutscher, mühselig durch das Unwetter zu fahren.

Der riesige Wolf nahm trotz des Schneegestöbers den Geruch der herannahenden Kutsche auf, auf die er sogleich mit gierigen Geräuschen und grauenvollem Knurren zum Angriff ansetzte. Ich dachte mir: »Das müssen die anderen Gäste sein, ich muss ihnen zu Hilfe eilen, sonst sind sie verloren.« Auch waren meine Gedanken bei Matt und Jennifer. Was, wenn die riesige Kreatur die beiden zu fassen bekäme? Ich wollte mir nicht einmal im Traum vorstellen, wie die Bestie die beiden grauenhaft zerfleischen würde. Ich dachte nur darüber nach, in welcher Gefahr meine Freunde sich in diesem Moment befanden.

Ich nahm all meinen Mut zusammen und öffnete vorsichtig meine Zimmertür. Aus Angst, weiterzuatmen, hörte ich unbewusst damit auf. Nachdem sich der erste Schreck gelegt hatte, schaute ich mich auf dem langen Gang vorsichtig um. Eine unheimliche Atmosphäre tat sich vor meinen Augen auf. Eine eisige Kälte strömte durch das Haus, während ein Nebeldunst sich durch den Fußboden fraß und nach mir greifende Hände zum Vorschein brachte. An den Wänden konnte ich verzweifelte Seelen sehen, die mir mit ihrem grauenvollen Gesang fast den Verstand raubten.

Auf Zehenspitzen lief ich zur Treppe und hatte zu tun, dass mich die Hände der schwarzen Seelen nicht zu fassen bekamen. Ich hörte leises Weinen, von dem ich nicht wusste, woher es kam. Zuerst lief ich orientierungslos herum und versuchte, mich zu konzentrieren, und suchte mit meinem Blick nach der weinenden Person. Dann öffnete sich mit lautem Quietschen und Knarren hinter mir eine Tür, und eine liebliche Stimme rief mir leise zu: »Dark, oh bitte, Dark, du musst uns helfen.«

Als ich der Stimme folgte, kam ich gerade noch rechtzeitig, um die zusammenbrechende Jennifer aufzufangen. Leichenblass war sie, und ihrem Gesichtsausdruck konnte ich entnehmen, dass ihr und Matt etwas Grauenhaftes passiert sein musste. Ihre letzten Worte, bevor sie in Ohnmacht fiel, waren: »Nimm die Pistole mit den Silberkugeln aus meinem Nachttisch. Bitte, Dark, bitte, hilf uns.«

Vorsichtig nahm ich Jennifer auf meine Arme und trug sie in ihr Zimmer. Ich legte sie behutsam aufs Bett und nahm die Pistole mitsamt den selbst hergestellten Silberkugeln aus dem Nachttisch. Mit großer Angst im Nacken rannte ich in Windeseile in Richtung Eingangstür. Meine Gedanken waren nur noch bei Matt: Wo ist er nur, hat der Wolf ihn schon zerfleischt?

Dann aber wurden meine Gedanken unterbrochen. Ich hörte draußen an der Tür das verzweifelte Rufen mehrerer Personen: »Hilfe, Hilfe. Bitte öffnet uns die Tür. Hört uns denn niemand?

Bitte, bitte, Hilfe!« Zeitgleich konnte ich in der Ferne das grauenvolle Heulen der herannahenden Bestie hören. Der Sturm wurde immer heftiger. »Mein Herr, ich helfe Ihnen. Bitte folgen Sie mir, ich weiß, wo wir uns alle in Sicherheit bringen können«, rief eine mir vertraute Stimme.

Der Butler Henry war inzwischen zur Tür geeilt und wollte sie öffnen. Mir schien es, als würde ihm das alles bekannt vorkommen. Die angsteinflößenden Hilferufe an der Eingangstür wurden immer lauter. Ich eilte Henry zu Hilfe, und wir versuchten gemeinsam, die Tür zu öffnen.

Mit großer Anstrengung schoben wir die schweren Riegel zur Seite, steckten den Schlüssel mit zitternden Händen ins Schloss und drehten ihn vorsichtig nach rechts. Es wollte einfach nicht gelingen, irgendetwas klemmte, der Schlüssel drohte, abzubrechen. Angstschweiß lief an unseren Gesichtern hinunter, und wir hatten nicht mehr viel Zeit, bis der Wolf die Menschen erreicht hätte.

Henry und ich schauten uns mit großer Verzweiflung an. Dann rief ich laut: »Noch einmal, Henry, kommen Sie, mein Freund, versuchen wir es noch einmal.« Die Zeit war knapp, der riesige Wolf näherte sich, mit Fleischresten des Kutschers im Maul, in Windeseile dem Haus und knurrte mit großer Gier und messerscharfen Zähnen. Nachdem Henry und ich es in letzter Sekunde geschafft hatten, die Tür zu öffnen, zogen wir drei Gäste, die mir nicht unbekannt waren, ins Haus, die vom Personal in warme Wolldecken gehüllt wurden. Mit suchendem Blick schaute ich mich nach Matt um, konnte ihn aber nicht ausfindig machen. Mein erster Gedanke war, dass er in Gefahr sein musste. Sicher hatte er den Gästen zu Hilfe eilen wollen und war noch da draußen mit dem Wolf.

Ich fror schrecklich, meine Hände schmerzten von der beißenden Kälte und ich hatte das Gefühl, meinen Körper nicht mehr zu spüren. Doch wir hatten keine Zeit. Als Henry und ich die Tür verschließen wollten, stieß von draußen etwas so heftig dagegen, dass wir zur Seite flogen. Mit bösem Knurren kam der Wolf ins Haus. Sein zotteliges grauschwarzes Fell war mit Schnee bedeckt, den er in der Eingangshalle abschüttelte.

Ich beobachtete, wie das Monster auf seinen mächtigen Pfoten sich langsam im Inneren des Hauses bewegte und schnüffelnd unsere Gerüche aufnahm. Es war unheimlich, wie ihm der Sabber aus dem Maul tropfte und das Blut seiner Opfer in seinem Fell klebte. Ich hatte einen Moment lang das Gefühl, seine Gedanken lesen zu können. Ich konnte in Gedanken sehen, wie er jeden einzelnen von uns aufspürte und auffraß. Dann aber blieb der Werwolf mit einem Mal stehen, es war so, als spürte er jemanden, den er kannte. Die Bestie änderte scheinbar ihren Plan, mit großer Vorsicht drehte sie sich in die andere Richtung und schlich auf ihren riesigen Pfoten zur Treppe, gleich neben den Weihnachtsbaum, wo sie aufrecht auf ihren Hinterbeinen in voller Größe stand und mit ihren leuchtend grünen Wolfsaugen eine Person fixierte, die oben am Treppenabsatz stand.

Erst konnte ich aus meinem Versteck heraus nur den Schatten der Person sehen, dann aber sah ich, dass es Jennifer war, die weinend dastand und den Wolf mit zarter Stimme aufforderte:»Bitte, so beruhige dich doch. Du darfst uns nichts tun, bitte.« Mit leisem Knurren nahm der Wolf den Geruch von Jennifer auf, blieb weiterhin aufrecht stehen und schaute fast schon liebevoll zu ihr hinauf. Sein Knurren hörte zeitgleich auf, und ich konnte mir in diesem Moment das Tier genauer anschauen. Ich erschrak, als ich sah, dass der aufrecht stehende Wolf in Jeanshose dastand. Der Anblick erschien mir äußerst ungewöhnlich – ein Wolf in Jeans?

DIE ERLÖSUNG

Auf leisen Pfoten schlich das grausam aussehende Tier um den Weihnachtsbaum in der Eingangshalle. Wieder erschrak ich und zuckte am ganzen Körper. Gerade als Henry und ich dabei waren, die Leute im Wandschrank unter der Treppe in Sicherheit zu bringen, konnte ich den Wolf einen kurzen Augenblick aus der Ferne beobachten. Ich sah, dass er beim Betrachten der Erscheinung von Jennifer Tränen vergoss und sie mit lieblichem Augenaufschlag einen Moment lang ansah. Zugleich war er wie von Sinnen mit bösem Blick und lautem Knurren zähnefletschend und mit großer Gier auf sie fixiert. Er ging zum Angriff über und bewegte sich schleichend auf die hagere Frau zu. Sabbernd und zähnefletschend leckte er sich seine Schnauze.

Ich musste sofort handeln, mein Puls raste und mir stockte der Atem. Ich nahm mit noch immer vor Kälte schmerzenden Händen die Pistole. Ich versuchte, die Kugel in den Lauf zu drücken, was mir einfach nicht gelingen wollte. Die Situation für Jennifer wurde immer bedrohlicher. Meine Angst um meine beste Freundin war berechtigt, ich wunderte mich über ihr unerklärliches Verhalten. Jennifer blieb völlig angstfrei oben am Treppenabsatz stehen. Warum lief sie nicht weg? Sie musste in eine Art Schock gefallen sein, anders konnte ich mir ihr Verhalten nicht erklären. Ich schrie, wie vom Wahnsinn gepackt, Jennifer immer wieder zu:»Lauf weg, Jennifer, lauf doch weg, bitte!« Doch sie rührte sich nicht von der Stelle. Stocksteif, wie in Hypnose, blieb sie am Treppenabsatz stehen.

Henry eilte mir zu Hilfe, nahm meine Hände in seine, schaute mich an und sagte mit leiser, ganz ruhiger Stimme:»Ganz ruhig, Dark, ganz ruhig.«Ich sah in sein Gesicht und erkannte den Geist von Matt, der aus Henrys Körper drang und mit ruhigen Worten zu mir sprach. Dann ließ er meine gewärmten Hände los, und ich sah wieder in das Gesicht von Henry. Ich zitterte nicht mehr, und die Pistole lud sich fast von selbst. Mit ausgestrecktem Arm zielte ich auf den riesigen Wolf, der sich von Jennifer abgewandt hatte und plötzlich auf uns zugestürmt kam.

Ich zielte auf den herannahenden Wolf. Das mächtige Tier setzte zum Sprung an und wollte sich gerade auf mich stürzen. Doch in letzter Sekunde drückte ich den Abzug, die silberne Kugel schoss mit hoher Geschwindigkeit aus dem Lauf und traf den Wolf mitten ins Herz. Er gab einen schrecklichen Schmerzensschrei von sich. Die Silberkugel durchbohrte seinen Brustkorb, blieb mitten im Herzen stecken und stoppte das grauenvolle Tier. Der Wolf fiel mit einem lauten Krachen auf den Boden, nur einen Meter weit von mir entfernt, und blieb regungslos liegen.

Jennifer kam weinend die Treppe hinuntergerannt und stürzte sich auf die Bestie, die sich in einen Menschen zu verwandeln begann. Mit verweinten Augen schaute Jennifer mich an, während sie den Wolf, der jetzt kein Wolf mehr war, zärtlich übers Gesicht streichelte. Weinend und schluchzend sagte sie zu mir:»Danke, Dark, wir wussten, dass du uns helfen und uns von unserem Fluch befreien würdest.«

Ich sah Jennifer traurig an und dann auf den Boden. Vor uns lag nun ein Mensch, und ich schaute in das Gesicht meines Freundes Matt Williams. Ich konnte es kaum fassen und ging völlig erschöpft in die Knie – ich hatte meinen Freund Matt Williams erschossen, Tränen von Verzweiflung, Wut und Schmerz durchzogen meinen Körper. Jennifer tröstete mich, nahm mich in ihre Arme. Leise flüsterte sie mir ins Ohr:»Es ist gut so, Dark, es ist gut so. Wir danken dir.«

Als ich mich einigermaßen beruhigt hatte und der erste Schreck überwunden war, erzählte Jennifer mir, dass Matt vor vielen Jahren auf einer Geschäftsreise in Ungarn mit einem bösen Zauber belegt worden war, weil er einem Vertrag nicht zugestimmt hatte. Ihm war der Vertragspartner nicht geheuer gewesen, weshalb Matt sich von ihm abgewendet hatte. Aus Rache hatte er Matt mit einem Fluch belegt: Auf Matts Heimreise wurde dessen Kutsche von einem Werwolf angegriffen, der alle Fahrgäste bis auf die Knochen zerfleischt und gefressen hatte. Matt kam mit einem Biss im Oberschenkel davon und konnte sich vor dem Werwolf in Sicherheit bringen. Er musste von nun an jedoch in jeder Vollmondnacht, nach einer zuvor schmerzhaften Verwandlung, als grausamer Werwolf sein Dasein fristen und das ungewollte Morden ertragen. Jennifer musste sich seither in jeder Vollmondnacht vor ihrem Mann in Sicherheit bringen.

Nachdem wir Matt noch in derselben Nacht beerdigt hatten, verbrachten wir das Weihnachtsfest in aller Stille zusammen. Am zweiten Weihnachtstag verließ ich das Haus der Williams. Jennifer hat das Haus verkauft, lebt heute in London und ist eine erfolgreiche Schriftstellerin.

Mein Name ist Dark Smith, und ich wünsche Ihnen eine besinnliche und vor allem eine werwolffreie Weihnachtszeit.

TEIL 2:

MARY UND DIE FURIEN

DARK SMITH

Mein Name ist Dark Smith, ich treffe mich hin und wieder mal mit einem guten Freund, um etwas Abstand von meinem Schreibtisch und Alltag zu bekommen, der nicht immer einfach ist. Ich schreibe für die unterschiedlichsten Zeitungsverlage und verdiene dabei nicht schlecht.

Es geht mir recht gut, und ich will mich nicht beschweren. Doch seit dem letzten Erlebnis bei meinen Freunden Matt und Jennifer, die mich wie jedes Jahr zu sich aufs Land eingeladen hatten, um das Weihnachtsfest zusammen zu feiern, hat sich sehr viel in meinem Leben verändert, und ich habe das Gefühl, dass sich seither alles Gruselige wie ein roter Faden durch meinen Alltag zieht. Nichts ist mehr, wie es vorher war. Natürlich ist es für mich nicht schlecht und zahlt sich aus, denn ich fülle seither die Zeitungsseiten mit meinen seltsamen Berichten wie nie zuvor. Doch bin ich von dieser Zeit an von dunklen Mächten umgeben.

Ich höre Stimmen, bekomme Botschaften aus dem Jenseits und habe Visionen. Manchmal weiß ich schon im Voraus, was mit den Menschen in meiner Umgebung passiert, ohne dass ich es beeinflussen kann. Auch habe ich öfter mal Erscheinungen, die nicht von dieser Welt sein können, doch ich fühle mich gut beschützt und weiß, dass es Himmelskräfte gibt, die mir meinen Weg weisen. Viele Schutzengel begleiten mich täglich, und Götter, die mir zur Seite stehen, spüre ich von Tag zu Tag mit immer stärker werdender Präsenz um mich herum.

Mein Misstrauen Menschen gegenüber – ob ich sie kenne oder

nicht –, ist mit der Zeit immer größer geworden. Und ich liebe es mittlerweile, allein zu sein und niemanden treffen zu müssen. Ich halte mich von den Menschen fern, und es stört mich nicht großartig, was da draußen passiert. Sollen sie alle nur tun und lassen, was sie für richtig halten, ich kann es sowieso nicht ändern.

Wenn ich meine Wohnung verlasse, dann nur, weil ich etwas zu erledigen habe. Hier und da mal ein kurzes Gespräch, dann ist es mir genug. Doch was mir vor ein paar Tagen von einer sehr geheimnisvollen Dame zugetragen wurde, kann ich nicht für mich behalten, und davon muss ich einfach berichten.

Am 9. Mai 1876 erreichte mich ein Brief, der mir von meiner Hausdame Mrs. Moore gebracht wurde. Wie jeden Morgen, pünktlich um 7:30 Uhr, klopfte es leise an meine Zimmertür, und sie brachte mir eine Tasse Kaffee. So war es auch an diesem Morgen, an dem alles ganz harmlos begonnen hatte.

DER BRIEF

»Mr. Smith, ich habe Post für Sie. Scheinbar etwas Dringendes, er duftet ziemlich stark nach Parfüm«, kicherte Mrs. Moore und legte den Brief auf meinen Schreibtisch gleich neben meinen Tabakbeutel und den riesigen Stapel mit noch jeder Menge ungeöffneter Post. »Danke, Mrs. Moore. Ich würde es sehr begrüßen, wenn Sie diese unnötigen Kommentare für sich behalten könnten, meine Gute«, sagte ich mit einem bestimmenden Ton, ohne dass ich sie dabei anschaute. »Ist noch Kaffee da? Ich hätte gern eine Tasse, Mrs. Moore, mit viel Milch, wie immer«. Ich zeigte mit meinem Finger auf sie, die mit langsamen Schritten den Raum kopfschüttelnd und wortlos mit einem kleinen Lächeln verließ. Sie ist beleidigt, dachte ich mir, machte mir darüber aber keine großen Gedanken. Denn so war Mrs. Moore nun mal.

Nachdem ich einiges an Post abgearbeitet hatte, nahm ich als Letztes den Brief in die Hand, den meine Hausdame mir vor zwei Stunden gebracht hatte. Und wahrhaftig, der Umschlag roch ziemlich stark nach Parfüm. Vergebens suchte ich nach einem Absender. Ich schaute mir den Umschlag immer und immer wieder an, bevor ich ihn öffnete.

Schon den ersten Sätzen des Briefes konnte ich einen Hilferuf entnehmen und wusste nicht, ob ich mich darüber freuen oder ihn besser ungelesen wieder zur Seite legen sollte. Doch wie immer war meine Neugier größer: Ich musste unbedingt wissen, wer mir da schrieb und was der Inhalt dieses Briefes sein konnte.

Sehr geehrter Mr. Smith,
sicherlich wundern Sie sich, dass ich Sie auf diesem Wege kontaktiere. Aber ich benötige dringend Ihre Hilfe. Bitte kommen Sie am Samstagabend in die Diamond Street 3. Ich erwarte Sie gegen 20 Uhr. Klingeln Sie bei Mrs. Rowlands. Und, bitte, seien Sie pünktlich.
Es grüßt Sie
Mary Rowlands

Der Name der geheimnisvollen Dame war mir nicht bekannt, und ich machte mir keine weiteren Gedanken über die unbekannte Frau, denn ich bekam immer wieder mal Briefe von Damen aus gehobener Position, die meine Gesellschaft als angenehm empfanden.

Es war Samstag, eine äußerst arbeitsreiche Woche lag hinter mir, und ich hatte mir am Abend zuvor vorgenommen, richtig auszuschlafen. Nachdem ich den Tag im Schlafanzug verbracht hatte, machte ich mich am späten Nachmittag frisch, wechselte meine Garderobe und begab mich am frühen Samstagabend auf den Weg. Ich verließ recht gut gelaunt und ausgeschlafen meine Wohnung und fuhr mit einer Droschke in die Diamond Street 3. Es war keine lange Fahrt, als der Kutscher in eine sehr dunkle und menschenleere Sackgasse abbog, an deren Ende sich das Haus von Mary Rowlands befand, das eine alte, aber sehr anschauliche Villa war, doch bei genauerem Betrachten etwas sehr Unheimliches an sich hatte.

Der Nebel klebte am Glas des Laternenlichts und hing wie Watte in den blattlosen Bäumen, die am Straßenrand in einer Reihe wie Zinnsoldaten standen, und nahm dem Kutscher und mir die Sicht. Nachdem wir das Haus in der Dunkelheit erreicht hatten, zog ich mehrmals an der silberneren Glocke, die sich gleich neben der Eingangstür befand.

Das Hausmädchen, ein ziemlich junges Ding und noch sehr unerfahren im Umgang mit Gästen, öffnete mir verlegen die Tür mit einem lieblichen Lächeln und leisen Worten: »Guten Abend, Sie müssen Mr. Smith sein. Ach, bitte, kommen Sie doch herein, Sie werden schon von der Dame erwartet.« Ich konnte beobachten, wie sehr ihr Gesicht aus Scham errötete, denn in ihrem Alltag bei

Mrs. Rowlands bekam sie nicht so viel mit von der Männerwelt da draußen.

Ich nahm meinen Hut ab und begab mich ins Haus. »Bitte, hier entlang, Mr. Smith«, bat sie mich mit einer Geste, ihr den langen Gang zu folgen. Sie brachte mich in das Zimmer, in dem Mrs. Rowlands mich erwartete.

Im Kamin brannte ein knisterndes Feuer, und ich sah im Kerzenschein eine sehr attraktive schwarzhaarige schlanke Frau, die in einem roten, mit Samtstoff bezogenen Ohrensessel saß. Bevor sie mich begrüßte, zog sie mit roten Lippen an ihrer Zigarettenspitze und pustete den Rauch sanft durch ihre Nasenlöcher wieder aus. »Komm nur näher, Dark«, flüsterte die schöne Unbekannte mit einer leicht rauchigen, geheimnisvollen Stimme, die mich allein schon fast um den Verstand brachte. Ich nahm auf dem Sessel Platz, der ihr gegenüberstand und uns beide nur durch einen kleinen runden Tisch aus Glas trennte. Der Duft ihres verführerischen Parfüms strömte in meine weit aufgerissenen Nasenlöcher und verwirrte meine Sinne, die mich sofort in Träumen mit Mrs. Rowlands gefangen hielten. Als das Zimmermädchen das Licht der Lampe höher drehte und es im Raum immer heller wurde, war ich von ihrer Erscheinung fast geblendet.

Himmlisch, eine bildschöne Frau saß mir gegenüber, und ich konnte kaum noch einen Blick von ihr lassen. Ihr blauschwarzes, langes, welliges Haar unterstrich ihr wunderschönes, zartes, schlankes Gesicht. Ihren kleinen, prachtvoll rot glänzenden Lippen konnte ich kaum widerstehen, und ich verspürte den Drang, sie küssen zu müssen. »Darf ich Ihnen den Mantel abnehmen, Mr. Smith, bevor ich Ihnen etwas zu trinken bringe?«, fragte mich das Hausmädchen, womit sie mich aus einem wilden Traum riss, in dem ich mich eng umschlungen mit Mrs. Rowlands befand. Mrs. Rowlands setzte sich aufrecht hin, zog ihr rotes Kleid über ihre Knie und schlug ihre langen, schlanken Beine, die in zarten Seidenstrümpfen steckten, übereinander. Es war so, als sähe sie, was ich gerade geträumt hatte.

»Ach, bitte, wenn Sie so gut sein könnten, dann hätte ich gern einen Kaffee«, bat ich das Hausmädchen. Es machte einen Knicks und lief kichernd mit kurzen, schnellen Schritten in die Küche. Ich wollte gerade mit dem Gespräch beginnen, da sagte Mrs. Rowlands: »Ich hätte Sie nicht zu mir ins Haus eingeladen, wäre es nicht von so großer Bedeutung. Aber mir brennt etwas Schreckliches auf meiner Seele, ich muss es einfach jemandem erzählen, sonst platze ich noch«, sagte sie mit ängstlich zitternder Stimme. Sie wirkte sehr nervös und zündete sich eine Zigarette nach der anderen an.

Mir gelang es, Mrs. Rowlands ein wenig zu beruhigen, indem ich ihr etwas von meiner Hausdame Mrs. Moore erzählte, nachdem uns der Kaffee mit ein paar Flecken auf der Tischdecke serviert worden war. Mit einem Räuspern bat ich sie, mit ihrer Erzählung zu beginnen, was sie auch tat.

Ich zog einen kleinen Notizblock und einen Stift aus meiner Tasche und fing an, ihre Erzählung zu notieren. Bis zu diesem Zeitpunkt hatte ich nicht im Geringsten eine Ahnung, welch seltsame Geschichte mich hier erwarten würde.

Natürlich hatte ich Mrs. Rowlands zuvor um Erlaubnis gebeten. Sie bestand sogar darauf, dass ich ihre Geschichte aufschreibe, denn mich beschlich das Gefühl, dass sie unbedingt wollte, dass die ganze Welt erfahren sollte, wie schlecht Menschen aus ihren Reihen sein können. Mary war von Kindesbeinen an schlecht behandelt worden, es hat sie zerstört, krank gemacht und sie wurde achtlos immer wieder Gefahren ausgesetzt. Mary Rowlands' Erzählung begann damit, dass sie sich früher in einer äußerst kritischen Situation befand; sie war vom täglichen Leben, von Kindheit an und durch ihren ersten Ehemann an Schwermut und schweren Panikstörungen erkrankt. In ihrer ersten Ehe muss sie durch die Hölle gegangen sein, immerzu dachte sie darüber nach, dass sie nie mehr aus dem Gefängnis des Satans, der ihr Mann war, entkommen könnte.

»Dark, ich darf doch Dark sagen?«, fragte sie mich. 1876 ging es Mrs. Rowlands gesundheitlich überhaupt nicht gut, und es wurde von Tag zu Tag immer schlimmer mit ihrem Mann. Er schlug sie regelmäßig brutal und demütigte sie, wo er nur konnte. Ständig bedrängte er sie, dass sie sich mit anderen Paaren zum Sex treffen und dabei ihre Partner tauschen, was Mary immer wieder verneinte.

Aus Wut bestrafte ihr damaliger Mann sie. Er schlug vor Zorn mit Gegenständen auf sie ein, zog sie an ihrem schwarzen langen Haar durch das Haus und schlug sie weiterhin so sehr, bis sie ohnmächtig wurde. Sein regelmäßiger Gang ins Freudenhaus, wo er seine Gier nach Alkohol und Sex befriedigen konnte, war eine Befreiung und Abwechslung für ihn, um seine Sexsucht zu stillen.

Mit der Zeit verlor Mary jeden Genuss am Leben, und es fiel ihr nach schlaflosen Nächten schwer, morgens aufzustehen. Selbst wenn die Sonne hoch am Himmel stand und es nur noch so nach Leben roch, war es für Mary grau und wolkenverhangen. Wenn sie von ihrem Bett aus dem Fenster sah, kam es ihr immer so vor, als würde der Himmel jeden Moment auf die Erde fallen und nicht mehr lange dauern, dass er Mary verschlang. Er würde ihr damit einen Gefallen tun, denn dann müsste sie keine Schläge und Demütigungen mehr über sich ergehen lassen und wäre frei. Eine völlige Leere war in Mary, sie war mit ihrer Krankheit eine Gefangene in ihrem eigenen Körper geworden, was sich ihr Mann zunutze machen wollte. Er meinte, die volle Kontrolle und Macht über Mary zu haben, sie müsse ihm gehorchen, wie ein Kind seinen Eltern gehorchen muss. Auch gab er Mary immer wieder zu verstehen, dass sie nichts tauge und niemand sie haben wolle, weil sie hässlich und dumm sei. »Schau dich doch nur mal an, wer will dich denn schon haben?«, waren seine Worte, die er Mary immer und immer wieder unter die Nase rieb, während er ihre Unterwäsche kontrollierte, ob sie sich in seiner Abwesenheit nicht doch auf einen anderen Mann eingelassen hatte. Irgendwann glaubte sie selbst, dass sie nicht gut genug und hässlich sei.

Im Frühjahr 1876 verordnete ihr Dr. Brad, der ihr Hausarzt war und über großes Fachwissen verfügte, eine Auszeit von ihrem dramatischen und quälenden Leben, um einen vollständigen Zusammenbruch ihres Körpers und ihrer Nerven zu verhindern. Er verschrieb ihr einen Aufenthalt in einem Sanatorium, in ländlicher Umgebung, weit weg von ihrem brutalen Ehemann. Ihre Nerven waren am Ende, und sie musste sich unbedingt von ihrem gewaltsamen Ehemann trennen, daran ging kein Weg vorbei, er hätte sie mit Sicherheit irgendwann totgeschlagen oder sie wäre am gebrochenen Herzen verstorben. Und dabei sollte der Aufenthalt im Sanatorium ihr auf dem Weg mit den ersten Schritten in die Freiheit behilflich sein, und das noch, bevor Mary versuchte, sich das Leben zu nehmen.

Es muss ein sehr schöner und ruhiger Ort gewesen sein, wie Mrs. Rowlands mir mit strahlenden Augen berichtete. Umgeben von waldgrünen Wiesen, kleinen Bächen und viel frischer Luft, die ihr das Atmen erleichterte, waren ihre Augen auf die Schönheit der Natur gerichtet und verschlangen diese regelrecht. Sie hatte sogar das Gefühl von ein wenig Freiheit verspüren können, und sie ließ ihre krankmachenden Gedanken für einen Moment der Zuversicht und Zufriedenheit zurück.

Die Stimmung von Mary Rowlands war erst einmal so dunkel, dass sie die Schönheit der Umgebung nicht richtig sah. Es war so, dass sie zuerst ihrem Leben aus Gewohnheit nachweinte. Viel zu dunkel war ihr bisheriger Alltag gewesen, dass sie sehen konnte, wie schön es doch sein kann, und es noch etwas anderes gab als nur die Gefangene ihres Ehemannes und ihrer düsteren Vergangenheit zu sein.

LIEBE AUF DEN ERSTEN BLICK

Schon am ersten Tag im Sanatorium war ihr Wohlbefinden ziemlich bedenklich und ihr Wunsch zu sterben, um Ruhe und Befreiung zu finden, wuchs von Tag zu Tag. Sie ging, nachdem sie sich ein wenig ihre Beine vor dem Sanatorium vertreten hatte, weinend und kraftlos in das große Gebäude zurück und lief nachdenklich die Treppe hoch, die zu ihrem Zimmer in dem riesigen Gebäude führte, in dem sie sich erst einmal zurechtfinden musste. Plötzlich kamen ihr zwei Herren entgegen und blieben auf dem Treppenabsatz stehen, um sie freundlich lächelnd zu begrüßen und sich mit ihr zu unterhalten, was Mary eher als lästig empfand.

Und so kam es, dass sich Mary und Mr. John Rowlands 1876 zum ersten Mal sahen, kennen und lieben lernten. Vom ersten Augenblick an spürten beide eine so starke Seelenverbindung und Vertrautheit, dass es ihnen nicht mehr geheuer war. Beide konnten nicht genug voneinander bekommen. John Rowlands' erste Gedanken waren: »Das soll meine Frau werden, Mary Rowlands, ich liebe dich, und ich gebe dich nie wieder her. Du bist meine Traumfrau.«

Beide spürten sofort, dass sie nie wieder voneinander lassen wollten. Es war ihnen sofort klar, dass sie ein gemeinsames und wunderbares Leben miteinander verbringen würden. Sie hatten das Gefühl, dass sie nicht mehr richtig atmen konnten, wenn sie nicht zusammen waren, und das gegenseitige Verlangen spielte sich mit viel Romantik und Bauchkribbeln in ihren Köpfen ab. Die Anziehungskraft der beiden war so stark wie ein Magnet.

Doch kommt es meist anders, als man denkt. Mary und John verbrachten gemeinsame glückliche sieben Wochen in dem Sanatorium, und ihr schien es sogar ein wenig besser zu gehen. Zum ersten Mal wurde sie von anderen Menschen und von einem Mann als wertvoller, liebenswerter Mensch gesehen, als Frau wahrgenommen, der man sagte, dass sie wunderschön und ihr Aussehen engelsgleich sei.

Es war nicht nur für Mary der heißeste Sommer seit Jahren, es war auch der schönste Sommer in ihrem traurigen Dasein gewesen. Denn selbst die Sonne, die ihre Haut sanft streicheln wollte, machte ihr große Angst. Die Depressionen und ihre schweren Panikattacken blieben fast aus, und Mary fühlte sich wie im siebten Himmel an der Seite ihres Johns. Das hatte aber nichts mit der Behandlung ihrer Ärzte zu tun, eher war es John, der Mary mit den ersten Küssen, die sich anfühlten wie ein warmer Sommerregen auf ihren kleinen prachtvoll geformten Lippen, verzaubert hatte, und der Mary nicht nur mit seinem guten Aussehen überzeugen konnte, sondern einzig und allein mit seiner ganz liebenswerten, wundervollen Art, die sie dahinschmelzen ließ. Auch John befand sich noch in einer anderen Ehe, in der er seiner Aussage nach sehr unglücklich war.

Auch Mary erinnerte sich, dass sie des Nachts, als sie mal wieder aus Verzweiflung nicht schlafen konnte, eine Art Geist gesehen hatte, der vollkommen nackt mit der Hälfte seines Geisterkörpers in Wachträumen vor ihr gestanden hatte – weder ein Gesicht noch anderes an ihm war zu erkennen. Nur ein starker, muskelbepackter Körper, der John sehr, sehr ähnlich sah.

John musste nicht lange überlegen, er beendete genauso wie Mary noch im Sanatorium seine Ehe mit großer Entschlossenheit. Er trennte sich wahrhaftig von seiner lieblosen Gattin nach dreißig gemeinsamen lieblosen Jahren. Seine Tochter Grace, die schon erwachsen und mit einem Arzt für Zahnmedizin verheiratet war und die ein gemeinsames Kind hatten, hasste Mary, die jetzt die neue Frau ihres Vaters war, von der ersten Sekunde an abgrundtief.

Sie wollte Mary sogar schlagen, doch das hatte John zu verhindern gewusst.

Einmal konnte Mary hören, wie Grace zu ihrem Vater sagte:»In der Hölle soll sie schmoren, die Zigeunerin.«Ihre Beschimpfungen machten Mary traurig, so wie es sie immer schon traurig gemacht hatte, wenn andere Menschen sie wegen ihres südländischen Aussehens beschimpft hatten. Aber es hatte ihr nur bestätigt, was sie schon wusste, dass es Johns Tochter an Respekt fehlte und sie eine noch sehr unreife junge Frau mit primitivem Verhalten war. Aber sie war nicht die Einzige, die Mary wegen ihrer Schönheit am liebsten zum Teufel geschickt hätte.

Inzwischen waren weitere Tage, Wochen und Monate vergangen. Nachdem Mary und John glücklich wie nie zuvor von den Ärzten aus dem Sanatorium entlassen worden und in ihre Heimatorte in die Höhlen der Löwen zurückgekehrt waren, wurde es für beide dennoch nicht leichter. Ganz im Gegenteil, nun fing das Schauspiel der sich Liebenden erst so richtig an. Denn auch wenn Mary und John sich aus ihren Ehen befreit hatten, hatten ihre Expartner noch lange nicht damit abgeschlossen und waren auch nicht bereit, ihre Ehen kampflos aufzugeben. Die Gewohnheiten der beiden Expartner waren so stark, dass sie auf keinen Fall darauf verzichten wollten. Doch die Liebe von John und Mary war stärker, sodass sie nichts hätte auseinanderbringen können. Jeder Gedanke der Liebenden drehte sich nur um sie selbst, und sie vermissten sich schmerzlich, wenn sie auch nur für einen kurzen Moment getrennt waren. Ein unsichtbares Band hatte ihre Seelen umgarnt, und sie fühlten sofort eine Leere in sich und dachten mit großer Sehnsucht an den anderen.

An einem sehr heißen Sommertag mitten im August hielt es John nicht mehr länger aus und zog von seinem Landhaus zu Mary in die Stadt, nach London, sodass es von nun an keine Trennung mehr gab. Mary und John waren so glücklich wie nie zuvor in ihren ganzen Leben. Es war so friedlich, so voller Harmonie und Zärtlichkeit zwischen beiden. Ihre große Liebe zueinander war für jeden spürbar, der die beiden zusammen sah. Und so manch einer hatte seine

Probleme damit, denn in ihren Partnerschaften oder Ehen lief es meist nicht so gut. Nun ja, ich sage immer, dass es an jedem selbst liegt, denn eine Ehe oder Partnerschaft kann selbst nach sehr vielen Jahren immer noch schön und harmonisch sein.

MARY UND DIE FURIEN

An einem anderen sehr heißen Sommertag fuhren John und Mary gut gelaunt in der Kutsche übers Land und hielten nach einer Weile vor einem großen, für Mary unbekannten Haus. Es war ein eigenartiger Ort, und auch das Haus wirkte auf Mary trostlos und überhaupt nicht einladend. Obwohl die Abendsonne die wenigen Häuser und die ländliche Umgebung wie ein Gemälde aussehen ließ und das leise Zwitschern der Vögel im Fliederbaum sie mit zartem Gesang begrüßt hatten, wirkte es sehr unheimlich und bedrohlich auf Mary. Das kleine Haus umgab eine ungewöhnliche Stille. Es stand ganz allein am Rande des kleinen Dorfes und war nicht weit von den schrecklichen Mooren entfernt, vor denen die Dorfbewohner sich fürchteten, sodass sie stets einen großen Bogen darum machten und nachts ihre Häuser nicht verließen.

Mary nahm die Hand ihres Liebsten und sah ihn lächelnd mit ihren großen schwarzen Augen an, in die sich jeder Mann verliebt hatte. »John, wo sind wir hier?«, fragte Mary, wobei sie sich ständig mit ängstlicher Unsicherheit umschaute. John nahm sie liebevoll in seine starken Arme, gab ihr einen zärtlichen Kuss auf die Stirn und führte sie in das Haus, wo sie von einem älteren, sehr attraktiven Herrn herzlich begrüßt wurden, der John verblüffend ähnlich sah. Von Marys Schönheit geblendet, fiel es Cliff, Johns Vater, schwer, seinen Blick von ihr abzuwenden. Verlegen schaute er seinen Sohn an und flüsterte ihm mit einem Lächeln zu: »Mein Junge, ich kann dich sehr gut verstehen, da wäre ich auch gern in die Stadt gezogen.« Er hörte fast nicht mehr auf, Johns Hände zu schütteln.

John konnte spüren, wie gern sein eigener Vater an Marys Seite gewesen wäre. Plötzlich sprang die Tür mit einem heftigen Knall auf, als hätte ein starker Wind sie aufgeschlagen, und Johns Bruder Harry kam mit seiner Frau Dana, die noch eine heranwachsende Frau war, die Hände vollgepackt mit Einkaufskörben, wie ein Wirbelwind reingestürmt. Völlig überrascht und ebenso von Marys Schönheit geblendet, konnte Harry sich nicht an der schwarzhaarigen Schönheit sattsehen, und seine Fantasien ließen ihn sich mit Mary fest umschlungen in Nacktheit und heißen Liebesspielträumen sehen. Seiner Frau Dana aber schoss vor Eifersucht das Blut in den Kopf, und sie wurde auffällig rot bis zum Dekolleté. Und so sollte gleichzeitig das Böse seinen Lauf nehmen.

Schon beim Betreten des Zimmers der beiden konnte Mary spüren, dass sie von bösen Mächten umgeben war, fand dafür aber erst einmal keine Erklärung. Hass, Hetzerei und Ungerechtigkeiten klebten wie Tapetenkleister überall an den Wänden. Aber nur Mary konnte spüren und sehen, dass das Haus voll mit boshaftem Neid und Hass gefüllt war. Später, als Harry seinen Bruder und Mary zu einem gemeinsamen Abendessen zu sich eingeladen hatte, schaute Mary öfter unbemerkt am Tisch zu Dana rüber und sah für einen kurzen Moment in eine grauenvolle Fratze. Mary sah kleine faulige spitze Zähne, mit denen Dana, die als solche nicht mehr zu erkennen war, Fleisch von einem Knochen nagte, der wie der Unterarm eines Menschen aussah, an der die Hand mit drei Fingern an wenigen Sehnen und Hautfetzen baumelte. Gierig schmatzend hatte sie sich ihr fauliges Maul abgeschleckt und grinste mit boshaftem Blick zu Mary rüber. Mit ihren Flügeln, die auf ihrem buckeligen Rücken angewachsen waren, flatterte sie ständig herum, sodass Mary dachte, sie würde jeden Moment davonfliegen und sich auf sie stürzen. Mit ihren stahlblauen, tödlichen Augen glotzte die Furie Mary mit einem widerlichen Grinsen an, und Mary konnte ihren boshaften Charakter am ganzen Körper spüren. Völlig angeekelt vom Anblick der Menschenfresserin, stellte sie sich immer wieder dieselbe Frage, warum nur sie die Furie sehen konnte. Und dabei beobachtete Mary jeden einzelnen am Tisch. Alle waren dabei, sich ihre Mahlzeit gut schmecken zu lassen und nahmen von der Furie keine Kenntnis. »Scheinbar sehen die anderen nicht das, was ich sehe«, murmelte Mary in Gedanken zu sich selbst und spürte wieder diese Angst in sich hochsteigen, die sie und ihre Gedanken nicht mehr unter Kontrolle halten ließ.

Harry hatte weiterhin nur Augen für die schwarzhaarige Schönheit, während er Dana mit strenger Mimik ständig ermahnte und auf ihr schlechtes Benehmen aufmerksam machte: »Schling doch nicht so gierig!«

Mary ließ sich nichts anmerken und versuchte weiterhin, freundlich zu sein, was ihr jedoch schwer fiel, und so lachte sie über Harrys verliebten Blick, der Mary anschmachtete und es bereute, nicht sie kennengelernt zu haben.

Nachdem sich der Abend dem Ende neigte, fuhren John und Mary zurück in die Stadt. Sie klammerte sich in der Droschke fest an ihren geliebten John und spürte wieder diese Vertrautheit. Sie hatte das Gefühl, mit John zu Hause zu sein. Mary vergaß, was sie gesehen hatte, und schob es auf ihre Nerven.

Die Tage vergingen und der Herbst hatte Einzug gehalten. Das bunte Laub erfreute die Augen der Menschen, die von nun an für die kommenden Monate von einer dichten Nebelwand umgeben sein würden.

Für ein Familienfest, das von Johns Schwester Anne ausgerichtet wurde und zu dem sie zu ihrem Erstaunen auch eingeladen waren, machten sich John und Mary am Samstagnachmittag mit der Droschke auf den Weg. Was Mary jedoch nicht ahnen konnte, war, dass Anne genauso neidisch und boshaft wie Dana war.

Das böse Weib konnte die Ankunft ihres Bruders und dessen Frau vor Neugier nicht mehr erwarten. In Johns Familie wurde es für Mary mit jedem weiteren Besuch unheimlicher und unerträglicher. Die Männer der Familien waren von Marys Schönheit geblendet und suchten ständig das Gespräch, um in ihrer Nähe sein zu können. Die Damen der Familie hingegen wussten vor lauter

Wut und Eifersucht nicht mehr, wie sie sich verhalten sollten, wenn Mary zu Besuch war, am liebsten hätten sie allesamt der schönen schwarzhaarigen Frau die Augen ausgekratzt.

Aufrecht sitzend, aber dennoch unauffällig, blickte Mary sich während der Mahlzeit um, ein kalter Schauer lief ihr über den zarten Körper, der von ständiger Angst begleitet wurde, wieder einmal Furien sehen zu können. Und wahrhaftig: Alle Frauen der Familie waren grauenhaft anzusehende Furien.

Mit zusammengepressten Augen blickte Mary verstört zu jeder einzelnen. Wieder nagten sie mit ihren fauligen Zähnen schmatzend an menschlichen Körperteilen, die sie ihren Opfern vorher bei lebendigem Leib abgetrennt haben mussten. Doch keiner der Männer aus der Familie konnte sehen, was sie sah. Und deshalb wurde es immer schwerer für sie, sich in der außergewöhnlichen Familie zu halten.

Die bösen Mächte und Kräfte der Furien nahmen zu und wurden immer stärker. Mary konnte den Zustand kaum noch ertragen und erlitt einen schweren Rückschlag, der ihre rechte Körperhälfte lähmte, sodass sie in einen äußerst schlechten Gesundheitszustand geriet.

Wieder einmal von Krankheit gezeichnet, verlor sie zusehends ihre Schönheit, ihr Ansehen und die Lust am Leben, das nur noch wie ein grauer Schleier an ihr vorbeizog. Keine Erinnerungen, keine Gedanken, kein Blick mehr, die etwas Schönes im Leben ausgemacht hätten. Wenn es so wäre, bevor man stirbt, ohne an irgendetwas zu denken oder erinnert zu werden, dann wäre sterben zu müssen überhaupt nicht so schlimm, wie Mary sich das immer vorgestellt hatte, sodass allein der Gedanke daran schon ausgereicht hatte, sie in Panik zu versetzen. Die Männerwelt in Marys Umgebung verlor bald schnell das Interesse und beachtete sie kaum noch. Doch Marys gutes Herz und ihr liebes Wesen konnte ihr keiner nehmen, nicht einmal die boshaften Furien – und das war ihre Stärke.

JOHN IST VÖLLIG VERÄNDERT

An einem nicht so schönen Tag lag John mit einer schweren Grippe schon seit mehreren Tagen im Bett. Weil aber keine Besserung eintraf, kam er ins Sanatorium, wo eine lebensbedrohliche Lungenentzündung festgestellt wurde. Die Lage war äußerst ernst, es stand sehr schlecht um ihn. Hohes Fieber schwächte seinen so kräftigen Körper zusehends, er rang nach Luft und kämpfte um sein Leben. Das Sprechen fiel ihm immer schwerer, weshalb die Ärzte ihm sehr viel Ruhe verordneten.

Mary war in größter Sorge um ihren geliebten Mann, sodass auch sie selbst immer kränker wurde. Auch Johns Verhalten war so anders als sonst. Er klammerte sich immer mehr an Mary und nahm ihr mit seiner Liebe die Luft zum Atmen. Das Sanatorium war zu weit entfernt und Mary zu schwach und krank. So konnte sie ihren geliebten John nicht ständig besuchen, die schweren Panikattacken, ihr geschwächter Körper sowie ihre seelischen und körperlichen Schmerzen zwangen sie dazu, ihre Wohnung nicht ohne Begleitung zu verlassen. In ihrer Verzweiflung wurde sie tagein, tagaus immer mehr von dunklen Gedanken beherrscht. Und das Böse wurde zusehends stärker, denn es nährte sich von der Angst und den seelischen Schmerzen.

Die Furien nahmen Besitz von John, der sich täglich immer mehr veränderte und auf der Seite der Familie stand, ohne es selbst zu bemerken. Vor allem Anne schien die Hauptfigur zu sein, denn sie beeinflusste ihren Bruder stark. Auch wenn er es sich nicht hatte anmerken lassen, so spürte Mary regelrecht, dass mit John etwas nicht stimmte und seine Gedanken ganz woanders waren. Vielleicht ja sogar bei seiner Exfrau?

Nachdem ihr liebster John wieder genesen und dem Tod von der Schippe gesprungen war, konnte er das Sanatorium nach mehreren Wochen verlassen. Er musste sich zu Hause noch ausruhen. Mary pflegte ihn zu Hause und kümmerte sich trotz ihrer eigenen schweren Krankheit liebevoll um John. Oft kam es vor, dass sie selbst mit ihrer Krankheit nicht mehr weiterwusste und sie selbst sich schon längst nicht mehr in der realen Welt befand. Irgendetwas entfernte sie immer mehr vom realen Leben und riss sie wie eine Strömung mit sich, in der sie zu ertrinken drohte. Die Streitigkeiten zwischen John und Mary wurden von Tag zu Tag mehr und sogar heftiger. Auch konnte Mary beobachten, wie John immer mehr die Gestalt einer männlichen Furie annahm.

Er war ein sehr schöner Mann, als sie sich im Sanatorium kennen und lieben gelernt hatten. Nachts, wenn er im Glauben war, dass Mary schlief, flog er in Gestalt einer Furie aus dem Fenster davon und verschwand in der Dunkelheit.

Mary schloss ihre Augen, denn sie wollte nicht wahrhaben, dass die Liebe zu ihm langsam dahinschwand. Zusehends versagten mehr und mehr ihre Kräfte, sodass sie Tag und Nacht nur noch vor sich hinvegetierte. John saugte seiner einst geliebten Frau alle Lebenskraft aus. Ständig umgeben von den bösen Mächten der Furien, nahmen Energie und Verstand in Mary ab, und die Furien erschienen immer hemmungsloser, die fast nicht mehr zu bremsen waren.

DAS ERSTE OPFER

Seit Monaten ging es mit Mary immer weiter bergab, während sich das Böse in seinen Taten suhlte und Mary immer mehr in eine lebendige Leiche verwandelte. Tage und Nächte verbrachte die einst schöne Frau nur noch in ihrem Bett und starrte stumm mit verweinten Augen zur Zimmerdecke hinauf. Sie musste diese Hetzereien der Furien über ihre Person über sich ergehen lassen, weil sie ohne Kraft war und ihnen machtlos gegenüberstand, weil sie sich in der Überzahl befanden.

Außer ihren unerträglichen Schmerzen, die sich in ihrem Körper wie gefräßige Würmer eingenistet hatten, spürte sie nichts mehr. Immer und immer wieder versuchte sie, sich aus ihren angsteinflößenden, grauenhaften Tagträumen zu befreien, was sie viel Kraft und Energie kostete. So auch am 6. Mai 1878 Da packte Mary nur noch ein einziger Gedanke: Freiheit und Rache.

Die Furien befanden sich inzwischen im Siegeszustand, während Mary sich immer mehr im Kampf gegen sie im Blutrausch badete und den Furien den Kampf angesagt hatte. In Marys Gedanken floss das Blut ihrer Opfer wie in einem langen Bach, der Schreie von starken Schmerzen von sich gab, die im Todeskampf stattgefunden hatten. Marys Name sollte von nun an unter den Furien Angst und Schrecken verbreiten, der ihnen den Atem stocken ließ, wenn sie nur an Mary Rowlands und ihre grausamen Morde dachten.

Mary ließ noch ein letztes Mal ihr bisheriges jämmerliches Leben in ihren Gedanken abspielen. Je mehr sie sah, desto größer wuchsen ihr Hass und ihr Durst nach blutiger Rache. Zu schmerzhaft war ihr bisheriges Leben gewesen, das nun mit dem Tod der anderen bestraft werden sollte.

In einer geheimen Kammer, tief unter der Erde, bewahrte Mary die unterschiedlichsten Heilmittel und Kräuter auf, die sie selbst gesammelt und zubereitet hatte. An dem Tag, an dem das Grauen begann, nahm sie all ihre Kraft zusammen, lief in die geheime Kammer, von der selbst John nichts wusste, und trank ein Mittel zur Heilung, das sie zuvor zubereitet hatte. Die kleine bauchige Flasche mit grünem Inhalt stärkte Mary unerwartet so sehr, dass sie es selbst nicht glauben konnte, welche kraftvolle Magie von ihr Besitz nahm und sie mit neuem Lebensmut stärkte. Rasch lief sie zum Spiegel, geblendet von ihrer eigenen Schönheit, stockte ihr der Atem. Viel schöner als je zuvor sah sie völlig verwundert ihr Spiegelbild an. Es war so, als wäre sie in sich selbst verliebt gewesen, weil sie sich noch nie zuvor so gesehen hatte. Sie verspürte dennoch eine große Abneigung und Ekel gegen ihren Körper und ihre abwertenden Gedanken. Zeitgleich wurden Marys Fantasien und die Sehnsucht nach Rache und der Durst nach frischem Blut von den widerlichen Furien immer größer, die Gedanken nahmen ihren Lauf, und sie begann, sich die Plätze auszusuchen, an denen sie die Furien quälen und töten würde.

Am selben Tag noch fuhr John zu Sir Mails nach Schottland, um geschäftliche Dinge zu erledigen. Mary hatte sich nichts anmerken lassen und bestärkte ihn, der lieber zu Hause bei seiner schönen Frau geblieben wäre, dass die Geschäftsreise sehr wichtig für ihn sei und eine schöne Abwechslung von seinem stressigen Alltag biete. Nachdem John sich von Mary hatte überzeugen lassen, verließ er das Haus, hatte aber immer noch gemischte Gefühle.

Sofort setzte Mary sich an den Schreibtisch und schrieb in Windeseile einen Brief mit ihrem eigenen Blut als Tinte, den sie Johns Vater mit einem außergewöhnlichen Boten, dem sie sehr vertraute und der nicht von dieser Welt zu sein schien, überbringen ließ. Diesen Boten hatte Mary zuvor in der geheimen Kammer mit Magie aus einer anderen Welt zu sich gerufen, mit der Bitte, in ihre Dienste zu treten. Sofort machte sich der Botengänger, der aussah wie ein zu klein geratener alter Mann und die Fratze des Bösen trug, auf den Weg und trug die Nachricht von Mary zu Cliff, Johns Vater. Als der den Brief voller Neugier aufgerissen hatte, las er, dass er dringend gebeten werde, sich mit Mrs. Weyers zu treffen, in die er verliebt zu sein schien, denn die beiden hatten eine geheime Liebschaft angefangen, von der niemand bisher gewusst hatte. Cliff war sehr verwundert, dass seine Angebetete ihn an solch einem ungewöhnlichen Ort treffen wollte. Die Lust nach Sex und das Verlangen nach dem nackten Fleisch dieser Frau war aber größer, und so machte er sich trotz seiner Verwunderung gedankenlos am frühen Abend mit der Droschke auf den Weg. Weil es zunehmend immer dunkler wurde, konnte Cliff nicht erkennen, wohin die Fahrt ging. Voller Vorfreude lehnte er sich entspannt in seinen Sitz zurück, schloss die Augen und fand sich in wilden Träumen mit seiner Liebsten wieder.

Ohne dass Cliff auch nur im Geringsten ahnte, wohin die Reise ging, fuhr der Kutscher in einem Höllentempo bis zum Stadtrand. Dort war es so unheimlich, dass sich selbst das kleinste Lebewesen nicht hierher verlaufen hätte, und das Pferd vor der Droschke sich dagegen zu wehren begann, weiterzugaloppieren. Es war nicht nur gefährlich wegen des Moores, das sich gleich hinter dem Wald befand, sondern die Dorfbewohner erzählten sich auch, dass sich in dieser verlassenen Gegend schon die merkwürdigsten Todesfälle abgespielt hatten. Manch einer sprach sogar über dunkle Mächte und Geister. Es musste schon mehr als ein Dutzend Moorleichen gegeben haben.

Nachdem die Kutsche das Tempo gedrosselt hatte und zunehmend langsamer wurde, hielt sie mit einem starken Ruck an. Cliff schaute aus dem Fenster in eine tiefschwarze Nacht und versuchte mühselig, sich in der Dunkelheit zu orientieren. Er konnte sich noch so anstrengen, es war einfach nicht zu erkennen, wo sie sich befanden. Doch plötzlich überkam ihn eine seltene Angst, die ihm den Atem nahm und ihm die Schweißperlen über sein Gesicht rollen ließ.

So weit abgelegen von ihrem Heimatort hatte sich das Liebespaar noch nie getroffen, noch dazu in solch tiefschwarzer Dunkelheit. Eine unheimliche Atmosphäre machte sich breit und nahm den gesamten Platz seiner Gedanken ein. Cliff war der Meinung, leise Gesänge zu hören, die von Nonnen aus einem Kloster kommen mussten, die ihm das Gefühl gaben, ihn beim Verlassen der Kutsche ins tiefe, feuchte Erdreich zu reißen, um ihn dort für alle Zeiten gefangen zu halten.

Der Kutscher wurde ungehalten und bat seinen Fahrgast, endlich auszusteigen. Er bohrte mit seinem Zeigefinger in eines seiner krustigen Nasenlöcher und glotzte mit seinen herausstehenden Froschaugen durch das kleine Fenster ins Innere der Kutsche: »Dauert das noch lange, mein Herr? Jetzt machen Sie schon, ich habe nicht ewig nur Zeit für Sie.« Er zog die Nase hoch und spuckte mit widerlichen Geräuschen das in seinem Mund Gesammelte im hohen Bogen aus. Mit lautem Peitschenknallen setzte der ungepflegte Kutscher seine Fahrt mit der Kutsche im hohen Tempo fort, bis er in der Dunkelheit mit widerlichem Lachen verschwunden war.

Nun stand Cliff da, inmitten der rabenschwarzen Nacht, im Moor des Grauens. Es schien ihm immer unwohler zu werden. Cliff versuchte, sich in der Dunkelheit zu orientieren, doch wie sollte das gelingen? Er wusste nicht einmal, wo genau er war. Dazu kam, dass ihm eine dichte Nebelwand die Sicht nahm, die aus dem feuchten Erdreich kroch und seine Sicht wie ein Vorhang erschwerte. Von überall her kamen unheimliche Geräusche, die nicht von dieser Welt zu sein schienen, und Schreie der toten Seelen klangen nicht gerade wie Musik in den Ohren des alten Mannes. In Cliffs Gedanken spielten sich die schlimmsten Vorstellungen ab, wovon oder von wem er umgeben sein könnte. Doch dann horchte er aufmerksam auf, mit Angst in den Augen versuchte er herauszufinden, woher das Knacken im Unterholz kam.

Mary konnte den Anblick des sterbenden bösen Schwiegervaters nicht mehr erwarten, und sie spürte, wie die Todesangst in seinem alten Körper anwuchs und seine faltige Haut mit einer pickligen Gänsehaut übersäte. Mit einem Lächeln suhlte sie sich in ihrer Mordlust und der Zufriedenheit, sich jetzt endlich an dem boshaften Alten rächen zu können. So rief sie mit zarter verstellter Stimme: »Cliff, Liebster, wo hast du nur die lange Zeit gesteckt?« Völlig erleichtert über die vertraute Stimme und Zurufe seiner Liebesten, holte Cliff tief Luft, bevor er ihr antwortete, und fasste sich aus Erleichterung mit beiden Händen an seine linke Brustseite: »Hedda, bist du das etwa, meine Schöne?«

Freude, Anspannung sowie das große Verlangen, Hedda zu küssen, machten sich in ihm breit und verführten den gierigen, lüsternen alten Mann, der die körperliche Nähe und Nacktheit nicht mehr abwarten konnte, zu unvorsichtigem Handeln. Fast schon sabbernd, machte er sich mit schnellen Schritten in der Dunkelheit auf den Weg. Er sah nicht, wohin er trat, und ehe er es bemerkte, landete er im Moor.

Nun befand sich Cliff in einem Todeskampf. Mit kreisrunden Augen, in denen Todesangst zu lesen war, zappelte er herum und versuchte, sich zu befreien. Er hatte das Gefühl, dass ihn jemand an seinen Füßen nach unten ziehen, sein Körper wie in einer Presse zerdrückt würde und er langsam im Moor zu ersticken drohte. Laut schrie er immer wieder um Hilfe, die er auch bald bekommen sollte. Nur war es nicht die Hilfe, die er sich wünschte.

Mit langsamen Schritten kam Mary ihrem Opfer näher, am Rande des schwarzen Moores blieb sie mit hocherhobenem Haupt stehen und weidete sich in Macht, Rache und Überlegenheit. In ihren Augen leuchtete ein Glanz der Freude. Sie sprach mit leisen Worten, ja fast schon flüsternd: »Du alter dämlicher, nach Sex gierender Idiot von einem Mann! Ich bin nicht Hedda, ich bin dein schlimmster Alptraum.«

Cliff, der um sein Leben kämpfte, schrie aus voller Verzweiflung: »Es ist mir gerade völlig egal, wer du bist, aber, bitte, bitte, rette mich, sonst werde ich sterben.« In nachttaugetränkter Kleidung stand Mary mit völlig verändertem Gesichtsausdruck im nebelverhangenen Moor vor dem ihr ausgelieferten Vaters ihres Mannes, der sich im Todeskampf befand und um sein Leben bettelte. Sie sah zu ihm runter und lächelte zufrieden, während sie an ihrer Zigarettenspitze zog. Dann sagte sie zu Cliff mit einer so bösen Stimme, wie es sonst nur der Teufel zu tun pflegte:»Nein, das ist nicht das, was ich mir gewünscht habe für dich. Dein Ende sollte nicht hier im Moor liegen, und dich als Erstes verschlingen, nein, ich habe etwas anderes für dich geplant.«

Als das Moor drohte, Cliff zu verschlingen, überkam Mary das Gefühl der Macht, plötzlich besaß sie solch starke Kräfte, die es ihr erlaubten, Cliff an den Haaren aus dem schwarzen Moor zu ziehen. Sie nahm den weißhaarigen zappelnden Mann, als wäre er eine Puppe, und schleuderte ihn zu Boden. Der vor Schmerz aufschreiende Alte war sich seiner Gefahr bewusst und winselte mit jämmerlichen Tönen um Gnade. In ständigen Wiederholungen stellte er sich immer und immer wieder mit großer Angst in seiner Stimme die Frage:»Wer oder was bist du?« Mary suhlte sich in der finsteren Nacht in ihrer Tat und dem Gefühl, Cliff da zu haben, wo sie ihn haben wollte. Seine Angst sollte noch größer als ihre sein, die sie täglich mehrfach am Tag und in schlaflosen Nächten in unerträglichen Schmerzen aushalten musste.

Ohne großes Mitleid blickte sie den völlig verängstigten Cliff an und sagte:»Wer ich bin, ist dein schlimmster Alptraum, das Grauen in Person. All die bösen, verhetzten, hinterhältigen, betrügerischen Furien haben mich erschaffen. Sie haben es mir vorgemacht, sie haben es mich gelehrt, wie man mit Dreck, wie sie es sind, umzugehen hat. Und nun wende ich es gegen euch selbst an.« Cliff suchte in seiner Verzweiflung nach den richtigen Worten, um Mary zu beruhigen. Dabei wurde sein hündisches Winseln immer heftiger, denn seine Zeit war begrenzt. Tränenverschmiert rief er immer wieder:»Bitte, oh bitte, hilf mir.«

Noch im Todeskampf kam ihm die Stimme zwischendurch sehr vertraut vor, er sammelte sich für einen kurzen Moment, und so schrie er das ihm unbekannte Wesen an:»Mary, Mary, bist du das etwa? Genug mit dem Unsinn, ich habe verstanden, es tut mir leid, und ich werde dafür sorgen, dass du von der Familie in Ruhe gelassen wirst und dazugehörst. Nur musst du dich beeilen, denn sonst kommt es nicht mehr dazu.« Das aber wollte Mary auch nicht mehr, sie legte keinen Wert darauf, noch länger Teil der Familie zu sein. Mit so heuchlerischen Falschheiten wollte sie nichts zu tun haben. Es widerte sie nur an, und es wurde ihr speiübel, wenn sie an die Familie ihres Mannes dachte.

Mary überkamen immer mehr die Gedanken von Blutdurst, und das Verlangen, Cliff zu töten, wurde durch sein Heucheln immer stärker. »Hilfe wirst du von mir nicht mehr erwarten können. Dein Schicksal hat es anders mit dir gemeint, Cliff Rowlands«, antwortete Mary ihrem Opfer. Als die Dunkelheit Marys Sicht immer mehr nahm, tanzten von überall schwarze Schatten umher, die nur darauf gewartet hatten, Cliffs toten Körper zu verschlingen. Mary stand mit erhobenen Händen da und hielt in ihrer rechten Hand ein scharfes Messer, das im Mondlicht wie ein Blitz erstrahlte. Sie zog den jammernden alten Mann an seinen Haaren aus dem Moor, schleuderte ihn zu Boden, stürzte sich auf den winselnden Cliff und schlitzte ihn von oben bis unten auf. Laut schreiend lag er in einem Meer von Blut. Mit weit aufgerissenen Augen, in denen Mary die pure Angst lesen konnte, starrte er seine Schwiegertochter ein letztes Mal an. Mary aber befriedigte ihre Sinne mit der Angst des bösen alten Mannes. Dann fiel sein Kopf zur Seite, und Mary schnitt ihm, ohne mit der Wimper zu zucken, die Kehle durch und entfernte sich mit dem Gefühl der Ruhe und Zufriedenheit: »Einer weniger.«

Der sterbende Alte hatte noch nicht seinen letzten Atemzug gemacht, da stürzten sich, wie vom Wahnsinn befallen, die schwarzen Schatten wie Vampire auf den noch zuckenden alten Körper und tranken mit großer Gier sein Blut. Nachdem sie den Leichnam völlig ausgesaugt hatten, zogen sie die Überreste ins Moor und verschwanden.

Marys Tat blieb im Verborgenen, und nur die tiefschwarze Nacht, die von nun an ihre Verbündete war, war ihre einzige Zeugin. Von nun an war Mary mit ihren Taten und der Dunkelheit verschmolzen, und ihr Verlangen nach Rache und Gerechtigkeit wurde von Tag zu Tag größer.

Tage und Nächte waren seither vergangen, bis die Suche nach Cliff von der Polizei eingestellt worden war. Nicht ein einziger Hinweis, der zu Cliff hätte führen können, war zu finden. Wie vom Erdboden verschwunden, fand man nicht die geringste Spur. Weitere Wochen und Monate waren vergangen. In Johns Familie war langsam wieder Ruhe eingekehrt. In der Zeit, als sie nach Cliff gesucht hatten und in großer Trauer um ihn waren, ließen sie Mary vorerst in Ruhe. Aber das war nur die Ruhe vor dem nächsten herannahenden Sturm.

RACHE IST RATTE

Nachdem fast ein Jahr vergangen und der Schmerz der Furien weniger geworden war, wurde es für Mary in der Familie wieder unerträglich. Die Furien beschäftigten sich täglich mehr und mehr mit Mary und ließen dabei fast nichts an Boshaftigkeiten aus. Mary aber, die nicht mehr die zerbrechliche, wehrlose Frau war und nicht lange fackelte, bis sie sich einen neuen Mord für ihre Peiniger ausgedacht hatte, wählte ganz gezielt ihr zweites Opfer aus. Wieder sollte dabei die tiefschwarze Nacht, ihre Verbündete sein. Diesmal war Anne die Auserwählte, eine selten hässliche Frau, mit ganz üblem Charakter, der genauso hässlich wie ihr Aussehen war.

Von Hinterhältigkeit, Verhetzung, Neid und Missgunst besessen, ließen sie selbst nicht mehr zur Ruhe kommen. Ihr Erscheinungsbild war ungepflegt und schmuddelig und ihre Haushaltsführung ließ zu wünschen übrig. Ihr ständiger Drang, in der Familie im Mittelpunkt zu stehen und für alle das Schicksal spielen zu müssen, war groß. Auch ihr Männerverschleiß war kaum zu stillen, und sie prahlte sogar damit, wie sie über das männliche Geschlecht herfiel, sollte es jemanden gegeben haben, der freiwillig mit ihr ins Bett gegangen war.

»Doch, es gab da mal jemanden«, sagte Mary zu mir. Dabei lächelte sie zufrieden. Ich wollte natürlich gleich wissen, um wen es sich dabei handelte. Mary zog an ihrer Zigarettenspitze und antwortete mir: »Ach, das war schnell erledigt. Er war hinterhältig und falsch, genauso wie die Furien. Er passte sehr gut zu ihnen, dieser Peter. Doch als er genauso schlecht über mich herfiel, fackelte ich nicht lang, er bekam einen Herzanfall, von dem er sich nicht mehr erholte, und verstarb kurz darauf. Er hätte ja nicht das trinken müssen, was ich ihm bei einem Besuch bei uns zu Hause angeboten hatte. Selbst schuld. Ich konnte mich nicht auch noch damit belasten, er musste schnell verschwinden. Aber wenden wir uns lieber den wichtigen Dingen zu, den Furien.«

Mary erzählte weiter über ihre Schwägerin. Alles musste so gemacht werden, wie sie das angeordnet hatte, tat man es nicht, so drohte sie mit Schlägen und bekam Wutausbrüche. Dana und Anne verstanden sich überhaupt nicht, doch wenn die beiden gegen Mary vorgehen konnten, dann waren sie sich immer einig.

Ein neuer Morgen brach an, draußen war es kalt und ungemütlich geworden und es regnete in Strömen. John und Mary saßen gemeinsam beim Frühstück, genossen den Moment und den Ausblick aus ihrem Fenster. Denn genau das Wetter liebten beide so sehr, es war eine Zeit der Gemütlichkeit, sie genossen es, es sich bei Kerzenschein und einem Feuer im Kamin so richtig gemütlich zu machen. Und Mary beruhigte es sehr, wenn der Regen gegen die Fensterscheiben prasselte und ein heulender Wind ums Haus fegte.

Für einen Moment lang vergaß Mary sogar fast all ihre Sorgen, und ihr Durst nach Morden und Schreien ihrer Opfer verblasste. Es klingelte unerwartet an der Haustür. Der Postbote stand freundlich lächelnd mit einem Brief in der Hand vor Mary, die zur Haustür geeilt war. Von Marys Schönheit geblendet, strahlte der Bote die attraktive Frau verlegen an. Mit seinen riesigen Augen zog er Mary in seinen Gedanken aus und konnte keinen Blick mehr von ihr lassen, zu schön war ihr Aussehen, trotz ihres großen Leids und dem Schmerz ihrer Seele.

Mary bedankte sich lächelnd bei dem Boten und verschloss die Haustür. Als sie zurück mit dem Brief in der Hand am Frühstückstisch war, überkam sie ein kribbeliges Gefühl in ihrer Hand von Ekel, und all ihre Gedanken an Mord, Rache und Blutdurst stiegen erneut in ihr auf. Wie ein aufgeblasener Luftballon füllten sich ihre Vorstellungen, und die Sehnsucht, Anne zu töten, legte sich wie eine Kruste auf ihre Seele. Mary konnte regelrecht spüren, von wem der Brief war. »Furien, überall stecken sie. Warum könnt ihr mich nicht in Ruhe lassen?«, sprach sie leise zu sich selbst. John, dem das nicht entgangen war, sah seine Frau fragend an. »Was hast du denn da Schönes mitgebracht?« Er sah sie mit einem verliebten Lächeln an. Mary hielt John den Brief vor die Nase, und mit Zorn in der Stimme sagte sie: »Der ist doch bestimmt von deiner Schwester, dieser Furie, ich spüre das. Da steht nichts Gutes drin, das kannst du mir glauben.«

John nahm den Brief an sich und öffnete ihn mit brummigem Gesichtsausdruck, so, als würde er ahnen, was drinstand, und seine Frau leider recht hatte. Von Anne war noch nie etwas Gutes gekommen. John sagte aber erst mal nichts, denn er wusste, dass Mary im Recht war, seine Schwester war eine sehr, sehr böse Frau. Mit einem Räuspern rückte John seine Brille, die halb auf seiner Nasenspitze saß, zurecht und begann, den Brief, der wirklich von seiner Schwester Anne war, laut vorzulesen. Es handelte sich um eine Einladung zu ihrem Geburtstag, zu dem sie ihren Bruder und Mary mit Freuden mit ihrer Nachricht ausgeladen hatte.

John,
wie du sicher weißt, steht bald mein Geburtstag an. Dir ist ja bekannt, dass ich immer noch mit deiner Exfrau Gilda befreundet bin. Und das wird auch so bleiben. Sie ist natürlich auch an dem besagten Tag meines Geburtstagsfestes eingeladen, denn das ist mir äußerst wichtig, dass sie dabei ist. Und damit es keine Streitigkeiten gibt, möchte ich dich darum bitten, nicht mit deiner Frau Mary auf dem Fest, das am kommenden Samstag stattfinden wird, zu erscheinen. Ich denke, dass du das verstehen wirst, ihr wisst ja bestimmt auch so, wie ihr eure gemeinsame Zeit verbringen könnt. Ich sage dann mal bis bald.
Deine dich innig liebende Schwester Anne

Mary war nicht sonderlich überrascht über den Inhalt des Briefes, doch befand sie sich gleichzeitig in einem Gefühl zwischen Angst, Traurigkeit, Ablehnung, Hass und Rache. Ja, und da war es wieder, das Gefühl der Rache. Die Sehnsucht, Anne, ihrer Schwägerin, ein ganz besonderes Geburtstagsgeschenk zu machen, wuchs sekündlich. Das Miststück noch vor ihrer Geburtstagsfeier zu töten, sie leiden, sie qualvoll sterben, sie genau den Schmerz fühlen zu lassen, wie Mary ihre Schmerzen fühlen musste – das war Marys Ziel. Mary konnte es kaum erwarten, die schmerzenden Schreie, die aus Annes boshaftem Schandmaul strömen würden, hören zu können. Nur diesmal sollte es noch schlimmer und grausamer werden als der Tod von Cliff. Mary dachte sich in ihrer Fantasie einen grausamen Tod für Anne aus und konnte an nichts anderes mehr denken.

Die ahnungslose Anne steckte währenddessen inmitten ihrer Vorbereitungen zum Geburtstagsfest und dachte mit Freude daran, Mary ausgeladen, sie von der Familie erneut ausgegrenzt und damit schwer in ihrer Seele verletzt zu haben. Mit diesem bösen Gedanken tanzte Anne singend in ihrer Wohnung umher und fasste sich in einem glücklichen Gefühl, das, ohne es zu wissen, das letzte Mal sein sollte, überhaupt etwas zu fühlen. Strahlend machte das boshafte Weib sich mit ihrer Einkaufsliste in der Hand auf den Weg.

Anne verließ am 24. Oktober 1877 ihr Haus und fuhr mit einer boshaften Zufriedenheit mit der Kutsche in Richtung Stadt, um dort ihre Besorgungen für das Geburtstagsfest zu erledigen. Mary wusste von John davon, tat aber so, als interessiere sie es nicht. Und so hatte sie sich kurzfristig an diesem Tag im Kaufmannsladen als Verkäuferin einstellen lassen. Mary war nicht als Mary, die Frau von John Rowlands, zu erkennen, nein, sie hatte in Johns Abwesenheit wieder von ihrem Heilungstrank getrunken, der ihr zu Stärke und diesmal zu einer Verwandlung in eine ältere, äußerst freundliche Dame verhalf. Nachdem sie den ersten großen Schluck genommen hatte, befand sie sich in einem Verwandlungszauber, und nur wenige Sekunden danach stand sie in Gestalt einer völlig anderen Person, die nichts mehr mit Mary Rowlands zu tun hatte, hinter der Theke im Kaufmannsladen und bediente freundlich lachend und zuvorkommend ihre Kunden.

Gerade, als die letzte Kundin mit vollgepacktem Einkaufskorb gegangen war, hätte Mary den Laden schließen müssen, um in die vorgegebene Mittagsruhe zu gehen, was sie aber mit Absicht nicht tat. Sie verschloss die Ladentür nicht und kramte stattdessen in Holzkisten zwischen Gemüse und Obst, als die Türglocke bimmelte und Anne hocherhobenen Hauptes, arrogant wie immer, den Laden betrat.

Über ihrem Handgelenk trug sie ihren Einkaufskorb, den sie mit der anderen Hand krampfhaft festhielt, als wenn man ihr diesen jeden Moment wegnehmen wollte. Sie wirkte sehr blass und sichtlich schlecht gelaunt, was Mary es zusätzlich leichter machte, ihr grausames Morden zu vollenden. Stocksteif stand Anne da und bewegte nur ihren Kopf, an dem ihr dünnes Haar wie Sauerkraut hinunterhing, um sich im Laden umzuschauen. Mary tat freundlich und fragte mit einem zauberhaft gespielten Lächeln: »Guten Tag, meine Liebe, was kann ich für Sie tun?«

Schnippisch und mit Zorn in ihrer Stimme antwortete Anne mit gespitzten Lippen: »Ich bin nicht Ihre Liebe. Bitte, unterlassen Sie das. Tun können Sie allerdings etwas für mich. Ich bin gerade dabei, meine Geburtstagsfeier auszurichten. Dafür benötige ich nur die besten Zutaten. Führen Sie das überhaupt? Und haben Sie das verstanden, was ich Sie gefragt habe?«

In Mary stiegen die schlimmsten Fantasien auf, der Drang nach Mord wuchs mit jeder Sekunde beim Anblick der scheußlichen, widerlichen Fratze von Anne. Schon die Stimme war unerträglich, und es juckte ihr regelrecht in den Händen, mit denen sie Anne auf der Stelle liebend gern sofort die Kehle zugedrückt hätte. Mary war aber Profi und verhielt sich vorbildlich. Sie tat weiterhin freundlich und schenkte Anne ihre ganze Aufmerksamkeit.

Freundlich lächelnd antwortete Mary: »Nun ja, Mrs. Anne, wenn Sie nur die allerbesten Zutaten wünschen, so kann ich Ihnen dabei behilflich sein. Immerhin sollen Ihre Gäste sich ja so richtig satt an Ihnen, äh, ich meine natürlich an Ihrem Buffet essen. Dazu müssten Sie aber mit mir nach hinten ins Lager kommen. Dort bewahren wir nur das Beste für unsere beste Kundschaft auf. Zu denen gehören natürlich auch Sie, und das an erster Stelle«, sagte Mary heuchlerisch und war dabei mehr als überzeugend. In Gedanken war sie schon im Blutrausch des Mordens und der Rache.

Mit widerlichem Gesichtsausdruck begab sich Anne hinter die Kaufmannstheke und drängelte sich vorwitzig und respektlos an Mary vorbei, die ihr dicht auf den Fersen war und wie ein Kaugummi regelrecht an Anne klebte. Starkes Schwitzen vor Erregung, Anne gleich zu töten, durchtränkte Marys mit grauen Löchern durchsetzte Leinenbluse. Ihre Wangen leuchteten so rot wie die Äpfel im Korb auf der Ladentheke.

Die beiden kamen an eine Holztür, und Mary blieb ruckartig stehen. Mit etwas verändertem Gesichtsausdruck vor Erregung sagte sie: »Ach, äh, Mrs. Anne, bitte, wir müssen durch diese Tür, hier bewahren wir die besten Lebensmittel auf, sozusagen unsere Goldstücke.« Gleichzeitig griff Mary nach dem schwarzen Türgriff, der so rund wie ein kleiner Ball und dessen Farbe an manchen Stellen schon abgegriffen war, drehte ihn nach rechts, worauf sich die Holztür mit knarrenden Geräuschen schwer öffnen ließ. Die beiden schauten in tiefschwarze Dunkelheit, die die Verbündete von Mary Rowlands war und die schon in voller Ungeduld auf sie gewartet hatte.

Mary wusste natürlich, was sich hinter der Tür befand. Anne schaute weiterhin verdutzt und lauschte auf die ihr unbekannten Geräusche, die sich anhörten, als würde etwas geschärft werden. Eine steile, lange und morsche Holztreppe, die von Holzwürmern durchfressen war und schon seit vielen Jahren von niemandem mehr benutzt worden war, führte in ein uraltes Kellergewölbe, das von dem alten Paar, die die Besitzer des Kaufmannsladen waren, völlig in Vergessenheit geraten war.

Als Anne naserümpfend in die ihr unbekannte Dunkelheit stierte und einen Blick zu erhaschen versuchte, sagte sie hochmütig und mit merkwürdigen Geräuschen in ihrer Stimme: »Puh, das stinkt ja erbärmlich. Und hier lagern Sie Ihre besten Lebensmittel? Kaum zu glauben, es riecht hier wie in einem Keller, der bis zum Rande gefüllt ist mit Leichen.«

Oh, wie genoss Mary den Anblick von Annes Ekel, des starken nicht auszuhaltenden Geruchs von fauligen und verwesten alten Fleischresten, die vom Metzger nebenan kamen, der dort unerlaubt seine Schlachtabfälle regelmäßig entsorgte. »Warum denn auf einmal so vom Ekel ergriffen, liebste Anne, nagst du doch selbst bei den Mahlzeiten an Leichenteilen«, sagte Mary mit einer so boshaften Stimme, dass es von den Wänden mit widerwärtigem Gelächter hallte. Zeitgleich stieß Mary Anne, die sich wegen des Gestanks erbrach, mit voller Wucht und großer Freude die lange blutige, mit verwesten schmierigen Fleischresten verseuchte Treppe hinunter. Dabei lachte sie so böse, dass selbst der Teufel vor Mary die Flucht ergriffen hätte.

Mit lautem Aufschrei und Gepolter stürzte Anne in einem Höllentempo Stufe für Stufe hinunter, bis sie bewegungslos auf dem kalten Steinboden inmitten einer Blutlache, abgezogener Schweinehaut, Knochenresten, Innereien, Ohren und Nasen lag. In einem Meer von fauligen Innereien und abgehackten Schweine- und Rinderbeinen versuchte sie, sich kriechend aus dem blutigen Tierfriedhof zu befreien. Nur konnte sie in der Dunkelheit nichts sehen. Stöhnend und sich weiter erbrechend, kroch Anne in den Fleischresten umher, in denen sich die Maden suhlten, die sich bald auch ihr stinkiges Fleisch schmecken lassen könnten, wären da nicht schon andere gierige, fleischfressende Freunde des Bösen gewesen, von denen Anne bereits die Geräusche gehört hatte. Sie waren es auch, die sich ihre Zähne geschärft hatten, um Annes stinkendes Fleisch von ihren Knochen lösen und besser fressen zu können.

Aus allen Ecken kam eine Vielzahl von dicken, fetten, mächtig großen Ratten, mit widerlichem, gierigem Geschrei, herbeigeströmt, die mit großem Appetit sofort damit begannen, Annes stinkende, runzlige Haut und das darunterliegende Fleisch bei lebendigem Leibe zu fressen. Bis zum Knochen nagten sie mit ihren gelblichen Zähnen ihr Fleisch mit großem Appetit ab. Mit lauten Schreien befand sich Anne, die sich vor Schmerzen im Todeskampf wand, mit den fressenden Ratten im Kampf. Mary verschloss zufrieden lächelnd die Tür und machte sie so unkenntlich, wie sie sie vorgefunden hatte.

Natürlich ging ihr alles viel zu schnell, sie hätte Anne am liebsten die Ohren und ein paar Finger abgeschnitten und daraus eine

Suppe gekocht, die sie ihren lieben Verwandten als Vorspeise ihres Sonntagsmenüs gereicht hätte. Und das Gesicht von Anne hätte Mary am liebsten bis zur Unkenntlichkeit verstümmelt, sodass sie in das schmerzhafte, verkrampfte Gesicht der bösen Person noch ein einziges Mal hätte blicken und ihr beim schmerzhaften Sterben hätte zuschauen können. Aber die Zeit hatte Mary nicht, denn John kam am Abend schon von seiner Geschäftsreise zurück. Und da war es wichtig, dass sie zu Hause als kranke Mary in ihrem Bett lag. Anne aber kam von ihren Besorgungen diesmal nicht zurück. Sie war, wie Cliff auch, wie vom Erdboden verschwunden, und niemand ahnte im Geringsten, dass ihr Fleisch von den Ratten bis auf das letzte Stück gefressen und nicht einmal ein Tropfen Blut zurückgelassen worden war. Auch Inspektor Norman Brighton tappte mit seinen Ermittlungen im Dunkeln. Nur diesmal wollte er nicht so schnell aufgeben und rollte den Fall Cliff Rowlands erneut auf, was sich als keine einfache Arbeit herausstellte.

INSPEKTOR NORMAN BRIGHTON

Tage und Nächte verbrachte der Inspektor mit einer ihm vertrauten und speziellen Mannschaft von Polizisten, die im Konferenzraum des Polizeigebäudes das Geheimnis der mysteriösen Fälle der Rowlands intensiv besprechen und aufzuklären versucht hatten. Dabei war es an Brighton, keine Einzelheiten und Hinweise auszulassen. Er war für jeden noch so kleinen Hinweis, der aus der Bevölkerung kam, dankbar gewesen. Doch bislang war alles ohne Erfolg geblieben.

Wieder und wieder ging eine tagelange Suche nach der verschwundenen Anne los, die Polizei tappte, wie auch schon bei Cliff, weiterhin im Dunkeln. Nicht eine einzige Spur führte zum Erfolg. Wenn sie mit ihren Befragungen in Annes Familie und Umfeld beschäftigt waren, wurde Mary ständig davon verschont, denn sie war sehr krank und konnte ihr Bett kaum noch verlassen.

John teilte dem Polizeiinspektor Norman Brighton persönlich mit, dass seine Schwester und Mary kein gutes Verhältnis hatten und aus diesem Grund auch keinen Kontakt pflegten. So hätte Mary ihm auch nicht sagen können, wo Anne sich das letzte Mal aufgehalten hatte. Zusätzlich legte John dem Inspektor einige ärztliche Atteste vor. Marys Arzt war Facharzt der Nervenheilkunde und ihr

Vertrauter geworden. Eigentlich war es nur der Arzt, dem Mary ihr ganzes Vertrauen schenkte, denn er war auch der Einzige, der Mary in ihrer Krankheit verstand.

Dr. Brad bestätigte, das Mary Rowlands ihr Haus nur in Begleitung verlassen konnte und das auch nicht immer, denn zu schwerwiegend waren ihre Krankheiten. Zudem hatte Mary Schwierigkeiten, sich bei ihren Mitmenschen durchzusetzen, und sie verstand auch nicht immer sofort, was ihr Gegenüber von ihr wollte. Auch tat Mary ständig das, was man von ihr verlangte, denn sie traute sich nicht, nein zu sagen, aus Angst, dass man sie mit Verachtung strafte. Mary konnte das Gefühl nicht ertragen, in den Augen anderer alles falsch zu machen. Und so lag es auf der Hand, dass Mary Rowlands für ihre Peiniger und Betrüger ein leichtes Opfer gewesen war, die die Not der kranken Frau für sich zum Vorteil ausgenutzt hatten und sie bis aufs Letzte benutzten, um ihre eigenen Vorteile daraus zu ziehen. Mit diesen Einschränkungen in ihrem Alltag war Mary überhaupt nicht in der Lage, ein selbstständiges Leben zu führen. Dass ihr ein Heilungstrank für ihre Schönheit und Stärkung dazu diente, sich frei bewegen zu können, konnte niemand ahnen, und das war auch gut so.

Der Inspektor stand nach Tagen und Wochen, wie bei Cliffs Verschwinden auch, vor einem großen Rätsel und konnte sich genauso wenig das unerklärliche Nicht-wieder-Auftauchen der beiden Familienmitglieder erklären wie der Rest der Familie. Mary aber badete indessen in einer beruhigenden Zufriedenheit und suhlte sich in der finsteren Pracht ihres grausamen Tötens. Zwei weniger, die Marys Leben zu einem Alptraum gemacht hatten.

Immer mehr wuchs das Verlangen von Mary nach Rache, Rache für all jene, die ihr Leben zur Qual gemacht und ihr seelische und körperliche Schmerz zugefügt hatten, ohne einmal darüber nachgedacht zu haben, wie sehr Mary litt und bis heute unter diesen Menschen leidet.

Mary wollte nur noch eines: dass sie allesamt mit dem Tod bestraft werden und ihr Leben bis dahin mit Schmerzen und seelischen Grausamkeiten gefüllt ist – genauso wie ihr bisheriges eigenes

Leben. Sie entfesselte täglich immer mehr ihre Fantasien und stellte sich in ihren Gedanken die grausamsten Morde vor, die sie auch umzusetzen versuchte. Ihre Opfer sollten den gleichen Schmerz fühlen, wie Mary ihn täglich aushalten musste. Da war der Tod von Cliff und Anne viel zu schnell gegangen gegen das, was Mary täglich erlitt.

DAS IRRENHAUS

Mittlerweile hatte der Mond dreimal gewechselt, und es war in dieser Zeit sehr still in der Familie Rowlands geworden. Die Trauer um Cliff und Anne beherrschte bei allen Familienmitgliedern auch nach Wochen noch den Alltag. Außer bei Mary, aber sie gehörte auch nicht dazu, war kein Familienmitglied, worüber sie mittlerweile nicht mehr unglücklich war, denn zu so einer Sorte Mensch gehörte sie einfach nicht. Aber sie hatte jetzt erst einmal für ein paar Monate ihre Ruhe vor den boshaften Furien gehabt. Doch es war nur die Ruhe vor dem nahenden Sturm.

Dana, die sich schnell nach dem Verschwinden von ihrem Schwiegervater und ihrer Schwägerin als Erste von allem wieder erholt hatte, fing erneut an, hinter Marys Rücken zu lästern und mobbte sie, wo sie nur konnte. Ihr war es nicht bewusst, in welche Gefahr sie sich selbst damit brachte – woher auch? Aber sie konnte es einfach nicht lassen, zu viel Böses steckte in ihr. Mary aber war nun für den Rest der Familie zu einer tickenden Zeitbombe geworden, die jeden Moment explodieren konnte. Und dieser Zeitpunkt war genau jetzt für Dana gekommen, die es mit ihrer Lästerei übertrieb. Solch ein Verhalten, wie Dana es an den Tag legte, war ein typisches Zeichen für sehr dumme Menschen, die selbst im Leben noch nichts erreicht hatten und anderen ihren Erfolg im Leben neideten.

John kam erschöpft an einem Freitagabend nach Hause. Fast eine ganze Woche lang hatte er bei seinem Bruder Harry mit der Renovierung und Sanierung des neu gekauften Hauses verbracht. Die beiden hatten nicht allzu viel miteinander zu tun, doch half John ihm hin und wieder mal, auch wenn es ihm sehr auf die Nerven fiel. Beim Abendessen erzählte John, dass sein Bruder ihn und Mary am Wochenende zu sich aufs Land eingeladen hatte, als Wiedergutmachung. John war darüber nicht gerade erfreut, mochte er viel lieber nur mit seiner schönen Frau allein sein und niemand anderen in seiner Nähe haben.

Mary saß da und führte ihre Gabel mit vor Freude rollenden Augäpfeln zum Mund, während sie John mit zarter, unschuldiger Stimme fragte:»Und, was hast du darauf geantwortet?«John sagte Mary, nachdem er einen Schluck Wein aus seinem Kristallglas genommen hatte:»Ich weiß nicht so recht, wenn ich schon an Dana denke, ihre bösen Gedanken und ihre Falschheit, sie ist doch regelrecht verrückt. Wie sie heuchelt, wenn jemand zu Besuch bei ihnen ist. Immerzu tut sie so, als wäre sie die perfekte Hausfrau und die führsorglichste Ehefrau, die es je auf dieser Welt gegeben hat. Nicht einmal einen Knopf kann die dumme Nuss an Harrys Jackett annähen. Sie ist doch einfach für alles zu dämlich und zu nichts zu gebrauchen.«

Mary hörte ihrem Mann aufmerksam zu, jedes noch so kleine Wort speicherte sie in ihren Gedanken mit einem Lächeln der Zufriedenheit ab. Und sie begab sich in ein Fest der Vorfreude, weil John erkannt hatte, wie schlecht Dana war. Marys Beine und Hände fingen während der Unterhaltung schrecklich zu zittern an. Ihre Nerven schienen mal wieder mit ihr Karussell zu fahren, und es war so, als befand sie sich in einer Art der Erregung des Mordens. Wieder begann Mary, wie schon beim letzten Mal, als sie kurz davor war, Anne die Treppe hinunterzustoßen, stark zu schwitzen. Mit der Stoffserviette tupfte sie sich die Schweißperlen aus ihrem Gesicht. Sie verspürte das Gefühl, sie müsste das Messer, das neben ihrem Teller lag, nehmen und auf John einstechen und, wie vom Wahnsinn besessen, zugleich lauthals zu schreien anfangen. Es wurde für Mary immer anstrengender, sich gegen diese Gedanken und Handlungen zu wehren. Sichtlich im Kampf gegen sich selbst gewann sie die Oberhand über ihre grausamen Gefühle zurück. Angeschlagen und erschöpft, murmelte sie leise mit verzerrtem Gesichtsausdruck vor sich hin:»Böse, böse Gedanken, Dana soll böse Gedanken haben? Ich werde sie lehren, was es heißt, böse Gedanken zu haben. Sie soll spüren, wie es sich anfühlt, wenn jemand seine bösen Gedanken an ihr ausführt.«

John entging es nicht, dass Mary mittlerweile am ganzen Körper zitterte. Er verdrehte wegen der Krankheit seiner Frau völlig genervt seine Augen, sah Mary nicht einmal richtig dabei an und fragte fast schon angewidert:»Was ist mit dir? Ich denke, wir fahren am besten nicht zu Harry und Dana, was meinst du?«

Angestrengt wehrte Mary sich gegen diesen Entschluss, zu groß war ihre Lust, Dana zu quälen. Immer wieder nach Luft ringend, weil sich eine schwere Panikattacke angekündigt hatte, sprang sie von ihrem Stuhl auf und verließ für eine Weile das Esszimmer. Ihr Bewegungsdrang und die Gedanken der Flucht waren jetzt nicht mehr aufzuhalten und hatten die Macht über sie übernommen.

Nachdem Mary die grausame Panik überwunden hatte, lief sie abgekämpft zu John ins Esszimmer zurück. Vollgepumpt mit Adrenalin setzte sie sich mit verweinten Augen und Schüttelfrost auf ihren Platz und trank schlürfend eine heiße Tasse Kaffee. Ihr Gesicht war leichenblass und ihre Haut nahm nur sehr langsam wieder Farbe an. Die Anstrengung war ihr noch anzumerken, und sie konnte ihre Tränen vor John nicht länger verbergen. Nur langsam erholte sie sich von dem grauenvollen Moment.

Dann sah sie zu John, überlegte gründlich und suchte nach den richtigen Worten, ihn doch davon zu überzeugen, zu Harry und Dana aufs Land zu fahren. Während sie ihre Hand auf Johns legte und ihn mit verträumtem Blick ansah, sprach sie wieder mit zarter verstellter Stimme:»Liebling, Schatz! Wir fahren am Wochenende zu deinem Bruder. Es wird uns guttun, mach dir keine Sorgen, mit Dana werde ich schon fertigwerden.«

Mary stand auf, gab John einen liebevollen Kuss und konnte den Tag der Abreise kaum noch erwarten. In ihrem Kopf war es so durcheinander wie in einem Puzzle mit siebentausend Teilen, die sie nach und nach zu ordnen versuchte, um es dann zusammenzusetzen.

Immerhin hatte sie sich einen neuen Schauplatz schon längst ausgedacht, doch wollte sie Dana nicht wie die anderen auf so schnelle Art und Weise töten. Dana sollte vor ihrem Tod so richtig leiden müssen, noch schlimmere Ängste ausstehen sollte sie als Cliff und Anne.

Mit sadistischem Vergnügen fügte Mary in ihren Gedanken Dana die schlimmsten Schmerzen zu. Ihre Ideen und Fantasien von grauenvollen Morden waren jetzt in voller Konzentration nur noch auf Dana gerichtet, die schon bald mit Leid, Schmerz, Qual und Tod Bekanntschaft machen sollte. Doch der Weg dorthin sollte kein leichter für sie werden. Nein, Mary hatte etwas ganz Besonderes für diese Furie vorgesehen. Marys Vertraute, die Dunkelheit der todbringenden Nächte, sollte Dana nicht gleich verschlingen, sie sollte Mary nur dabei behilflich sein, ihre grauenvollen Taten zu vollenden, die von nun an über Leben und Tod herrschte.

GEDANKEN VON DARK SMITH

Mir stockte der Atem, und so manches Mal fiel es mir schwer, zu glauben, dass das, was ich da gehört hatte und meinen Notizblock mit grausamen Taten füllte, wirklich von Mary Rowlands vollbracht worden sein sollte. Ich konnte nicht begreifen, dass eine so wunderschöne Frau, so klein und zart, zu solch grauenvollen Taten fähig sein kann. Gerade hatte ich noch ihre zarten, weichen, wunderschönen schlanken Hände gehalten und sie beruhigte. Ich sah in ihre Augen, die mit Schmerz, Enttäuschung, Ablehnung und Traurigkeit gefüllt waren. Und auch während sie mir ihre Geschichte erzählte, mussten wir zwischendurch immer wieder kleine Pausen machen, weil sie in Tränen ausbrach, die nicht gespielt waren.

In einer kurzen Pause blickte ich aus dem Fenster und sah in die tiefschwarze Nacht, die für einen Moment lang völlig anders als sonst auf mich wirkte. Ich hatte das Gefühl, dass die Dunkelheit, die Marys Verbündete war, und das Böse unsichtbar machte, mich beobachtete und mich im Glauben ließ, dass Mary Rowlands, die zarte, wunderschöne Frau, völlig unschuldig sei. Ich bildete mir ein, ich hätte die Dunkelheit hämisch lachen gehört und eine Stimme mir leise zuflüstern: »Vielleicht bist du ja der Nächste, Dark Smith.«

Ich schreckte ängstlich mit großen Augen zurück, und es fiel mir schwer, so manches Mal Mary Rowlands anzusehen, ohne dass ein kalter Schauer meinen Körper durchströmte. Das Hausmädchen kam zwischendurch immer mal wieder zu uns ins Zimmer und sorgte dafür, dass ich mit allem versorgt war.

Ich hatte mir ein Mitternachtsmahl gewünscht, das sie gerade auf einem Tablett servierte, und ich war glücklich, sie zu sehen. Denn ich hatte das Gefühl, eine kleine Notlüge zu gebrauchen und Mary mitzuteilen, dass ich müde sei und mit meiner Arbeit am nächsten Tag weitermachen würde, sobald es hell sei, und dann ihre grausame, aber dennoch traurige Geschichte notieren würde. Doch brachte ich es nicht fertig, auch nur ein Wort in dieser Hinsicht zu äußern. Wie eine würgende Hand, die sich um meinen Hals gelegt hatte, war es mir verboten, das zu äußern, wenn ich in Mary Rowlands' Augen und in die tiefschwarze Nacht, ihre Verbündete, schaute, die begonnen hatte, mir …

... UND DU BIST WEG

Nachdem ich mich mit dem Nachtmahl und einer Tasse Milchkaffee gestärkt hatte, richtete ich mich im Sessel auf, nahm wieder meinen Notizblock und den kleinen Bleistiftstummel in die Hand, schob meine Brille in die richtige Position und war gespannt auf Marys weitere Erzählungen, die nicht lange auf sich warten ließen.

Sie zündete sich ihre Zigarette an, die sie in eine schwarze Zigarettenspitze gesteckt hatte, und ließ die ersten Rauchwolken durch ihre Nasenlöcher strömen, die wie Figuren aus Marys Erzählungen aussahen. Mit Schweiß auf meiner Stirn sah ich zu ihr hinüber und dachte: »Ihre knallrot geschminkten Lippen passen hervorragend zu ihrem schmalen Gesicht und ihrem blauschwarzen welligen Haar.«

Sie war eine äußerst gepflegte Frau mit einem sehr guten Geschmack, was ihre Kleidung und die Einrichtung ihres Hauses betraf. Ich konnte es einfach nicht glauben, dass so ein lieber Mensch zu solch furchtbaren Taten fähig sein konnte. Dann begann sie wieder, mit ihrer angenehm verführerischen, rauchigen Stimme, mir ihre mörderischen Taten zu erzählen. Im Schatten des Kerzenlichtes sah ich, wie Tränen über ihr bleiches Gesicht rollten, die sie sich seufzend mit ihrem Spitzentaschentuch abtupfte. Die Ärmste hatte in ihrem Leben sehr gelitten, in der Familie ihres Mannes und unter ihrer eigenen. Doch war es nicht richtig, dass man zu morden beginnt. »Dark, ich hoffe doch, dass ich Sie nicht zu sehr langweile mit meinem Erlebten? Aber wie schon erwähnt, es brennt mir auf der Zunge, und Sie sind doch stets an Geschichten interessiert, wie man mir zugetragen hat. Auch wenn sie nicht so spannend erscheinen – Sie sind Schriftsteller und können bestimmt etwas daraus machen.« Ich dachte mir, dass sie das nur im Spaß gemeint haben könnte. Etwas Grausameres als die Taten von Mary war mir bisher noch nicht zugetragen worden. Da war mein Erlebtes bei meinen Freunden Matt und Jennifer nichts dagegen. Obwohl das gerade auch nicht alltäglich war, dass man Bekanntschaft mit einem Werwolf macht, der auch noch mein Freund war.

Nun gut, ich spitzte weiterhin meine Ohren, denn meine Neugier war größer als meine Angst. Sie erzählte mir, dass eine sehr erfolgreiche Woche für John vorüber war und er sich jetzt doch darauf freute, mit seiner Frau Mary aufs Land zu seinem Bruder Harry zu fahren. Mary ging es nicht anders, sie wirkte entspannt und zufrieden. Es lag wohl daran, dass sie sich in ihren Gedanken schon eine erste Tat für ihre Gastgeber ausgedacht hatte. Das Blut der Verderbtheit sollte aber erst zu einem späteren Moment aus dem ekelhaften Körper der Furien fließen.

So langsam entwickelte Mary sich zu einer blutrünstigen Serienmörderin, die immer mehr die Gier nach Rache und Qualen ihrer Peiniger verspürte. Die fürchterlichen Schreie von Dana konnte Mary kaum noch erwarten und genoss es jetzt schon, dass es sich wie Musik in ihren Ohren anhören würde.

Dann war es endlich so weit. Nach einer unruhigen Nacht ging am Himmel die Sonne auf und ein neuer Tag brach an. Der Tag, auf den Mary so lange gewartet hatte. Der Freitag, der Danas und Harrys Leben von nun an für immer verändern würde. John und Mary saßen schon in der Kutsche und waren nur noch ein paar Minuten unterwegs. Am frühen Vormittag kamen sie an Harrys Haus an. Ja, das Haus gehörte nur Harry, Dana hätte nie einen Anspruch auf das Anwesen und alles, was sich im Inneren befand, gehabt. Sie selbst hatte kein eigenes Einkommen, war dazu keine gute Ehefrau und eine Hausfrau erst recht nicht. Sie war faul und arrogant und äußerst hässlich. Sie hatte nur Augen für sich selbst. Gott sei Dank hatte sie nie ein Kind bekommen. Nicht auszudenken, dass sie es hätte verhungern lassen, so wie sie damals einen Vogel den Sie gefunden hatte, verhungern und verdursten ließ. Ohne Wasser und Schattenplatz ließ sie das arme Tier in der heißen Sonne regelrecht braten, bis es letztendlich tot in seinem Käfig lag.

Als John und Mary vor der Haustür von Harry standen und an der rostigen Türglocke geläutet hatten, kam lange Zeit niemand, um sie zu öffnen. Was John und Mary aber nicht überhören konnten, war die hysterisch kreischende Dana. Sie war dabei, Harry aufs Übelste zu beschimpfen. Dana und Harry waren mit einem so heftigen Ehestreit beschäftigt, dass sie nicht einmal mitbekamen, dass John und Mary schon seit längerer Zeit draußen an der Haustür standen und alles mit anhören mussten. Als sie die beiden jedoch wegen des mehrfachen Läutens bemerkten, öffnete Dana die Tür mit einem hinterhältigen Lachen und mit Freundlichkeit, sodass Mary bei dem Anblick schlecht wurde. Wie gern hätte sie schon beim Betreten des Hauses Dana im Vorbeigehen die Kehle zugedrückt und ihr dabei zugesehen, wie ihr das hässliche Lachen verging.

Mary genoss es, in ihren Gedanken zu sehen, wie Dana nach Luft rang und sich im Todeskampf befand, und dass sie es war, die ihr den letzten Funken Leben nahm. Doch Mary bevorzugte es, sich bei ihrem Plan Zeit zu lassen, weil Dana in ihren eigenen vier Wänden gequält werden sollte. Dort, wo Dana sich sicher fühlte, dort sollten die ersten Taten beginnen. Marys Augen funkelten bei den Gedanken wie Edelsteine, Dana nun endlich das Handwerk legen zu können.

Mary fühlte sich fürs Erste befriedigt und begab sich mit John ins Gästezimmer, um das Gepäck loszuwerden und sich etwas auszuruhen. John fiel auf, dass Mary mit hochroten Wangen, klarem Blick und einem kleinen Lächeln fast schon durchs Zimmer tanzte. Völlig überrascht sah er ihr hinterher. »Wie geht es dir, meine Schöne? Ich sehe, dass dir die Landluft jetzt schon richtig gut bekommt. Und dabei sind wir doch gerade erst angekommen«, sagte John zu seiner Frau, die fast schwebend ins Badezimmer verschwunden war und ihrem Liebsten mit zarter Stimme antwortete: »Gut, Liebling, so gut wie schon seit Langem nicht mehr.« John lächelte, während er den Koffer auspackte, und sagte:»Hoffen wir mal, dass es auch so bleibt. Ich habe schon ein wenig Bedenken, wenn ich da nur wieder an vorhin mit der ersten Begegnung mit Dana zurückdenke, wie ekelhaft diese Frau mit meinem Bruder umgeht. Lass dich bitte nicht von ihr ärgern, Liebes.« Mit großer Freude betrachtete Mary ihr Spiegelbild und antwortete ihrem liebsten:»Bestimmt nicht, Liebling, ich lasse mich doch nicht auf ihr Niveau herab.«

Doch während Mary das sagte, wuchs das Verlangen wieder in ihr, Dana quälen zu wollen, bis der Tod sie heimgesucht hätte. Und es fraßen sich zwanghafte dunkle Ideen in ihren Gedanken fest. Es gab keine Gnade. Sie war in ihren Vorhaben unaufhaltsam. Plötzlich bemerkte sie, wie einen bedrohlichen Herzschlag in ihrem Brustkorb, dass Dana sich dem Gästezimmer näherte. Mary spürte regelrecht, wie das unsympathische, böse Weibsbild ihr Ohr an die Zimmertür gepresst hatte, um zu hören, worüber John und Mary sich unterhielten, wenn sie allein waren.

Während Mary bisher versucht hatte, sich zu beherrschen, machten sich immer mehr blutrünstige Fantasien in ihren Gedanken breit, die ihren Körper vor Aufregung zum Beben brachten. Sie war inzwischen von Angst und Unsicherheit zerfressen, sodass sie sich nicht mehr lange unter Kontrolle halten konnte. Mit ihren Händen vor ihrem Mund versuchte sie, zu verhindern, unkontrolliert zu schreien, einfach diesen wahnsinnigen großen Zwang zu unterdrücken. Ein düsterer Schatten schwebte über ihrem Kopf, der wie das Böse in Person über ihr gewacht hatte, und ihre Gedanken kontrollierte, es wollte sie dazu bringen, jetzt und hier sofort zu handeln. Das verwandelte die Stimmung von Mary immer mehr, die Gier und den Geruch der toten Körper und Leichen von Dana und Harry zu genießen, die zuvor höllische Qualen erlitten hatten. Es wollte sie dazu verführen, Dana jetzt auf der Stelle Fleischstücke mit ihren bloßen Händen aus dem Körper zu reißen, die sie dem Bösen zum Fraß vorwerfen konnte. Immer mehr zerfetzte Mary in bald nicht mehr kontrollierbarem Denken Danas ekelhaften Körper. Sie sah in den Spiegel und forderte sich selbst auf, sich zu beruhigen und damit aufzuhören, und schlug sich mehrfach heftig ins Gesicht, bis ihre Wangen gerötet waren. Daraufhin wurde das Verlangen nach Töten weniger, und nur langsam konnte Mary ihre Hände herunternehmen. Hastig goss sie das eiskalte Wasser aus der bunten Porzellankanne in die Waschschüssel und wusch sich ihr mit Hass erfülltes Gesicht.

Als sie erneut in den Spiegel schaute, waren ihre Wangen nicht mehr mit einer zartrosa Farbe überzogen. Ihre Gesichtshaut war leichenblass, schnell trocknete sie sich mit einem Handtuch ab und puderte sich ihr Gesicht, denn John, der von alledem nichts mitbekommen hatte, war zu ihr ins Badezimmer geeilt. Er nahm Mary in den Arm und gab ihr einen liebevollen Kuss. Dann drückte er sie fest an sich, sagte kein Wort mehr und starrte sie mit einem großen Verlangen nach Sex an. Vollgepumpt mit Testosteron, drückte er seinen Unterleib fest an ihren. Mary aber hätte sich am liebsten losgerissen, denn sie ahnte schon, worauf das Ganze hinauslaufen würde. Und wahrhaftig, John forderte die Ehepflichten seiner Frau ein. Mary, die sich innerlich sehr dagegen gewehrt hatte, wollte John auf liebevolle Art sagen, dass sie sich nicht so gut fühle, um mit ihm zu schlafen. Sie hatte aber große Angst, es ihm zu sagen, weil sie seine Reaktionen mit Augenrollen und sein Genervtsein wegen ihrer Ausreden scheute. Sie hatte einfach nur Angst, dass John ihr böse war und sie aus diesem Grund nicht mehr lieben würde. Er hatte in der Tat kaum Verständnis für Marys Krankheiten. Er sah nicht mal, dass seine Frau sehr krank war, und war auch, wie er es später unter Tränen zugab, mit Marys Krankheit überfordert.

Als es an der Zimmertür klopfte und Mary sich aus den Armen ihres erregten, aber jetzt ziemlich wütenden Mannes lösen konnte, lief sie hastig zur Tür, um sie zu öffnen, und sah in die hässliche Fratze von Dana. Sie fragte Mary: »Wir haben Kaffee gekocht, mögt ihr vielleicht zu uns runterkommen, um mit uns bei einem Pläuschchen eine Tasse zu trinken?« Mary sah Dana lieber von hinten, doch in diesem Moment war sie ihr für ihre Störung fast schon dankbar und nahm die Einladung gern an. John beruhigte sich nur schwer, seine schlechte Laune war nicht zu übersehen und hielt den ganzen

Tag lang an. Mit langem Gesicht und kurzen Antworten war seine Gesellschaft ungenießbar. Mary musste sich zusammenreißen, dass sie nicht platzte, denn die Laune ihres Mannes und ihr schlechtes Gewissen lagen wie eine Betonplatte auf ihrem Brustkorb. Ein unheimlicher Druck in ihrem Körper baute sich immer mehr auf und verkrampfte ihre Muskulatur, sodass sie es kaum noch aushalten konnte. Immer, wenn sie John ansah, hätte sie ihm am liebsten ins Gesicht geschlagen und wäre laut schreiend davongelaufen. So widerlich empfand sie seine Art und Weise, er dachte immer nur an das eine. Der Egomane in ihm kam immer deutlicher zum Vorschein.

Mary aber beobachtete nicht nur John, nein, ihre Aufmerksamkeit galt Dana und Harry. Sie beobachtete aus dem Augenwinkel, wie Dana versuchte, allen ihre Fröhlichkeit vorzuspielen. In Mary stiegen wieder diese Gedanken hoch: Morden, Tod, Qualen.

Mary suchte das Gespräch mit ihrem Schwager, um sich von den besitzergreifenden Gedanken abzulenken, und fragte ihn mit einem lieben Lächeln:»Habt ihr euch denn im neuen Haus schon gut eingelebt? Es ist ja doch noch eine Menge an Arbeiten zu erledigen.« Mit hochrotem Gesicht wollte Dana Mary antworten, wurde aber von Harry unterbrochen, der Mary all ihre Fragen mehr als ausführlich beantwortete, denn er mochte sie sehr und fühlte sich in ihrer Gegenwart sichtlich wohl. Was Dana nicht entgangen war und ein Grund zu sein schien, eifersüchtig auf Mary zu sein.

Nachdem Mary sich auch draußen etwas umgesehen hatte, sagte sie:»Es ist ja schon sehr abgelegen hier. Macht euch das keine Angst? Ihr habt ja eure Droschke, damit seid ihr schnell in der Stadt und könnt eure Besorgungen machen.« Mary tat dabei, als würde es sie interessieren, dass es Harry und Dana auch da draußen auf dem Lande gut gehe. Doch hatte sie von all den schlechten Menschen inzwischen gelernt, wie man heuchelt, und nutzte das für sich aus. In Wirklichkeit dachte sie nur daran, wie schlecht es Dana bald ergehen würde. In ihren Fantasien war sie schon längst damit beschäftigt, auch Harry, der sich bei einer Begrüßung mit Mary fest mit seinem Oberkörper an ihren Busen drückte, und Dana regelrecht zu verstümmeln. Je länger sie alle zusammensaßen, desto mehr sah Mary die Furien.

Endlich war das gemeinsame, für Mary ekelerregende Wochenende zu Ende gegangen, worüber sie sehr froh war. So lange mit den boshaften Menschen unter einem Dach zu sein, war eine Herausforderung für sie. Aber um alles über die beiden herauszufinden, nahm sie diese Prozedur gern auf sich, denn nun wusste sie ganz genau, wo sie ansetzen musste. Sie hatte herausgefunden, dass Dana und Harry Ängste in sich trugen. Die Informationen darüber reichten ihr aus, um den nächsten Schritt gehen zu können.

Als John und Mary am späten Sonntagabend nach einer entspannten Kutschfahrt in ihrer Wohnung angekommen waren, konnte Mary es kaum erwarten, ihr Vorhaben auszuführen. Sie spielte John mehr als überzeugend eine Müdigkeit mit Erschöpfungszustand vor, damit er sie für heute in Ruhe ließ und sie in ihren Gedanken unterbrechen würde.

In ihrer abgelegenen, geheimen Kammer spielte sich in dieser finsteren Nacht ein Schauspiel aus dem Reich der Toten ab, das nicht von dieser Welt war und mit Hexerei zu tun hatte. Mary nutzte schwarze Magie, um Dana und Harry in den Wahnsinn zu treiben. Mittlerweile war es tiefschwarze Nacht, Marys Verbündete verhalf ihr mal wieder, ihr grausiges Vorhaben zu vollbringen. Nachdem John einfach nicht einschlafen wollte, gab Mary ihm unbemerkt ein Schlafmittel, damit sie endlich mit ihrem ersten Akt beginnen konnte. Der Weg in die geheime Kammer kam ihr in dieser Nacht unendlich vor, denn zu groß war ihr Durst danach, Dana und Harry zu quälen.

Beim Betreten des kalten Gemäuers zündeten sich halb abgebrannte Kerzen, die auf goldenen Tellern standen oder in bauchigen Weinflaschen steckten, wie von Geisterhand selbst an, die überall gut aufgestellt in den unterschiedlichsten Farben herumstanden. Jede einzelne hatte eine Bedeutung. Nur die dicke schwarze Kerze, die mit der Todesgöttin Kali geschmückt war, stand auf einem Platz, der von Mary für ihre Rituale und Beschwörungen genutzt werden konnte und Kräfte von sich gab, die sich für ihre todbringenden Pläne gut eigneten.

Mary betete mit unverständlichen Worten die Todesgöttin an. Mit schwarzer Stimmung begab sie sich in den schönen Raum, in dem man sich wie in einem Traum fühlte. Hier fühlte sie sich wohl, hier war sie zu Hause. Die Wände sahen aus wie in einem Felsenkeller, von den Decken hingen die unterschiedlichsten Kräuter und es duftete aus allen Ecken, als wenn man inmitten eines heißen Sommertages auf einer Blumenwiese stand. *So wie Mary es mir mit großer Überzeugung erzählt hatte, konnte ich es regelrecht riechen, und ein zarter Sommerwind glitt durch mein Gesicht.*

In den Regalen befanden sich Gläser in unterschiedlichen Farben und Größen, die sie über die Jahre gesammelt hatte. Dazu gab es Kräuter, selbst gemachte Salben und Weiteres, was sie für ihr Wohlbefinden brauchte. Es ähnelte einer geschmackvoll eingerichteten Hexenküche. Ein Hexenbesen und Bücher, die sonst nur in den Regalen von Hexen und Zauberern zu finden waren, standen in Marys Regalen. Einige Hexensprüche hatte sie selbst aufgeschrieben, die sie von anderen Hexen in geheimen Botschaften empfangen hatte. Es gab lebendige Tarotkarten, aus denen Mary manch einem aus ihrem Umfeld die Zukunft gelesen hatte.

Damit ihr Vorhaben reibungslos gelingen würde, mussten andere Mächte ihr dabei behilflich sein. Zu groß waren Marys Enttäuschung und der damit verbundene Schmerz, den ihr andere Menschen zugefügt hatten, als dass man sie hätte davon abhalten können. Nun war es so weit. Mary hatte für ihre Tat alles zusammengetragen und fing an, mit schwarzer Stimmung und unverständlichen Worten vor sich hin zu murmeln. In eine Schale aus Gold, die aussah, als würde sie glühen, warf sie verschiedene Kräuter, die erst in hohen Flammen aufgingen, um dann im blauen Dunst mit leisem Gesang zu verschwinden. Das Ganze machte Mary so oft, bis der blaue Dunst grauer wurde, der sich rauchend in stinkenden schwarzen Qualm verwandelte.

Nun spielte sich in ihrer weit abgelegenen Kammer ein makabres Schauspiel ab. Im Dunst der schwarzen Wolke veränderte sich Marys Aussehen zusehends. Sie war nass geschwitzt, und in ihren Augen war nur noch das Weiße zu sehen, während ihre Gesichtsfarbe wie die einer Leiche aussah. Mary rief mit Bitten immer und immer wieder die schwarzen Schatten der Vergangenheit an.

Es dauerte nicht allzu lang, und die Schatten der Geisterwelt nahmen mit Mary Kontakt auf. Mit Geräuschen und lautem Stöhnen, die einem den Atem nahmen, und bösem Lachen stieg aus einer schwarzen Rauchwolke eine Gestalt, die so grausam und boshaft war, dass es selbst Marys Vorstellungen übertraf. Ihr war es wahrhaftig gelungen, in den tiefsten Abgrund der Finsternis einzutreten und aus der Geisterwelt das Böse zu sich zu rufen. Mit dieser Macht begann von nun an für Dana und Harry ein Schauspiel des Wahnsinns.

Mary trieb in ihren seelischen Schmerzen Gewalt, um Böses zu tun, immer mehr an. Dana und Harry sollten noch in dieser Nacht erfahren, was es heißt, Angst zu haben. Das Böse aus dem Schattenreich der Geister wartete schon in voller Ungeduld auf Marys Befehl. Sie war jetzt in einer Position, wo sie allein bestimmen konnte, was mit Dana und deren Mann passieren sollte. Aber Mary wollte nicht, dass die beiden schnell starben, nein, beide sollten erst einmal in den Wahnsinn getrieben werden und am eigenen Leibe erfahren, wie es sich anfühlt, nicht mehr richtig denken zu können, Angst davor zu haben, im Wahnsinn zu sterben.

Harry und Dana ahnten nicht das Geringste von Marys Vorhaben. Mit Blicken aus Kälte und Freude gab Mary dem Bösen den Befehl, Dana und Harry in panische Todesängste zu versetzen. Psychoterror der feinsten Sorte sollte es sein, der die beiden in der Dunkelheit, Marys Verbündeter, kein Auge mehr zumachen ließ. Das unsichtbare Böse konnte von anderen nicht gesehen werden, sodass die beiden in den Augen ihrer Mitmenschen als verrückt abgestempelt würden.

Nachdem das Böse Marys Wünsche in Empfang genommen hatte, machte es sich mit wehenden Fahnen auf den Weg zu Dana und Harry. Es zog eine Spur aus Hass, Tod, Unheil und die Lust nach fremdem Fleisch hinter sich her. Mary wollte das Schauspiel nicht verpassen und hätte ihren Opfern zu gern dabei zugesehen, wie die Angst ihre Seelen langsam zerfrisst. Doch wusste sie noch nicht, wie, denn es durfte nicht die geringste Spur darauf hinweisen, dass Mary etwas damit zu tun haben könnte. Inspektor Norman Brighton war immer noch damit beschäftigt, das Verschwinden von Cliff und Anne aufzuklären, und hatte es sich zur Aufgabe gemacht, jedes Familienmitglied zu überwachen. Und so lange Mary noch nicht wusste, wie sie Dana und Harry zusehen konnte, ohne selbst entdeckt zu werden, gab sie sich erst einmal damit zufrieden, dass das Böse sein Werk ohne sie als Zuschauerin beginnen musste.

Doch dann fiel es Mary wie Schuppen von den Augen, als sie ihren Blick auf das Regal gerichtet hatte, in dem viele leere Gläser standen. Sofort erinnerte sie sich daran, dass ihr eine alte Dame, die von allen als Hexe angesehen wurde, weil sie großes Wissen über Kräuter und Heilung besaß, mitgeteilt hatte, dass man die Seelen der Menschen in Gläser sperren und sie dort so lange gefangen halten konnte, bis sie befreit werden. Was man dafür brauchte, war ein Glas mit großer Öffnung, einen flachen Stein, auf den man die Namen der Gefangenen schrieb, und ein Blatt Papier, auf dem geschrieben stand, welcher Fluch sie treffen sollte.

Mary begann sofort damit, die Dinge zusammenzusuchen, die sie brauchte, um die Seelen von Dana und Harry für immer in ein Glas zu sperren. Nie wieder sollten die beiden in die Freiheit entlassen werden. Mittlerweile war Harrys Anwesen von tiefschwarzer Nacht umgeben.

Dana hatte sich vor dem Zubettgehen noch mal mit ihrer schlechten Laune an Harry ausgelassen. Zuvor hatte sie ihn angebettelt, dass er zu ihr ins Bett komme, um sie mit einem Liebesspiel zu befriedigen. Harry jedoch hatte dies verneint, weil er Dana nicht ertragen konnte und sie ihn anwiderte. Während Dana aufgeregt und sichtlich nervös an ihrer Zigarette zog und sich mit fettigem Fleisch den Mund vollstopfte, schrie sie wie eine Irre durch das Haus: »Du bist doch nur ein dämlicher frei herumlaufender Idiot. Wie oft muss ich es dir noch sagen? Du sollst das tun, was ich dir sage. Und du willst dich von mir trennen? Das versuch nur, dann wirst du schon sehen, alle werden erfahren, dass du mit den Einbrüchen im Reichenviertel zu tun hast. Und dass du es auch warst, der bei unseren Nachbarn Haus eingebrochen ist und deren Geld und Schmuck gestohlen hat. Ich hasse dich, ich hasse dich!«

In Harry stiegen Wut und immer größer werdende Abneigung gegen Dana hoch, dass er ihr am liebsten mit dem Küchenmesser die Brust durchbohrt hätte. Mit lautem Gebrüll antwortete er ihr: »Du überaus hässliches Weib! Ich frage mich jeden Tag aufs Neue, wie ich es mit dir Tag und Nacht nur aushalten kann. Du hast doch von dem Geld auch nicht schlecht gelebt, du hast mich doch dazu angetrieben, du geldgieriges verdammtes Weib!« Harry war vor Zorn so außer sich, dass er Dana eine schallende Ohrfeige gab und sich von ihr abwandte, um sich zu beruhigen. Beide verließen das Wohnzimmer und legten sich wutentbrannt ins ungemachte, ungemütliche Bett, wo sie mühselig versuchten, einzuschlafen, was nach diesem heftigen Streit nicht einfach war.

Währenddessen trieb die Lust nach Qual und Gewalt das Böse an, das sich schon längst in der Nähe seiner Opfer aufhielt. Es empfand dieselbe Gier wie Mary, die in voller Ungeduld war, den beiden endlich die qualvollste Nacht ihres Lebens zu bereiten. Harry und Dana drehten sich unruhig in ihrem Bett. Blutverschmiert verschaffte sich das Böse Eintritt durch die feuchten Mauern ins Haus. Finstere Dunkelheit und eine beängstigende Stille, die mit eisiger Kälte verbunden war, untermalten eine grausige Atmosphäre. Währenddessen steckte Mary die Seelen der beiden in ein Glas und schrieb ihre Flüche auf ein großes Blatt Papier, das sie sorgfältig zu einem kleinen Päckchen zusammenfaltete.

Alle beide hatten eine lange Leidensliste von Mary bekommen. Nun waren ihre Seelen erbarmungslos verflucht. Nachdem Mary die Gläser gut verschlossen hatte, füllten sich diese mit Nebel. Mary hatte die Gläser auf einer Vorrichtung abgestellt, die mit einem warmen Licht leuchtete, sodass sie im Nebelglas mitansehen konnte, was sich in Harrys Haus alles tat. Keine ruhige Nacht werden die beiden hinter diesen Mauern noch haben.

Das Böse hatte von Mary einen neuen Schauplatz bekommen. Ohne es zu ahnen, befanden sich Harry und Dana inmitten eines grausigen Spuks gefangen. Ihr Zuhause verwandelte sich in einen Alptraum, aus dem sie nie wieder aufwachen sollten.

Seitdem Harry und Dana im Bett lagen, versuchten beide, einzuschlafen, was nicht gelingen wollte. Völlig aufgebracht, drehten sie sich von einer Seite auf die andere. Doch das half alles nichts, sie fanden einfach keine Ruhe. Plötzlich waren sie von einer so heftigen eisigen Kälte umgeben. Trotz der vielen Bettdecken, die Dana geholt hatte, wollte es ihnen einfach nicht warm werden. Die Fenster im Haus waren über und über mit Eisblumen bedeckt. Sie hatten das Gefühl, dass sie inmitten einer Eishöhle lebendig begraben waren. Zähneklappernd fragte Harry Dana: »Frierst du auch so wie ich? Warum ist es denn plötzlich so kalt hier im Haus?« Gerade als Dana, die genauso wie Harry vor Kälte zitterte, antworten wollte, konnten die beiden leises Knacken auf den alten Treppenstufen hören und Schritte, die immer näher zu kommen schienen und von grausigem Stöhnen begleitet wurden. Eine unheimliche Stimmung hatte sich aufgebaut und versetzte mit geisterhaften Geräuschen und kurzem Erscheinen des Bösen, das auf der Treppe stand und von dort aus Dana und Harry mit großen hasserfüllten Augen anstarrte, das Paar in Angst und Schrecken. Mit seinem langen, knochigen Zeigefinger zeigte das Böse auf Dana und Harry und deutete den beiden Verängstigten mit einer weiteren Geste an, dass er ihnen ihre Kehlen durchschneiden würde und dass ihre Zeit nun gekommen sei. Dann sprach das Böse zu den beiden: »Der Tod wird euch bald schon heimsuchen. Ihr seid nun in den Fängen einer tiefschwarzen Grausamkeit für immer gefangen. Euer Blut wird unseren Durst nach Töten und die Lust, euch zu quälen, stillen.«

Dann hörten sie Schritte über sich, als würde jemand in Pantoffeln auf dem Dachboden herumschlurfen. Harry zog seine Bettdecke über den Kopf und weinte wie ein kleiner Junge. Mit zitternder Stimme fragte er Dana flüsternd: »Hörst du das, Dana? Es muss jemand auf dem Dachboden sein. Hast du auch die Hoftür verschlossen, so wie ich es dir gesagt habe?« Dana rollte mit den Augen und konnte auch die Schritte auf dem Dachboden hören. »Natürlich habe ich die Hoftür verschlossen, ich bin doch nicht blöd«, antwortete sie Harry ungehalten. In ihrer Stimme lag Panik, die immer heftiger werden sollte.

Plötzlich kamen klirrende Geräusche aus der Küche. Harry und Dana versuchten dem, was sie gehört hatten, nicht zu viel Aufmerksamkeit zu schenken, was ihnen jedoch nicht gelang. »Es ist doch alles nur Einbildung «, flüsterte Harry. »Und wie erklärst du dir dann bitte, dass die Geräusche immer deutlicher werden?«, fragte Dana. Schatten, die nicht von dieser Welt sein konnten, und sich im ganzen Hause bewegten, hatten in dieser Nacht ihre Tore in die Menschenwelt geöffnet und wandelten von nun bei Harry und Dana umher.

Obwohl niemand im Schlafzimmer gewesen war, spürten sie eine noch eisigere Kälte als zuvor. Unheimliche Schreie, die sich anhörten wie das Klagen vieler in Not geratener Menschen, trieben wie ein Wellengang durch das Haus und durchdrangen die mittlerweile völlig geschwächten Körper ihrer Opfer. Harry nahm all seinen Mut zusammen und kroch aus Neugier ein wenig unter der Bettdecke hervor, um etwas sehen zu können. Als er das wagte, traute er seinen Augen nicht. Sofort zog er die Decke zum Schutz wieder über sich. Panisch und in Schweiß gebadet, traute er sich kaum, zu atmen. Er flüsterte Dana immer wieder zu: »Dana, Dana, da steht etwas ganz Grauenhaftes am Fußende von unserem Bett.« Dana, der es eiskalt den Rücken runterlief, wagte nicht einmal, daran zu denken, unter der Decke hervorzukommen. Sie wollte es einfach nicht wahrhaben und versuchte, Harry zu beruhigen. Genau wie er badete auch sie in Todesangst. Mit Stottern und Angst in ihrer Stimme versuchte sie, sich und Harry einzureden, dass sie sich alles nur eingebildet hatten und es Geister nicht gebe: »Es kann nicht sein, dafür muss es eine andere Erklärung geben«, wollte Dana flüstern, konnte es aber nicht. Ihr Mund war wie von Geisterhand mit einem dicken Faden zugenäht worden, sodass ihr Schandmaul nichts dergleichen mehr sagen konnte. Dana konnte es nicht fassen und wurde bald wahnsinnig vor Angst. Mit lauten Geräuschen versuchte sie, sich die Fäden von ihren wulstigen und blutigen Lippen zu reißen, doch es ging nicht. Ein Seil, gefertigt aus Menschenhaut und Haaren, hatte sich um ihre Handgelenke gewickelt und fesselte sie in ihrem eigenen Bett. Beide spürten, dass etwas gewaltig nicht stimmte mit ihrem Haus, und bemerkten eine unheimliche Präsenz von toten Seelen und großem Unheil. In einem Anfall von Todesangst konnte Dana sich nicht mehr beruhigen und brachte damit ihren zugenähten Mund zum Platzen. Schwer nach Luft ringend, lief ihr das Blut an ihrem Kinn hinunter und tropfte auf die Bettdecke. Mit weit aufgerissenen Augen glotzte sie zur Zimmertür, die sich mit knarrenden und quietschenden Geräuschen langsam öffnete. Ab dieser Sekunde ging es den beiden immer schlechter und sie übergaben sich vor lauter Anstrengung und Todesangst. Die Schreie der toten Seelen wurden immer unerträglicher, der Schmerz der klagenden Toten durchbohrte ihre mittlerweile schlaffen, kraftlosen Körper. In den unteren Räumen flogen Gegenstände umher. Möbel verstellten sich, und grauenvolles Flüstern kroch aus allen Ritzen.

Dana und Harry stockte der Atem, beide konnten sich nicht mehr bewegen und lagen steif vor Angst regungslos da. Die größte Angst aber sollte Dana bekommen, sie sollte Qualen erfahren, die nicht von dieser Welt waren. So und noch schlimmer waren von diesem Zeitpunkt an ihre Nächte gefüllt mit Grausamkeiten, die die beiden immer weiter in den Wahnsinn trieben. Tag für Tag ging es ihnen zusehends schlechter. Ihre energielosen Körper dienten nur noch als Hülle, ihr Aussehen veränderte sich von Stunde zu Stunde und ihre Seelen wurden mehr und mehr von dem grausam Erlebten verstümmelt. Am Tage fielen ihnen vor Müdigkeit ihre Augen zu, sie wachten aber sofort wieder auf, weil die erbärmliche Angst langsam begann, ihre Seelen zu fressen, die ihre Opfer einfach nicht schlafen lassen wollte.

Ihre abgemagerten und verformten Körper zeigten, dass die beiden sich in einem erbärmlichen Zustand befanden. Danas Gesicht glich dem einer 90-jährigen Frau und hing rechts schief runter. Marys Mitleid hielt sich in Grenzen, und ihre Taten waren grausamer, als sie es sich selbst hätte vorstellen können. Sie suhlte sich in Überlegenheit und der damit verbundenen Rache. Das Böse verschlang in jeder Nacht in voller Gier Danas Seele. Es saugte ihr den letzten Lebensmut aus, den sie noch besaß. Das Böse stahl ihr den Verstand und nahm ihr ein Leben, das kein Leben mehr war. Dem Bösen lief vor lauter Gier dickflüssiger Sabber aus dem fauligen Maul, nur allein schon bei dem Anblick der beiden, die sich in Todesangst befanden.

Inzwischen waren Tage, Wochen und Monate vergangen. Mary badete in einer mehr als zufriedenen Beruhigung und war gerade dabei, für Johns und ihr leiblichen Wohl zu sorgen, als es plötzlich an der Haustür klingelte und völlig überraschend Harry und Dana in ihrem jämmerlichen Zustand vor Mary standen, die sofort in eine Rolle heuchlerisch gespielten Mitleids geschlüpft war. Das hatte Mary sich von all ihren Peinigern abgeschaut, denn sie waren es, die es ihr beigebracht haben, wie man betrügt. Sie tat es nicht gern, aber ihren Peinigern gegenüber war es ihr egal. »Dana, Harry, um Himmels willen, was ist denn mit euch passiert? Aber kommt erst mal rein«, sagte Mary mitleidig, wobei sie innerlich den erbärmlichen Anblick der beiden genoss und am liebsten vor Freude gesungen hätte. Mary nahm Danas Arm und stützte sie, denn Dana konnte sich nicht mehr richtig auf den Beinen halten. John war sichtlich erschrocken, als er seinen Bruder und Dana in dieser Verfassung sah. Sofort bot er den beiden an, am Esstisch Platz zu nehmen, den Mary liebevoll mit selbst gebackenem Kuchen und heißem Kaffee gedeckt hatte.

Mary hatte immer etwas Fürsorgliches an sich, eigentlich wollte sie nur, dass sich jeder bei ihnen wohlfühlte. Aber der Neid der anderen musste bestraft werden. Mary sah unbemerkt in Danas und Harrys Gesicht. Zwei völlig andere Menschen saßen ihr gegenüber. Dana sah aus wie eine Furie, die man gerade zum Tode verurteilt hatte. Das wiederum kroch wie freudige Gänsehaut an Marys Körper hoch, und sie hätte am liebsten vor lauter Glück laut aufgeschrien. Genau in diesem erbärmlichen Zustand wollte Mary Dana sehen. Doch sie konnte sich gut beherrschen und spielte weiterhin die Fürsorgliche. Trotz des großen Leids von Harry und Dana konnte Mary das Böse der beiden spüren und erkennen, dass es wie eine Klette auf den Rücken von Dana und Harry hing. Anfangs dachte sie, dass die beiden sich durch das Spuken und wegen ihres geisterbefallenen Hauses ändern würden. Aber so wie die Dinge aussahen, war das nicht der Fall. Nur durch den Moment und die Situation, in der die beiden sich gerade befanden, passten sie ihr Verhalten an.

Nachdem eine Weile vergangen war, fingen Harry und Dana zu erzählen an. John sah verlegen zu Mary rüber, die das Gefühl hatte, dass er sich für seinen Bruder und seine Schwägerin schämte. »John, was wir euch jetzt erzählen, das müsst ihr unbedingt für euch behalten.« John rieb sich mit beiden Händen über das Gesicht, schloss seine Augen und konnte ein Lachen kaum verbergen. Harry reagierte sauer darauf. Mit einer widerlich kreischenden Stimme sagte Dana mit hochrotem Gesicht: »Nein, im Ernst, darüber kann ich nicht lachen. Das ist echt wahr, John. Harry und ich sind vom Bösen umgeben. Wie eine Seuche hat es uns befallen und lässt uns nicht mehr los.«

Dana liefen eitrige kleine Brocken am Mundwinkel herunter, und sie rieb sich weinerlich ihre verklebten Augen. In Mary tobte ein Wirbelsturm der Freude. Sie sprang von ihrem Stuhl auf und tanzte fast schon freudig durch den Raum. Mit mehr als einem zufriedenen Gesichtsausdruck goss sie John und den anderen Kaffee ein. »Noch ein Stückchen Kuchen, meine Liebe?«, fragte Mary Dana und konnte es selbst kaum glauben, wie sie Dana nannte, es wurde Mary speiübel, als sie das Wort rausgepresst hatte. Aber der Gedanke, dass sie es geschafft hatte, Danas Zufriedenheit zu stören, ließ sie wieder aufatmen. Weiterhin verbarg sie geschickt ihr wahres Gesicht und heuchelte ihren Gästen große Besorgnis und Freundlichkeit vor.

Nachdem Harry erneut Vertrauen in Mary und John gesetzt hatte, fuhren beide mit ihren Erzählungen fort: »Das Haus, das verdammte neue Haus ist verflucht«, sagte Harry in voller Verzweiflung. Dabei raufte er sich sein kurzes graues Haar, während Mary sich beide Hände vor den Mund hielt und mehr als erschrocken tat. Mit trübem Blick fing Mary an, die beiden interessiert zu befragen. Dabei spielte sie ziemlich gut die erschrockene mitfühlende Frau. »Wie, was? Was ist denn mit dem Haus?«, wollte sie wissen. »Es ist einfach grauenhaft, in unserem Haus geht es nicht mit rechten Dingen zu«, sagte Dana mit großer Angst in der Stimme. »Geister, Böses. Nein, nein, ich mag gar nicht daran denken. Wir waren auch schon im Kloster, dort habe ich um Hilfe und Reinigung des Hauses gefragt.« Mary rieb sich unter dem Tisch die Hände. Sie konnte die Angst in den Augen von Dana sehen und stillte ihren Hunger nach Rache. Sie wusste, dass selbst hundert Reinigungen von all den Heiligen nicht ausreichen würden. Zu stark waren die schwarzen Mächte, die sie gerufen hatte. »Und, ist es denn gereinigt worden? Kam jemand aus dem Kloster zu euch nach Hause?«, fragte Mary mit großem Interesse.

Nachdem Dana sich ihre merkwürdig verformte Nase geputzt hatte, antwortete sie stotternd. Drei ihrer Zähne hatten sich gelockert und fielen während des Gespräches auf den Küchenboden. Kurz danach lösten sie sich selbst auf, als wären sie mit Säure überschüttet worden. »Ja, ja, es kam jemand. Bruder Andrew kam zu uns nach Hause und fing gleich mit der Reinigung des Hauses an, schon an der Haustür spürte der Geistliche, wie stark und präsent die Geister sind.« John wollte von seinem Bruder wissen: »Wo überall hat er denn gereinigt?« Dana fiel Harry ins Wort und antwortete. »Das gesamte Haus, jedes einzelne Zimmer hat er zu reinigen versucht.« Mary horchte auf und hielt dabei Danas Hand, die sie ihr am liebsten abgerissen hätte, nur um das Gefühl der Haut von Dana nicht mehr spüren zu müssen. Mit einem mitleidigen, heuchlerischen Augenaufschlag fragte sie die beiden: »Hat er versucht zu reinigen? Was heißt das, versucht? Seid ihr denn nicht frei von den Geistern?« Mit stahlblauen Augen, die bis zum Rand gefüllt mit Todesangst und blutigen Tränen waren, schaute Dana Mary an und sagte: »Nein, leider nicht. Nach wie vor werden wir Nacht für Nacht von Geistern heimgesucht, Bruder Andrew sagte zu uns, dass der Geist so stark sei, dass er ihn auch spüren könne. Und er habe bemerkt, dass er diese schwarzen Mächte nicht besiegen kann.« Das war es, was Mary von Dana hören wollte. Eine Reinigung von Bruder Andrew, die völlig umsonst war. Marys Mächte der Dunkelheit waren so stark, dass eine ganze Bruderschaft das Haus von den

Bösen nicht hätte befreien können. Nur sie allein wäre in der Lage dazu, die schwarzen Schatten der Dunkelheit aus dem Haus von Harry und Dana verschwinden zu lassen. Das aber tat sie nicht.

Dana nutzte weiterhin jede Gelegenheit, sich bei dem Rest der Familienmitglieder, über Mary aufzuregen, und machte sie schlecht, wo sie nur konnte. Harry war nicht viel besser, er bestahl seine eigene Familie, hüpfte von einem Bett ins andere, und betrog Dana nach Strich und Faden. Ständig war er auf der Suche, vielleicht eine bessere Frau als Dana zu finden. Doch war er wie geschaffen für Dana, denn er war genauso schlecht und falsch wie sie.

Nachdem Mary und John Dana und Harry verabschiedet hatten, wirkte John für eine ganze Zeit sehr ruhig und nachdenklich. Nachdem er sich etwas gefasst hatte, erzählte er seiner Frau ganz im Vertrauen, was ihm auf seiner Seele lag: »Liebes, ich glaube, dass mein Bruder und Dana an ihrer jetzigen Lage selbst schuld sind. Harry hat sie doch nicht mehr alle, er ist schon lange nicht mehr Herr seiner Sinne. Er ist ein Dieb, und zwar einer der übelsten Sorte. Ein von seiner Gier nach Sex besessener Idiot. Ein Betrüger, Hochstapler, der an Schlechtigkeiten nichts auslässt. Er ist so skrupellos. Seine ständige Unzufriedenheit treibt ihn noch in den Wahnsinn. Wahrscheinlich will er das Haus auch wieder verkaufen und sucht wie immer nur nach einem Grund. Aber dass er so weit geht und uns versucht, mit seiner Verkleidung ein Theater vorzuspielen, hätte ich nicht gedacht.«

John wirkte äußerst ernst, weil er seinem Bruder nicht so recht Glauben schenken konnte. Marys Neugier war geweckt, und so bat sie John, dass er ihr alles, was sie selbst noch nicht von den beiden wusste, zu erzählen. John war dazu bereit, um sich etwas Last von seiner Seele reden zu können. »Ich denke, dass Harry und Dana auch in einer schrecklichen Bestrafung stecken könnten. Dana wegen ihres verdammten Schlechtmachens anderer Menschen. Und wegen ihrer Unfähigkeiten und ihres lieblosen Verhaltens. Sie ist doch nicht mal in der Lage, mit ihren Mitmenschen in Ruhe und Frieden leben zu können. Immer muss sie allein im Mittelpunkt stehen und möchte alles können und kann nichts dergleichen.«

Mary antwortete ihrem Mann: »Ja, das tue ich sogar noch sehr gut. Das war ziemlich in unserer Anfangszeit, als du mich gerade erst deiner Familie vorgestellt hattest«, sagte sie heuchlerisch. Von diesem Moment an fühlte sich Mary wieder einmal bestätigt. Dass sie so hart gegen Dana vorgegangen war, war mehr als recht. In ihren Augen hatte sie es nicht besser verdient. »Und Harry, was ist mit deinem Bruder, Liebster?« John strich sich durch sein Gesicht, was er immer tat, wenn er sich schämte, Mary etwas von seiner missratenen Familie zu erzählen. »Harry? Harry ist ein Dieb. Und er tut es heute noch. Er bricht in Häuser und Wohnungen ein. Beklaut die Menschen sogar in seinem Umfeld. Glaube mir, Liebste, wenn er wüsste, dass wir nicht zu Hause sind, blieben wir auch nicht von ihm verschont.«

Mary war fest entschlossen, dass sie Harry und Dana nie wieder von den bösen Geistern und schwarzen Schatten befreien würde. Eine lebenslange Grausamkeit sollten beide bis zu ihrem Tod erleiden müssen und selbst dann keine Ruhe finden und in der Welt der armen Seelen umherwandern. Von nun an mussten Harry und Dana in jeder Nacht grauenvolles, nicht auszuhaltendes Ansehen, Gesänge der Gestalten aus dem Reich der schwarzen Schatten und klagende Schreie ertragen. Da hätte auch kein Verkauf des Hauses etwas genutzt. Denn überall, wo sich das abscheuliche Paar aufhalten würde, wären sie vom Schatten des Bösen und der Dunkelheit umgeben und würden keine Ruhe mehr finden.

Harrys und Danas Körper und ihr Aussehen veränderten sich von Tag zu Tag. Das Äußere der beiden hatte sich ihren Charakteren angepasst. Genauso wie ihre boshaften Gedanken und ihr Handeln, war es ihnen anzusehen, in welch widerlich verformten Körpern die beiden umherwandelten. Dadurch blieb ihnen fortan alles fern, Nachbarn und andere Menschen machten einen großen Bogen um sie. Nicht einmal herumstreunende Hunde oder Katzen, Mäuse oder Ratten wollten etwas mit ihnen zu tun haben. Nichts Schönes, nichts, was den beiden hätte Freude bereiten können, sollte ihnen mehr zustehen. Ihre Schlechtigkeiten konnte man regelrecht aus der Ferne riechen, weil ihre Boshaftigkeit bis in die kleinste Ritze stank. Zwei armselige, einsame Geschöpfe, die sich gegenseitig zerfleischten, wenn sie aufeinandertrafen.

Im Wahnsinn vereint, landeten Harry und Dana in einer Nervenheilanstalt, wo sie Tag und Nacht unter Beobachtung standen, weil man sie nicht länger vor sich selbst schützen konnte. Die beiden hatten damit begonnen, sich gegenseitig zu verstümmeln. Nur mit sehr starken Beruhigungsmitteln konnte man die armen Irren einigermaßen unter Kontrolle halten. Mary aber badete sich indessen als Siegerin, wären da nicht noch die Furien aus Johns vergangener Ehe gewesen, seine Exfrau und seine Tochter mit Anhang. Es wollte einfach kein Ende nehmen, denn auch Johns Verhalten veränderte sich zusehends, was Mary sehr verunsicherte, sodass sie manches Mal nicht mehr Herrin ihrer Gedanken war.

GEDANKEN VON DARK SMITH

So langsam fing ich zu begreifen an, denn auch ich stellte mir die ganze Zeit über dieselbe Frage: Was sind das für dunkle Mächte, die Mary Rowlands da gerufen hatte? Wie konnte es sein, dass ein Mensch dazu in der Lage ist, Furien zu sehen? Mary, die mir gegenübersaß, tat mir leid. Ihre Augen strahlten eine schmerzhafte Traurigkeit aus und waren mit Tränen gefüllt. Was musste diese Frau für körperliche und seelische Schmerzen erlitten haben, was hatte man nur mit ihr gemacht, dass sie in ihren Mitmenschen Wesen sah, die nicht von dieser Welt sein konnten? Ich dachte mir, Mary Rowlands' Nerven und ihr Körper waren so geschunden und gequält worden, dass sie oftmals die Realität verlassen hatte und in ihrer eigenen Welt umherwandelte, ohne jemandem dabei zu schaden. Denn Mary Rowlands ist eine intelligente Frau, die man wegen ihrer Gutmütigkeit und liebevollen Art unterschätzte. Manch einer hatte ihre Krankheit mit Dummheit verwechselt und damit einen schweren Fehler begangen.

EINE TRENNUNG VOLLER LIEBE

Einmal hatte sich die Jahreszahl geändert, und Mary stand vor neuen Sorgen und Problemen. Eine völlig neue Situation, von der sie bisher noch nichts ahnte, war in vollem Gange. Von John, der ihr einziger Vertrauter war, entfernte Mary sich mit jedem neuen Tag immer weiter. John wurde ihr so fremd, dass sie das Gefühl hatte, einem Menschen gegenüberzustehen, den sie nicht kannte. Die Tage wurden wieder länger, und der Streit zwischen dem sich einst liebenden Paar wurde von Tag zu Tag größer. Johns Launen wurden mit jeder Stunde hässlicher. Es schien, als wäre er unzufrieden mit sich und Mary gewesen. Nichts konnte sie ihm noch recht machen. Ständig verspürte er den Drang, umzuziehen, obwohl die beiden gerade erst in eine traumhaft schöne Wohnung am Stadtrand gezogen waren. Dann forderte er fast täglich die Ehepflichten ein, obwohl Mary dafür zu krank und schwach war. Mit großem Ekel ließ sie es über sich ergehen und betete währenddessen, dass es schnell vorbeigehe.

Ihr geschwächter Körper und ihre Seele benötigten viel Ruhe, doch das sah John alles nicht, er machte Mary mit seiner ewigen schlechten Laune nicht nur Angst, nein, Mary fing an, John mit anderen Augen zu sehen. Er entpuppte sich immer mehr zu einem Egomanen. Ständig sagte er zu ihr: »Liebling, wenn du einmal krank werden solltest, dann pflege ich dich. Von mir aus könntest du auch so dick sein, dass du das Bett nicht mehr verlassen kannst,

ich wasche und kümmere mich um dich, wenn du nur bei mir bist.«
Mary dachte nach und verstand nicht, was John da redete. Sie war
doch sehr krank, sah er das nicht oder wollte er es nicht sehen?
Dann redete er immer von ihrem Tod, obwohl er genau wusste,
dass Mary bei diesen Gedanken wahnsinnig vor Angst wurde und
deshalb mit schweren Panikattacken zu kämpfen hatte:»Liebling,
wenn du einmal nicht mehr leben solltest, dann werde ich deine
Asche in der Urne mit zu uns nach Hause nehmen. Dort werde
ich sie auf den Schrank stellen, so wärst du auch im Tod für immer
bei mir.« Mary wunderte sich auch darüber. Obwohl John 15 Jahre
älter war als sie, sprach er immer nur von ihrem Tod. Was sollte das
bedeuten? Rechnete John etwa mit Marys Tod? Oder wollte er sie
gar umbringen? Das beunruhigte Mary, und sie fing an, sich immer
und immer wieder die gleichen Fragen zu stellen:»Was wäre, wenn
ich allein leben würde? Was hätte ich an finanziellen Möglichkeiten,
um über die Runden zu kommen? Wo könnte ich wohnen?« All
das waren Gedanken, die Mary nicht mehr aus dem Kopf gingen,
während John von Tag zu Tag grantiger wurde.

Mary beschlich der Gedanke, dass John verrückt sei, denn oft
genug hatte sie beobachten können, wie er selbst mit sich Gespräche
geführt hatte und sich dabei benahm, als stünde wahrhaftig eine
weitere Person vor ihm. Sollte er wirklich eine weitere Furie sein
und es nur gut vor ihr bisher verbergen? Sie sah ihn ja schon einmal
in Gestalt einer Furie, dachte dann aber, sich nur geirrt zu haben.
Doch seine Blicke Mary gegenüber waren längst nicht mehr so
warm wie früher. Mary musste sich etwas einfallen lassen, so konnte
es nicht weitergehen, denn John engte sie immer mehr ein und
wollte nicht, dass sie Kontakt zu anderen Menschen hatte. Dabei
war es völlig egal, ob es sich um Familienmitglieder oder fremde
Menschen handelte. Selbst mit der Nachbarin konnte Mary nicht
ein Wort allein sprechen, ohne dass John sie um alleinige Aufmerksamkeit anbettelte, an ihrem Rockzipfel hing. Seine Besitzansprüche
und seine Eifersucht wurden größer, auch seine schlechte Laune
wuchs täglich.

Mary spürte in Johns Nähe eine unheimliche, beängstigende

Präsenz des Bösen. Sie konnte auch den Tod sehen, sie erkannte ihren eigenen Mann nicht mehr und war an einem Punkt angelangt, den sie nicht länger aushalten konnte. Die Luft in Johns Nähe wirkte auf Mary kalt und stickig, sodass sie sich in der Gegenwart ihres Mannes nicht mehr wohlfühlte. Ein Geruch von Krankheit, Tod und Abschied lag in der Luft, Mary konnte immer öfter die Selbstgespräche und das unheimliche Verhalten ihres einst geliebten John beobachten. Manchmal sah sie in der tiefschwarzen Nacht einen Schatten an den Wänden in ihrer Wohnung entlangkriechen, sodass sie dachte, es wäre der von John. Mary verspürte immer größer werdende Ängste. Das Unbekannte bewegte sich in der Wohnung, als wenn es ohne Körper war, wie ein Geist.

Mary sah ihren einst geliebten Mann in der Schattengestalt und konnte ihn auch am Geruch erkennen, es war wirklich der Tod, den Mary von ihrem John sah. Sie vermochte es nicht, darüber nachzudenken, die Angst, John durch den Tod zu verlieren, ließ sie in einen nicht enden wollenden Weinkrampf fallen, sodass sie sich in einem seelischen Zusammenbruch befand. Zu Schmerzhaft war der Gedanke für sie zu sein, dass John sterben würde. Trotz allem wuchs Marys Adrenalinspiegel und breitete sich in ihrem Körper aus. Panik kroch in ihrem Inneren hoch, und sie befand sich in Todesangst. Vor lauter Aufregung übergab sie sich mehrmals am Tag und erholte sich nur schwer von ihren Panikattacken. John versuchte täglich, seinen Kopf gegen Mary durchzusetzen, bis es eines Tages nicht mehr auszuhalten war. In ihren Gedanken war sie schon von John getrennt, bevor der Tod ihn von ihr trennen konnte. Jetzt musste sie es nur noch umsetzen. Aber wie?

Ständige Angst, Unruhe und große Schmerzen begleiteten Mary, sodass sie keinen klaren Gedanken mehr fassen konnte. Johns Aussehen veränderte sich immer mehr und machte den einst so schönen Mann unattraktiv, sodass sie ihn selbst nicht mehr erkannte.

An einem schönen Frühlingstag waren Mary und John in einem Wald, der sich nicht weit von ihrer Wohnung befand, spazieren. Mary hatte ihm zwei Tage zuvor mitgeteilt, dass sie sich von ihm trennen wolle, woraufhin er weinend und wütend reagiert hatte und schluchzend zusammengebrochen war. Er wollte sich mit Mary aussprechen und sie davon überzeugen, dass sie bei ihm bleiben müsse, denn das sei sie ihm schuldig. Das konnte er am besten bei einem Spaziergang an der frischen Luft, wie er sagte.

Johns Verhalten war seltsam, er redete wirres Zeug, womit er seine Frau beunruhigte. Mary beobachtete ihren schwitzenden und von Nervosität besessenen Ehemann, der damit begonnen hatte, sich die Haut um seine Fingernägel abzupellen, die daraufhin bluteten.

Mary sah in Johns Augen und stellte ihm eine Frage, weil sie meinte, etwas Schreckliches gespürt zu haben:»John, versuchst du, mich etwa mit deinem Verhalten einzuschüchtern? Du machst mir Angst, wie du mich ansiehst. Komm, John, bitte beruhige dich.« Doch Mary erhielt auf ihre Frage keine Antwort. Mary fühlte sich der Ohnmacht nah. Doch als sie wieder zu ihrem Mann aufsah, war er plötzlich wie vom Erdboden verschwunden.

Ratlos und verunsichert stand sie ganz allein inmitten des Waldes. Das zuvor fröhliche Singen der Vögel hörte sich plötzlich wie furchterregender Geistergesang an. Und die Bäume sahen aus, als wollten sie Mary jeden Moment verschlingen. Unsicherheit stieg in ihr auf, und es überkam sie das Gefühl, dass John sich an ihr mit Grausamkeit zu rächen versuchte.

Ein Knacken im Unterholz und böses Kichern drängten Mary zu Aufmerksamkeit. Dazu kam, dass sie sich beobachtet fühlte und glaubte, sie sei ihrem Mann völlig ausgeliefert. Sie schaute sich mit verweinten Augen um und entschied sich zur Umkehr, wobei ihr der lange, dunkle Weg unendlich vorkam. Mit schnellen Schritten hastete sie durch den Wald, um auf den matschigen Waldweg zu gelangen, von wo sie und John gekommen waren – doch sah plötzlich alles so anders aus.

Mary spürte, dass sie verfolgt wurde und es niemand anderes war als John. Er machte ihr große Angst, die sie sich nicht anmerken lassen wollte. Auf keinen Fall sollte John das Gefühl bekommen, Macht über Mary zu haben. Sie drehte sich um und sah, wie John aus der Dunkelheit mit einem spitzen Gegenstand in der Hand auf sie zugestürmt kam. Wie entstellt sein Gesicht dabei aussah, wie vom Wahnsinn. Mit seiner starken, riesigen Hand packte er Mary an den Armen und schleuderte sie zu Boden. Dann sprang er auf sie und wollte sie mit dem Messer verletzen.

Doch Mary wehrte sich und rollte sich immer wieder auf die Seite, sodass John sie ständig verfehlte. Dann sah Mary in die hässliche Fratze von Anne, die von Ratten zerfressen war, und die John davon abhielt, seine Frau zu töten. Blutverschmiert und übel aussehend, flüsterte Anne ihrem Bruder ins Ohr: »Nicht doch, John, lieber Bruder, lass ab von ihr. Kümmere dich lieber um deine erste und echte Frau, die zu Hause auf dich wartet und dich über alles liebt. Sie würde dich nie verlassen, sie wartet bis heute auf deine Rückkehr.«

Anne lachte böse und riss John von Mary weg. Wie konnte das sein? Mary hatte doch selbst dafür gesorgt, dass diese Furie für immer ihr Schandmaul hielt. Nachdem John von Mary abließ, sagte diese zu sich selbst: »Sie kam direkt aus der Hölle, dieses Monster, um ihren Bruder vor einer Dummheit zu schützen.« Und wieder einmal wusste sie nicht, was ihre Ängste und Krankheit mit ihrem Körper und ihren Gedanken anstellten. Sie spürte nur, dass mit ihr etwas nicht stimmte und sie anders war als alle anderen Menschen. John war immer noch wie vom Wahnsinn besessen, in seinem Gesicht war weiterhin eine Mischung aus Hass und Liebe für Mary zu sehen. Er war fest entschlossen, Mary zu töten, denn wenn er sie nicht haben konnte, dann sollte es auch kein anderer Mann.

Laut schreiend rannte Mary durch den Wald, als sie sich aus den Fängen ihres Mannes befreien konnte. Todesängste nahmen ihr die Luft zum Atmen. John jagte wie vom Teufel besessen hinter ihr her. Wieder und wieder beschimpfte er sie aufs Übelste. »Du dämliche, doofe Idiotin, bleib stehen! Du hast sie doch nicht mehr alle. Ins Irrenhaus gehörst du, ins Irrenhaus. Bleib stehen, du bist es mir schuldig, bei mir zu bleiben!«, schrie er immer wieder. Mary wusste sich bald nicht mehr zu helfen, das Rennen wurde immer mühseliger, bis sie am Ende ihrer Kräfte angelangt war. Ihre Muskeln verkrampften sich, und sie dachte, dass es jetzt aus und vorbei sei.

John würde sie finden und töten. Sie sah ihr bisheriges jämmerliches Leben an sich vorüberziehen. Sie wollte einfach nur noch weg, weg von den Furien, weg von ihrem hasserfüllten egoistischen Ehemann, den sie einst so sehr geliebt hatte.

Plötzlich tauchte, wie aus dem Nichts, Inspektor Norman Brighton auf, der auf Spurensuche war und ein paar Kleinigkeiten notieren wollte. Er packte Mary am Arm und zog sie ganz nah zu sich heran. Noch bevor sie ihn richtig sehen konnte, hielt er Mary den Mund zu, damit sie nicht laut aufschrie. Die beiden schauten sich tief in die Augen, was nicht so einfach war, denn immerhin war er 1,86 m groß.

Mary sah einen Glanz der Vertrautheit, und der Inspektor verspürte den Drang, Mary zu küssen, wären da nicht Johns wahnsinnige Schreie gewesen, die ihn aus einem schönen Traum mit der schwarzhaarigen Schönheit erwachen ließen. Er überlegte nicht lange, denn er sah, dass Mary in größter Gefahr war. So entschloss er sich, Mary Rowlands mit zu sich zu nehmen.

Vorsichtig nahm er seine Hand von Marys Mund, nachdem John wie ein Irrer an ihnen vorbeigelaufen war. Leise flüsterte der Inspektor Mary ins Ohr: »Ich bin Inspektor Norman, Norman Brighton. Sagen Sie, war das nicht gerade John Rowlands, der Ihnen da dicht auf den Fersen war? Und warum ist dieser Mann wie vom Wahnsinn befallen auf Sie losgegangen? Bitte, erklären Sie mir das seltsame Verhalten, meine Verehrteste, warum wollte er Sie umbringen?« Sofort fing Mary völlig erschöpft zu weinen an und erzählte dem Inspektor alles.

Nachdem Norman eine ganze Weile überlegt hatte, richtete er sein Jackett, half Mary, über die herumliegenden Baumwurzeln und vielzähligen Äste zu steigen, um den Wald zu verlassen. Er sagte: »Sie sind Mary Rowlands? Die Frau von John Rowlands? Aus der Familie mit dem rätselhaften Verschwinden zweier Familienmitglieder? Es ist unmöglich, dass Sie zu diesem gewalttätigen Mann zurückkehren. Wie kann er das nur machen? Ist mir doch von ihm und Ihrem Arzt zugetragen und bestätigt worden, dass Sie eine kranke Frau sind. Stimmt das? Gibt es eine Möglichkeit, wo sie eine Zeit lang wohnen könnten? Zu Ihrem Mann in die gemeinsame Wohnung können Sie nun nicht mehr zurück, Mrs. Rowlands.« Mit gesenktem Kopf sah Mary den Inspektor mit großer Verlegenheit an und antwortete fast schon flüsternd:»Nein, die gibt es leider nicht für mich. Und ich möchte auf gar keinen Fall zurück zu John.«

Norman zögerte nicht lange und sagte:»Dann kommen Sie mit zu mir, ich kann Sie hier im Wald nicht allein zurücklassen. Meine Arbeit ist hier fürs Erste erledigt.« Mary atmete erleichtert auf und war froh, erst einmal von John befreit zu sein.

EINE NEUE LIEBE – MIT NORMAN?

Der Inspektor und Mary hielten sich bis in die frühen Abendstunden nicht weit von ihrer Wohnung in einem Restaurant auf. Dort warteten sie bei einer Tasse Kaffee darauf, dass John die Wohnung am Abend verlassen würde, denn er musste mit einem Freund auf Geschäftsreise nach Frankreich. Mit verlegenem Augenaufschlag nahm Mary einen Schluck Kaffee und fragte den Inspektor: »Herr Inspektor, Sie sagten doch, dass Sie zurück in Ihren Heimatort fahren. Wo genau kommen Sie her?« Der Inspektor räusperte sich ein wenig und rührte die Milch und den Zucker in der Tasse um. »Nun ja, meine Gute, ursprünglich komme ich aus London, ich bin aber der Liebe wegen vor ein paar Jahren nach Glenfinnan, an den Loch Shiel, in die schottischen Highlands gezogen. Dort lebt es sich sehr gut. Ein Stadtleben kann ich mir nicht mehr vorstellen. Ich denke, dass es Ihnen dort sehr gefallen würde, Mrs. Rowlands.«

Mary stieg das Blut in den Kopf, und sie hatte sich nicht getraut, dem Inspektor in die Augen zu schauen. Der aber nahm zärtlich ihre schmale Hand und gab ihr einen Kuss auf den Handrücken. Wieder einmal schauten die beiden sich tief in die Augen, doch konnte Mary den Blickkontakt aus Verlegenheit nicht lange halten. Irgendwie war es mit Norman anders als mit John. Bei John hatte

Mary gleich vom ersten Moment an so ein vertrautes Gefühl, das sie bei Norman nicht fühlte. Es war alles so anders, seine Augen sprachen eine andere Sprache als ihre, und sie sahen auch nicht so treu und ehrlich aus wie die von John. Mary hatte das Gefühl, dass ihre Gedanken nicht mehr zu steuern waren. So leer, ohne zu wissen, was sie gerade tat, einfach vor ihrem geliebten John davonzulaufen, ohne ihrer gemeinsamen Liebe eine Chance zu geben. Aber Mary trug ein Wissen über John in sich, das ihr Kummer und Schmerz bereitet hatte, und das war auch der Grund, warum sie vor John davongelaufen war. Mary hatte in den Augen ihres geliebten Mannes wahrhaftig dessen Tod sehen können und war davon dermaßen verängstigt und traurig, dass sie den Schmerz über den Tod ihres Johns nicht aushalten konnte.

Sie hatte immer wieder das Bild vor ihren Augen, wie John starb und sie es nicht aushalten konnte, ohne ihn zu sein. Mary versuchte, sich etwas zusammenzureißen, was ihr nur schwer gelang.

Dann endlich war es so weit, der Inspektor und Mary konnten John dabei beobachten, wie er am frühen Abend die Wohnung verließ. Norman schnipste mit den Fingern nach der Bedienung und ließ Mary die Rechnung bezahlen. Dann verließen sie das Café und begaben sich im Lauftempo in Marys Wohnung. Im Treppenhaus begegneten sie den Nachbarn, Mr. und Mrs. Winter. Zwei ältere Herrschaften, wobei das Alter die beiden nicht davon abgehalten hatte, fast den gesamten Tag hinter der Gardine zu stehen und die Nachbarn zu beobachten. Fast nichts konnte man vor ihnen geheim halten. So waren sie auch über den Ehestreit von Mrs. und Mr. Rowlands informiert.

Als Mary und der Inspektor das alte aus Eichenholz geschnitzte Treppenhaus betraten, begegneten sie den neugierigen Nachbarn, die sich nicht zufällig im Treppenhaus aufgehalten hatten. Die beiden hatten auch den letzten großen Streit von Mary und John mitbekommen, als er seiner Frau ein paar Ohrfeigen gegeben hatte, woraufhin sie die Wohnung fluchtartig verlassen hatte, um sich vor John in Sicherheit zu bringen, der ihr dicht auf den Fersen war und immer wieder hinter ihr hergerufen hatte: »Mary, mach doch keinen Quatsch. Komm, bitte, wieder zurück in die Wohnung. Was soll denn das Affentheater?«

Mit mitleidigem Gesichtsausdruck liefen die Winters auf Mary Rowlands zu und ließen dabei nicht den großen, gut aussehenden Mann an Marys Seite aus den Augen. Mit einem Händedruck begrüßte Mary die vor Neugier platzenden Nachbarn. »Guten Abend, liebe Familie Winter«, sagte Mary zu den beiden mit lieblichem Lächeln. Mit einem gespielten weinerlichen Augenaufschlag sagte Mrs. Winter: »Ach, liebe Mrs. Rowlands, Sie glauben ja überhaupt nicht, wie leid uns das alles tut. Aber wir konnten Ihnen nicht zu Hilfe eilen, hatte Mr. Rowlands uns mit seiner Langwaffe ziemliche Angst gemacht. Nicht auszudenken, was da alles hätte passieren können. Mit Sicherheit wären wir jetzt beide tot.« Mrs. Winter fühlte sich einer Ohnmacht nahe und hielt sich an ihrem hageren Ehemann wie ein Klammeräffchen fest, der seine nicht gerade zart gebaute Frau zu stützen versuchte. Die Gute übertrieb es gern einmal, sie redete sich jegliche Art von Krankheiten ein, bis sie dann wirklich in Krankheit ihren Alltag verbringen musste, aber die Aufmerksamkeit, die sie dadurch erlangte, sehr genoss. Die Winters betrachteten den ihnen immer noch unbekannten Mann, der im Hintergrund stillschweigend stand und der Unterhaltung aufmerksam zugehört hatte, aus dem Augenwinkel.

Der Inspektor trug sehr kurz geschnittenes Haar, das ihm außerordentlich gut zu Gesicht stand. Außerdem hatte er eine runde Brille und einen schönen Bart. Auch fiel er in der Menschenmenge durch seine Größe immer auf. Die Damen konnten ihre Blicke nicht von ihm lassen und er auch die seinen nicht von ihnen. Er hatte etwas Besonderes an sich, und er war äußerst freundlich und an seinen Mitmenschen interessiert, sodass er schnell mit ihnen ins Gespräch kam.

Mary aber wirkte sichtlich nervös und fühlte sich bei der ganzen Unterhaltung nicht wohl. Sie wollte schnellstens in ihre Wohnung, um ihre Sachen zu holen, damit sie mit dem Inspektor nach Glenfinnan fahren konnte, wo John sie nicht finden würde. Schon allein dieser Gedanke löste in ihr ein Freiheitsgefühl und Zufriedenheit aus. Dennoch hatte Mary das Gefühl, dass sie überhaupt nicht wusste, was sie da tat.

Nachdem Mary alles zusammengepackt hatte, trug der Inspektor alles zur Kutsche und machte sich mit ihr auf den schnellsten Weg nach Schottland.

AUFBRUCH NACH GLENFINNAN

Es war eine lange, anstrengende Fahrt, doch die Sitzbänke waren gepolstert und mit dunkelrotem Samt bezogen. So war die zweitägige Reise nicht ganz so unangenehm und sie konnten die Fahrt ein wenig besser aushalten. Mary schaute immer wieder aus dem Fenster und versuchte, die Landschaft zu genießen, dabei wollte sie all das Böse aus der Vergangenheit verdrängen, was ihr jedoch nicht richtig gelingen wollte. Ihr Herzschlag war trotz ihrer traurigen Gedanken und der Aufgeregtheit, was sie in der neuen Umgebung erwarten würde, ruhig und gleichmäßig. In ihren Augen wirkte alles so anders, sie hatte eine leere, unrealistische Wahrnehmung, die von tiefster Traurigkeit und Einsamkeit begleitet wurde. Sie hatte das Gefühl, da zu sein, wo der Himmel auf die Erde fällt, und sie drohte in einem Meer von dichten Wolken zu ersticken.

Wo gehöre ich eigentlich hin? Und warum hatte ich noch nie ein richtiges Zuhause? Warum ist das bei mir so? Wie fühlt es sich an, eine Mutter zu haben, die sich um einen sorgt, die einen in den Arm nimmt, einen beschützt und einen keinen Gefahren aussetzt? Wie fühlt es sich an, geliebt zu werden, ohne dass man dafür etwas Besonderes tun muss? Weil ich Mary bin, ein Mensch mit großem Herzen, die hochsensibel und wegen ihrer Erkrankungen anders ist? Wie fühlt es sich an, nicht geschlagen zu werden, nicht immer wachsam sein zu müssen, und aus Angst das zu tun, was von mir verlangt wird? Mary spürte in ihren Gedanken fast täglich die Schläge, die sie schon als Kind von ihren Eltern und dem ältesten Bruder bekommen hatte. Später dann von ihrem ersten Ehemann, der wie besessen auf Mary eingeschlagen und sie bis zur Ohnmacht gewürgt hatte. Wie oft hatte er die Möbel in der Wohnung kurz und klein geschlagen. Wie oft musste Mary in einem Meer von zerbrochenem Glas und zerschlagenem Porzellan barfuß durch die Wohnung laufen und mit blutigen Füßen aus der Wohnung flüchten? Oftmals hatte er Mary an ihrem Haar durch die Wohnung gezogen. Oder riss ihr die Kleidung von ihrem Leib und schleifte sie nackt an ihren Füßen über den Teppichboden, sodass Marys Rücken und Po mit Schürfwunden übersät waren. All diese Gedanken und noch Tausende andere Quälereien begleiteten Mary täglich und ließen sie nicht zur Ruhe kommen. Es war die krankhafte Angst, die ihren Körper und ihre Gedanken in panische Zustände versetzten und sie an schweren Weinkrämpfen leiden ließ. Oder lag es daran, nicht zu wissen, was sie da gemacht hatte? Was würde sie bei dem ihr völlig fremden Mann erwarten?

Mary konnte Norman aus dem Augenwinkel beobachten, und ihr war plötzlich nicht mehr so wohl bei der ganzen Sache. Es schien ihr, als würde sie in Norman zwei unterschiedliche Gesichtshälften sehen. Die linke Gesichtshälfte war sanft und unscheinbar, während die rechte sehr markant und männlich aussah. Doch je näher sie Normans Wohnort kamen, umso schöner wurde die Landschaft. Mary wendete ihren Blick von Norman und fiel in tiefe Gedanken und Träume mit John. So vergaß sie einen Moment lang den Inspektor und wünschte sich, dass sie aus dem Traum nicht wieder erwachen würde und es mit John alles wieder wie früher war und er sie sanft und voller Leidenschaft in seinen Armen hielt. Dann aber öffnete sie die Augen, schaute aus dem Fenster und konnte sich kaum an den saftgrünen Wiesen und den riesigen Bäumen sattsehen, und sie genoss den frischen Geruch von Gräsern und Wäldern. Wäre sie nicht immer wieder in trübe Gedanken an ihre Liebe zu John und ihr bisheriges schrecklich schmerzhaftes Leben gefallen.

Auch wenn sie die Gequälte war, hatte Mary immer das Gefühl, selbst schuld an allem zu sein. Sie war allein daran schuld, für alles, was die anderen ihr angetan haben, bestraft zu werden, was den anderen das Recht gab, Mary brutal zu schlagen, zu erniedrigen, zu betrügen und seelisch fertigzumachen. Auch wenn sie es nicht verstand, so unterwarf sie sich ständig ihren Peinigern, denn sie kannte es nicht anders. Noch bevor Mary weiter in tiefer Traurigkeit versinken konnte, erreichten sie müde Normans Wohnort.

Vor einem großen älteren Wohngebäude machte die Kutsche in einer engen Gasse, unter einer Gaslaterne Halt, und der Inspektor trug Marys Gepäck in seine Wohnung in der ersten Etage. Sie lief schweigend hinter ihm her. »Nur nichts falsch machen«, murmelte sie ständig vor sich hin.

Es musste eine kleine Wohnung gewesen sein, wie Mary sie mir beschrieben hatte, die aus einem Wohnzimmer sowie einem ziemlich kleinen, aber gemütlichen Schlafzimmer bestand, in dem das Bett, das nur für eine Person gedacht war, gleich neben dem Fenster stand. Es gab ein winziges Badezimmer mit Waschplatz, einer größeren Küche mit angrenzendem Balkon, auf dem der Inspektor die Sommertage in seiner Freizeit gern verbrachte. Alles in allem war es recht gemütlich.

Der Inspektor trug Marys Gepäck wortlos in die Küche, stellte es in einer freien Ecke ab und verschloss die Wohnungstür, nachdem Mary eingetreten war. Schüchtern lief sie in die Küche, in der der Inspektor Wasser aufsetzte und das Abendessen vorbereitete. Im Wohnzimmer brannte Kerzenlicht und verlieh dem Raum eine Atmosphäre, in der Mary sich sofort wohlfühlte. Es war ganz anders als in ihrem Zuhause, und sie konnte sich einfach nicht erklären, woran es gelegen haben mag, dass es ihr auf einmal nichts mehr ausmachte, ihre Wohnung für immer verlassen zu haben.

Nachdenklich saß Mary auf dem weichen Sofa, als der Inspektor sie nicht gerade einladend fragte: »Haben Sie Hunger?« Mary schämte sich so sehr, vor Norman zu essen, dass sie es mit einem Kopfschütteln verneinte und leise sagte: »Nein, ich bin nicht hungrig.« Norman stellte ihr eine Tasse Kaffee hin und begann, sein Abendbrot mit großem Appetit und wortlos zu verspeisen. Mary spürte etwas wie Unaufrichtigkeit und war sehr unsicher, doch den Kaffee trank sie mit Genuss.

Inzwischen war Zeit vergangen, und Mary kämpfte täglich gegen ihre Krankheit an, wobei sie den Kampf immer wieder verlor. In dieser Zeit hatte sie nicht einmal das Gefühl gehabt, sich an irgendjemandem rächen zu müssen. Auch das Böse blieb fern und war wie vom Erdboden verschwunden. Viel zu sehr war sie damit beschäftigt, nicht negativ in ihrer neuen Umgebung aufzufallen und Norman nicht auf die Nerven zu gehen. Sie hatte Angst, dass er sie verlassen würde und sie zurück in ihr altes Leben musste. Mary war wieder die ängstliche, nichtssagende Frau, mit der man tun und machen konnte, was man wollte, der man ohne Respekt und Anstand entgegentrat, als wäre sie nur Dreck in den Augen der anderen.

Der Inspektor war nicht das, was er am Anfang vorgegeben hatte. Mary sollte schneller die Erfahrung machen, als ihr lieb war, und sah schnell das wahre Gesicht von Norman Brighton, der oft ungehalten und ziemlich genervt von ihr war, die von Tag zu Tag schöner wurde und damit der Männerwelt den Kopf verdreht hatte. Trotz der starken Abneigung von Norman Mary gegenüber waren sich die beiden inzwischen dennoch nähergekommen, und Mary hatte sich schrecklich in den Inspektor verliebt. Sie genoss jede einzelne Minute, wenn Norman bei ihr war, und sie konnte sich ein Leben ohne ihn nicht mehr vorstellen. Nachts, wenn sie allein in der Wohnstube auf dem Sofa lag, weil der Inspektor keinen Wert darauf legte, dass Mary neben ihm im Bett lag, war ihre Sehnsucht nach einem Zuhause, nach Geborgenheit, Liebe und Verständnis größer denn je, sodass ihr aus Traurigkeit die Tränen über das Gesicht rollten. Ein einfaches kleines Sofakissen stützte Marys Kopf, der auf einer harten Kante auf der Armlehne des Sofas lag, und so konnte sie ihre Schmerzen im Nacken- und Schulterbereich ein bisschen lindern.

Wie gern hätte Mary unter einer frisch bezogenen, kuscheligen Bettdecke gelegen, mit der Norman sie zuvor zugedeckt und ihr mit einem ernst gemeinten liebevollen Kuss gute Nacht gewünscht hätte. Doch schien es so, als wenn der Inspektor nicht das Gleiche für Mary empfand, so zeigte er auch kein großartiges Interesse an ihr, und ihm war es völlig egal, ob Mary unter einer kuscheligen, frisch bezogenen Bettdecke lag. Er war mit seinen Gedanken so weit weg von Mary entfernt, und sie war es ihm auch nicht wert, dass er großartige Gedanken an sie verschwendet hätte.

Täglich zeigte er ihr seine kalte Schulter und ließ sie spüren, dass er sich nichts aus ihr machte. Auch ließ er sie mehrere Tage allein zurück in seiner Wohnung, weil er ihre Gegenwart nicht ertrug und sie am liebsten auf der Stelle aus seiner Wohnung geworfen hätte. Viel lieber hielt er sich in Abwesenheit einer früheren Liebschaft auf und scherte sich einen Dreck um Mary. Spaziergänge unternahm er auch nicht mit ihr, sondern ließ Mary zu Hause und vergnügte sich lieber mit der verflossenen Geliebten und deren grottenhässlichem Enkelkind auf Spaziergängen. Er kümmerte sich um die beiden, als wären sie immer noch ein Paar und für ihn das Wichtigste auf der Welt. Ihre Unterhaltungen drehten sich immer um Mary. Sie sprachen schlecht hinter ihrem Rücken, machten sich über sie lustig.

Der Inspektor und die Damen um ihn herum waren Mary gegenüber so respektlos, dass sich jeder andere Mensch sofort von diesen Gestalten zurückgezogen hätte. Ständig flirtete Norman mit anderen Frauen. Aus seiner Vergangenheit gab es zwei weitere, richtig hinterhältige Weibsbilder, von denen Norman nicht lassen konnte. Diese drei Damen standen bei Norman immer an erster Stelle. Norman war es völlig egal, ob Mary sich dabei gekränkt oder verletzt fühlte. Er verschwendete nicht eine Minute an sie. Ganz im Gegenteil, er trieb es immer bunter, und Mary wurde zusehends ihrer Kräfte beraubt, und ihr Inneres begann, wie ein Baby nach Nahrung und Aufmerksamkeit zu betteln.

Anstelle von einem neuen glücklichen und zufriedenen Leben hatte Mary nur weitere Krafträuber und krankmachende Sorgen bekommen. Wieder einmal hielten sich in der Umgebung viele Menschen auf, die unehrlich, verlogen und hinterhältig waren und dachten, dass Mary naiv und dumm sei. »Nur immer vom Bösen umgeben sein, warum nur, was habe ich Schlimmes verbrochen, dass ich so schrecklich dafür bestraft werde?«, dachte sie bei sich und konnte kaum noch einen klaren Gedanken fassen.

Oft genug hatte Mary sich an die schöne Zeit mit John zurückerinnert. Wie sehr hatten die beiden sich von der ersten Sekunde an geliebt. John wäre für Mary gestorben – und Mary für John. Er fing erst an, sich zu verändern, als Mary ihren ersten schlimmen Rückfall hatte. »Warum nur? Woran lag das?« In voller Sehnsucht und damit verbundenen Träumen erinnerte sie sich an den ersten Kuss, den sie von John bekommen hatte. Doch sollte es aus einem bestimmten Grund nicht sein, dass die beiden zusammenblieben. Den Grund kannte Mary, hatte ihn aber bisher noch niemandem gesagt, aus Scham und Angst, dass man sie für verrückt erklären würde, aber sie spürte, dass John schon bald sterben würde.

Als sie zu Norman hinübersah, konnte Mary seine Gedanken deutlich lesen. Er dachte mit Hochmut daran: »Wenn es ihr nicht passt, dann kann sie ja gehen. Es steht ihr frei.« Wie mit einem Radiergummi fing Mary an, diese Gedanken aus ihrem Hirn wegzuwischen, was ihr aber nicht gelang. Es blieb wie eine Seuche in ihren Gedanken hängen. Er war so anders, völlig verändert, nicht mehr so, wie sie ihn kennengelernt hatte. Er behandelte Mary ganz genau so, wie sie es von anderen Menschen in ihrem Leben gewohnt war. Doch trotz ihres neu beginnenden Leidens war sie fest entschlossen, nicht zu John zurückzukehren, denn das wäre ein fataler Fehler gewesen, vor dem Mary sich nur zu gut zu schützen wusste.

Inzwischen war für Mary ein einsamer, tränenreicher Sommer fast zu Ende gegangen, und ihre Gesundheit begann auf leisen Sohlen, sich wieder zu verschlechtern. Nachdem Norman Mary immer und immer wieder gegen andere Frauen austauschen wollte, wuchsen in Mary Nervosität und die ihr vertraute Unruhe von Tag zu Tag und trieben ihren Körper zu einem Bewegungsdrang, in dem sie nicht mehr zu stoppen war. Starkes Schwitzen tränkte ihre Kleidung, und gleichzeitiger Schüttelfrost vor Anspannung und wachsende Todesängste machten sie fast bewegungslos. Ihre Gedanken an die Furien, die sich in ihrer neuen Umgebung aufhielten und deren Präsenz durch das Böse in einem hellerleuchteten Licht des schwarzen Schattens zum Vorschein gebracht wurde, wuchs zusehends und begannen wie nicht verheilte Wunden sich langsam unter dem Pflaster auf ihrer Seele zu entzünden.

Nachdem für Mary ein anstrengendes Jahr zu Ende gegangen war, hatten Norman und sie dennoch das neue Jahr gemeinsam in seiner Wohnung willkommen geheißen. Plötzlich fühlte sie sich in Normans Wohnung immer unwohler und unerwünscht. Hemmungslos erzählte er ihr von seinen Exfrauen, von dem gemeinsamen Sex mit ihnen und wie sie aussahen, oder wie schön sie waren, ob dick oder dünn, alle Damen, die er hatte, bis auf Mary natürlich, hatten ihre Reize und waren für ihn schön. Doch die schönsten waren für Norman Blondinen. Mary hatte ihm einmal die Frage gestellt:»Was ist es denn, das dich an Blondinen so reizt?« Er antwortete ihr ziemlich ungehalten:»Sie sind so wunderschön. Einfach anders.« All das hatte Mary doch schon einmal zu hören bekommen und erlebt. Es gab also noch weitere Männer, die ganz genauso dachten wie ihr erster Ehemann, diese Bestie. Es erinnerte sie stark an ihn, der ihr ständig Fotos von seiner verflossenen Exfreundin unter Marys Nase gehalten hatte, wie eine schöne Frau auszusehen habe.

Den Inspektor regte es immer mehr auf, Marys Sachen in seiner Küche zu haben, die ihn in seiner Bewegungsfreiheit behinderten. Seine Launen ihr gegenüber waren ekelhaft und unerträglich für sie geworden. Einmal lag Norman mit einer Erkältung auf dem Sofa, und es schien ihm schlecht zu gehen. Mary wollte sich um ihn kümmern und fragte mit flüsternder Stimme:»Soll ich dir einen Tee kochen? Ich kann dir auch einen Kräuterverband machen, den lege ich dir auf die Brust, und du wirst sehen, dann bekommst du auch wieder viel besser Luft.« Freudig darüber, dass sie ihm ihre ganze Aufmerksamkeit schenken und Norman damit beweisen wollte, wie sehr sie in ihn verliebt war, sah sie ihn mit Sehnsucht an, als er sich mit einem Ruck halb aufrichtete und sie mit hasserfüllten Augen anschaute. Dabei brüllte er und zeigte ihr mit seiner Reaktion, dass er von ihr genervt war.»Du bist nicht meine Mutter, hör auf damit. Deine ständige Fragerei geht mir mächtig auf die Nerven. Ich weiß schon selbst, was für meine Gesundheit gut ist, immerhin bin ich es, der krank ist und nicht du. Und jetzt geh, ich will meine Ruhe haben und schlafen.«

Weinend lief Mary aus dem Raum, in das kleine Schlafzimmer nebenan, wo sie sich aufs Bett legte und mit großem Schmerz einem Weinkrampf bekam.

So vergingen Tage und Wochen, in denen Mary immer mehr zu spüren bekam, dass sie ein Störfaktor in Normans Leben war. Eines Tages sagte er zu ihr: »Du solltest besser in eine Einrichtung gehen für Menschen mit derselben Erkrankung, wie du sie hast. Ich denke, dort wärst du besser aufgehoben als hier bei mir.« Das war ein Schlag ins Gesicht, und zwar so heftig, dass Mary nicht nachvollziehen konnte, was da mit ihr passiert. Eine Wohngruppe für psychisch kranke Menschen? Sie unter fremden Menschen? Mary wäre fast in sich zusammengebrochen. Dahin wollte Norman sie abschieben? Mary war gelähmt vor Angst und Einsamkeit. Das hatte er nicht nur so gesagt, er meinte das ernsthaft. Was hatte ihn nur dazu getrieben, und warum war er so hinterhältig und feige? Warum hatte er Mary erst zu sich geholt? Das waren Fragen, die sie sich täglich stellte. Sie wollte einfach verstehen, was mit ihr nicht stimmte und warum andere sich immer wieder das Recht herausnahmen, sie schlecht zu behandeln. Und warum wurde sie von den anderen immer als dumm hingestellt, ohne dass sie sie überhaupt kannten? Was trieb Norman und all die anderen dazu an? Unsicherheit nahm sie immer mehr in Besitz. Sie fasste all ihren Mut zusammen und stellte Norman mit Tränen in den Augen die Frage: »Norman, bitte, ich frage mich die ganze Zeit über, warum du mich zu dir geholt hast, wenn du mich doch eigentlich nicht leiden kannst?«

Norman musste, um diese Frage zu beantworten, nicht lange überlegen und antwortete ihr wie aus der Pistole geschossen: »Ich wollte nur deinen Mann verletzen, ich wollte sagen können, hier, sieh nur, du ach so feiner Pinkel mit deiner Arroganz, John Rowlands, ich habe es mit deiner Frau getrieben. Mehr nicht. Er widerte mich an, meinte wohl immer, dass er wegen seines Reichtums etwas Besseres gewesen sei als ich. Ich, ein kleiner, bedeutungsloser

Inspektor, habe es mit der Ehefrau von dem ach so großen John Rowlands getrieben.«

Mary konnte es kaum fassen, das war doch wohl nicht sein Ernst, hatte Norman es wirklich so gemeint? Ja, das hatte er wahrhaftig. Sie war fassungslos. In ihr brach ein Chaos der Gefühle aus, und sie dachte nur noch daran, auf dem schnellsten Weg aus Normans Wohnung zu verschwinden, ihm keine Last mehr zu sein, ihm zu entkommen.

Die Tage wurden wieder länger und das Zusammenwohnen mit Norman immer unerträglicher. Dann aber war es so weit, Mary hatte eine Wohnung gefunden und begonnen, sie zu renovieren. Alles, was sie wollte, war, ihr neues Zuhause aus eigener Kraft hübsch herzurichten, sodass ihr niemand mehr etwas wegnehmen würde, was sie sich so mühevoll angeschafft hatte. Norman half ihr nur widerwillig und dachte im Traum nicht daran, mit Mary gemeinsam dort einzuziehen. Seine Vorfreude galt nur Marys Auszug aus seiner Wohnung, und er sehnte den Tag herbei, endlich wieder allein zu sein und Frauenbesuch zu empfangen.

DIE RÜCKKEHR
DER FURIEN

Es vergingen weitere Tage und Nächte, in denen Mary aus Sorge nicht mehr in der Lage war, sich auf schöne Dinge im Leben zu konzentrieren. Mary war jetzt zwar in ihre eigene Wohnung gezogen, aber dennoch einsamer denn je. Angst und Unsicherheit machten sich in ihren Gedanken breit, denn nun war sie in einer fremden Stadt, wo sie niemanden kannte, mit dem sie sich hätte austauschen können. In tiefster Traurigkeit sammelte sie Kraftreserven und hatte es sich zur Gewohnheit gemacht, dass sie trotz ihrer starken Ängste täglich im Wald spazieren ging. Dort kehrten die Gedanken zurück, die sie seit langer Zeit verdrängt hatte, denn sie dachte jeden Tag ein bisschen mehr an ihre Vergangenheit und an ihren einst so geliebten John.

Mit weit ausgestreckten Armen stand sie weinend am Rande eines Stoppelfeldes, schaute in den Himmel und rief so laut sie konnte: »Die Furien, die Furien sind wieder da, sie sind zurückgekommen, um mich zu zerstören. Das wahre Leben meint es nicht gut mit mir, ich bin ständig von Furien umgeben. Aber sie wissen nicht, wozu ich imstande bin. Ich denke mir keine Dinge aus und verspreche auch nicht das, was ich nicht halten kann. Niemand, wirklich niemand bedroht mich mehr. Ich sage nichts, was ich nicht halten kann, und so hört mich an, ihr Furien. Ich, Mary Rowlands, werde euch vernichten. Ich werde euch auf grausamste Art euer jämmerliches, stinkendes Leben nehmen, dass ihr euch wünscht, mich nie getroffen zu haben. Hört mich an, ihr schwarzen Schatten des Bösen, kommt herbei und steht mir helfend zur Seite.« Mit lautem Grummeln zog sich der Himmel zusammen, und die zuvor weißen Wolken färbten sich in schwarze, dicht aneinandergereihte Gewitterwolken.

Die folgenden Donnerschläge versetzten die Menschen in Angst und Schrecken. Ein peitschender, heulender Wind und der eiskalte, starke Regen verwandelten die Atmosphäre in eine bedrohliche Stimmung. Von überall her konnte man die Sturmglocken hören, die die Bewohner vor einem Unwetter warnten. Ein unerklärliches Schauspiel der Natur tat sich vor Mary am Himmel auf, und sie stand noch immer mitten auf dem Feld und war von Macht und Stärke umhüllt worden. Regen durchnässte sie bis auf die Haut. Der eiskalte Wind machte Mary nichts aus. Ganz im Gegenteil, er kühlte ihren vor Erregung heiß dampfenden Körper ab, denn in ihr wuchsen Kräfte, die nicht von dieser Welt waren. Die Macht des Bösen und die schwarzen Schatten krochen mit widerlichem Lachen in Marys Körper und verhalfen ihr, die Person zu sein, die sie sich selbst nie zu sein gewünscht hatte.

Unter ihrer Haut befand sich ein ganz anderes Gesicht, das so grauenhaft anzusehen war, dass selbst der Teufel sie nicht hätte ansehen mögen. Der verformte, widerlich stinkende Körper des Bösen wurde von Marys eigenem Körper mit gepflegter, samtzarter Haut umhüllt und vor den Blicken der Menschheit verborgen gehalten. Denn kein Mensch der Welt könnte diese widerlich grauenhafte Gestalt aus seinen Gedanken verbannen, und ein normales Leben wäre undenkbar geworden. Jeder, der diesen Anblick gewagt hatte, wäre vom Wahnsinn befallen worden und müsste ein jämmerliches Leben in einem Irrenhaus bis zu seinem Tode fristen.

Nachdem die Mächte der Finsternis von Marys Gedanken und Körper Besitz genommen hatten, beruhigte sich das Unwetter und verschwand genauso schnell, wie es gekommen war. Hatte man vorher noch gedacht, dass die Welt untergeht, strahlte von einer Sekunde auf die andere die Sonne, als wäre nichts gewesen. Vögel sangen, und der Wind glitt leicht und sanft übers Land. Krähen, die mit lautem Geschrei über Marys Kopf hinwegflogen, wollten ihr mitteilen, dass sie als Kriegerin in den Kampf gegen die boshaften Furien einmarschieren und als Siegerin zurückkehren würde. Mary lächelte ihnen zu und murmelte: »Danke, meine lieben Freunde des Himmels, danke.« Woraufhin die schwarzen Rabenvögel mit einem Konzert des Krächzens verschwanden.

Marys Kleidung wurde von den wiederkehrenden warmen Sonnenstrahlen und einem leichten Wind schnell getrocknet, und sie fühlte sich so gut, wie schon seit Langem nicht mehr. Mit langsamen Schritten und neu beginnendem Mut ging sie ihres Weges, der sie in ihre Wohnung führte, in der sie den Tag in Ruhe und Zufriedenheit zu Ende gehen lassen wollte. Norman und seine neue Geliebte versuchten, Mary Hörner aufzusetzen, was ein fataler Fehler für seine Liebschaften und falschen Freunde war – und letztendlich auch für ihn selbst.

NORMANS GELIEBTE

Schmerzhafte Tage und Wochen waren vergangen, Mary ging täglich in den Wald und über den angrenzenden Friedhof spazieren. Auf Friedhöfen spazieren zu gehen, hatte sie schon früher gern gemacht, außer als sie erkrankte, da hatte sie solch große Angst vor dem Tod und vor Krankheiten bekommen, dass sie es nicht ertragen konnte, all die Gräber zu sehen, und die Trauernden gaben ihr das Gefühl, bald selbst sterben zu müssen. Nur die kleinste Vorstellung hätte ausgereicht, dass sie aus Angst vor dem Tod in den Wahnsinn getrieben worden wäre. Aber das machte ihr mittlerweile nichts mehr aus, denn sie konnte diesen Gedanken verdrängen. Heute über den Friedhof spazieren gehen zu können, war wie ein Geschenk des Himmels für sie. Dort war alles so friedlich, so still. Niemand, der hinter ihrem Rücken schlecht über sie sprach. Niemand, der sie betrügen oder ausnutzen wollte. Niemand, der über sie und ihr Leben bestimmen wollte. Mary genoss es, wenn sie sich unter dem riesigen Baum, der am Eingang des Friedhofs stand, auf eine Holzbank setzte und ihren Blick über die Fläche schweifen ließ, während der Wind sanft über ihr durch das Blätterkleid im Baum glitt. Mary beruhigte das Rauschen des Windes, weil es sich für sie wie zarter Gesang der Natur anhörte und ihr der Baum Ruhe und Zufriedenheit vermittelte. Die Grabsteine standen in gepflegtem Zustand in Reihen, wobei jedes Grab seine eigene Geschichte hatte, die sich Mary von den Toten mit leisem Flüstern erzählen ließ. Nur ein paar Besucher, die sich um die Gräber ihrer Angehörigen kümmerten, hielten sich dort auf und waren mit sich und ihrer Trauer beschäftigt. Dass sich hinter ihr die Leichenhalle und die Kapelle befanden, machte ihr inzwischen nichts mehr aus. Woran das lag, konnte sie sich nicht erklären, heute aber wusste sie, dass sie vor den Toten keine Angst zu haben brauchte, sondern die Lebendigen es waren, die ihr das Leben zur Hölle gemacht hatten und sie nicht zur Ruhe kommen ließen.

Mary saß da und dachte mit verweinten Augen an ihren Mann zurück. Liebe, Geborgenheit und eine große Leidenschaft spielten in ihrer Beziehung eine große Rolle. Ihre Liebe war mit vielen Stunden der Romantik und mit heißen Liebesspielen verbunden, an die sie manchmal heute noch gern zurückdachte. Warum Mary sich überhaupt von ihm getrennt hatte, konnte und wollte sie niemandem erzählen. Hätte man sie doch nicht verstanden und nur wieder für verrückt erklärt. Hinter vorgehaltener Hand wurde über sie gelästert.

Mary hütete noch viele Geheimnisse, die sie niemals erzählen würde, weil sie das Erlebte einfach nicht aussprechen kann. Sie ist nicht in der Lage, es über ihre Lippen zu bringen, und hat es in ihrer Gedankenschublade in das unterste Fach für Grausamkeiten und Misshandlungen gelegt. Auch der Inspektor kreiste immerzu in Marys Gedanken auf und ab, und sie konnte sich einfach nicht erklären, warum er sich ihr gegenüber so abscheulich benommen hatte.

Als plötzlich die Kirchenglocken läuteten, wachte Mary aus ihren Tagträumen auf und sah einen großen alten Mann mit knurrigem Gesichtsausdruck auf sich zukommen. Sein Gang war wackelig und schwer, und er musste sich an einem Gehstock abstützen, denn sein rechtes Bein war kürzer als sein linkes. Es schien ihr, als käme er direkt aus der Hölle und benutzte den Grabstein wie eine Tür. Sollte es etwa ein Geist gewesen sein? Als er plötzlich vor ihr stand, wackelte er unsicher hin und her. Seine Kleidung war grau, schmutzig und er roch nach verwestem Fleisch und feuchtem Erdreich. Seine Augen waren so groß wie die einer riesigen Kröte und lagen in tiefschwarzen Augenhöhlen. Auch war sein Gesicht warzig und schrumpelig, und kleine Würmer hatten sich in seiner löchrigen Haut eingenistet, um dort ihre Eier ablegen zu können. Mit nur noch drei Zähnen im Mund, die so schwarz wie Lakritzstäbchen waren, lächelte er mit seinem eitrigen Zahnfleisch Mary nicht gerade freundlich an. In seinen Mundwinkeln sammelte sich ekliger, dickflüssiger Speichel, während kleine Insekten aus seiner Mundhöhle gekrabbelt kamen und über sein Gesicht wuselten. Mary wurde es speiübel bei dem Anblick, und sie schüttelte sich vor Ekel am ganzen Körper vor der unheimlichen Gestalt. Doch wusste sie sich immer zu benehmen, und auch in diesen Fall wollte sie nicht unhöflich sein, sie lächelte den Fremden freundlich an und dachte bei sich: »Dass sich doch immer solch seltsame Wesen in meiner Umgebung aufhalten müssen, manchmal habe ich direkt Angst, wenn sie sich mir nähern.« Das hörte der faulige Kerl, der in der Tat wahrhaftig ein Geist war und Marys Gedanken lesen konnte. Er antwortete ihr nicht gerade freundlich: »Das sollte es wohl auch, immerhin bist du es, die uns gerufen hat, nachdem du mal wieder so schlecht behandelt wurdest und dir keinen anderen Rat mehr wusstest. Du weißt doch, dass wir in Erscheinung treten, um dir zur Seite zu stehen. Du bist ziemlich abgemagert, kein Wunder nach dem, was du schon wieder alles hast über dich ergehen lassen müssen. Aber das ist noch nicht alles, die Toten flüstern, dass dein Inspektor es mit einer anderen treibt und immer auf der Suche ist, vielleicht eine bessere Frau als dich zu finden. Er und seine beste Freundin Helen sind nämlich der Meinung, dass du keine englische Herkunft hast wegen deines südländischen Aussehens. Weißt du davon? Ist dir das bekannt? Ich an deiner Stelle würde meine Augen besser aufhalten und der Frau, mit der er dich gerade betrügt, gehörig den Arsch aufreißen. Er hat einen ziemlich schlechten Geschmack, denn diese faltige Fratze kann dir bei Weitem nicht das Wasser reichen, meine Schöne. Ganz ehrlich, das hast du auch nicht verdient. Sollte ich von der Geisterwelt auserwählt werden, dir zur Seite zu stehen, so lutsche ich an ihren Eingeweiden, wie zu meinen Lebzeiten an einem Eis. Hm, wie wohl wird es mir, wenn ich an ihr rauchiges, nikotinverseuchtes Blut denke, das durch ihre fauligen, kalkverstopften Adern strömt«, sagte der Geist, während er sich seine mit Maden befallenen Lippen mit der eitrigen Zunge schleckte.

Er beugte sich zu Mary hinunter und versuchte, ihr an den Busen zu grabschen. Sie aber konnte ihm geschickt ausweichen und sah im selben Moment, wie der Geist sich vor ihren Augen in Nichts auflöste und im Nebelrauch verschwand.

Nachdenklich über das, was der Geist ihr erzählt hatte, wurde Mary so einiges klar, und sie wunderte sich nicht mehr darüber, dass Norman keine Zeit für sie hatte, weil er sich in der Gesellschaft einer anderen wohler fühlte und sie auch schon eine Vermutung hatte, um welches billige Weibsbild es sich handelte. Mary machte sich dennoch traurig und niedergeschlagen auf den Heimweg und dachte bei sich: »Es wird gleich so furchtbar sein, nach Hause zu kommen. In all der Zeit, wo ich hier bin, hatte ich nie das Gefühl, erwünscht zu sein. Aber woran liegt das? Was mache ich falsch?«

Mary fand keinen Weg aus ihrem Gram, es wollte einfach kein Ende nehmen. Immer wieder begann das Spiel von vorn. Ihre Gedanken kreisten nur noch darum, dass die Furien in der neuen Umgebung bekämpft werden mussten, jede einzelne sollte zu spüren bekommen, dass es kein Paradies ist, sich mit Mary Rowlands anzulegen. Leiden sollten sie, so sehr, dass es jedem, der über die Morde in den Zeitungen las, angst und bange wurde, wenn sie nur von ihrem erfundenen Namen hörten, den die Zeitungsverlage gern ihr unbekannten Mördern gaben.

Mary war fest entschlossen und wollte über die geheimnisvollen Liebschaften von Norman Licht ins Dunkel bringen. So entschied sie sich dafür, nachdem sie ein Telegramm von ihm erhalten hatte, in dem er sie nicht gerade höflich darauf aufmerksam gemacht hatte, nicht zu ihm in die Wohnung zu kommen, weil er sehr viel auf der Polizeiwache zu erledigen habe und sich bei ihr melden werde, sobald er Zeit dafür habe. Marys Augen füllten sich mit Tränen der Einsamkeit. Sie wusste nicht, wie ihr geschah, und verstand nicht, was mit Norman los war.

Die Stille, das Warten, nichts von Norman zu hören und die Vorstellung, wie er sich mit der anderen amüsierte, und die beiden sich über die ahnungslose Mary lustig machten, brachten sie dazu, dass ihr Durst nach Rache und Tod immer größer wurde. Leise sprach eine Stimme aus der Welt der Toten zu ihr: »Mary, deine Gedanken sind die richtigen, und so soll es sein, deiner Entscheidung solltest du folgen, sie ist der erste Schritt in die richtige Richtung, um deine Gefühle und Gedanken zu sortieren. Lass es dir nicht mehr gefallen, viel zu lange schon hast du mitansehen müssen, wie schlecht man zu dir ist. Leider wird die Wahrheit weiterhin für dich schmerzhaft anzusehen sein, aber wir werden dir zur Seite stehen und all deine Aufträge, die du uns befiehlst, für dich und mit dir gemeinsam erledigen. Immerhin geht es nicht um irgendwen, sondern einzig und allein um dich, um Mary Rowlands, eine wunderschöne Frau, die von den Menschen in ihrem Umfeld seit jeher unterschätzt wird.«

Mary atmete mit noch größerer Entschlossenheit auf, spürte, wie Kräfte in ihr wuchsen und ihren Körper durchströmten und sprach mit bösem Lachen: »Was würde ich nur ohne euch machen? Danke, ihr Schatten der Finsternis.« Eine seltsame Energie stieg in ihr auf, worüber Mary sich selbst sehr wunderte. Kraftvoll und voller Tatendrang, dem Weibsbild mit dem Tod entgegenzutreten, machte Mary sich noch in derselben Minute auf den Weg zu Normans Wohnung.

TOD FÜR NORMANS GELIEBTE

Tiefschwarz gekleidet, sodass Mary für andere Nachtspaziergänger unsichtbar wurde, eilte sie durch die kaum beleuchteten Gassen. Bald stand sie vor dem Haus, in dem Norman wohnte. Ihren Blick hatte sie auf das Fenster im ersten Stockwerk gerichtet, in der Hoffnung, vielleicht einen der beiden am Fenster sehen zu können. Sie lief mit schnellen Schritten ins Treppenhaus, wo sie der freundliche Nachbar, der unter ihm die Wohnung gemietet hatte und Mary von der ersten Begegnung an mit Freundlichkeit und Respekt behandelte, freundlich lächelnd begrüßte, denn ihn erfreute das schöne Gesicht von Mary: »Guten Abend, Mrs. Mary, wie geht es Ihnen und dem Inspektor?« Marys Augen glühten wie die des Teufels. Mit großer Wut und Enttäuschung in ihrer Stimme antwortete sie dem ahnungslosen Herrn, der mit großem Entsetzen ein paar Schritte rückwärts gegangen und erschrocken über die völlig veränderte Mrs. Rowlands war. »Es geht mir beschissen, und das liegt daran, dass dieser komische Inspektor ein Riesenvollidiot und ein Arschloch ist. Dieser Volltrottel von Inspektor Norman Brighton ist an allem schuld. Der hat sie doch nicht mehr alle, das ist ein selten großes Arschloch, ein Vollidiot!«, schimpfte sie und lief an dem verwunderten Nachbarn vorbei, der schnell in seiner Wohnung verschwand, als Mary auf leisen Sohlen in die erste Etage schlich.

Mit großer Vorsicht lauschte sie, ob sich in der Wohnung etwas regte. Mit einem Wimpernschlag horchte Mary auf und war mit höchster Konzentration dabei, auch noch das leiseste Geräusch wahrzunehmen. Norman hätte durch seine Wohnung fliegen können – Mary hätte es gehört, denn ihr entging nichts. Man konnte vor ihr nichts verbergen, sie war zu aufmerksam, als dass man sie hätte hintergehen können. Norman aber war nicht zu Hause, er verbrachte die Nacht wahrscheinlich bei seiner Liebsten.

Mary nahm den Wohnungsschlüssel und drehte den Schlüssel nach rechts. Schon beim Aufgehen der Tür strömte ihr kalter Zigarettenrauch entgegen, der nur von der Geliebten stammen konnte. Zigarettenrauch? Norman hasste Zigarettenrauch. Zu Mary hatte er einmal mit ermahnenden Worten gesagt: »Wenn du rauchen würdest, dann wären wir nicht zusammen. Ich hasse Zigarettenrauch.« Wie immer sah er Mary nicht einmal an, ein Blick zu ihr hätte ihn wahrscheinlich nur wütend werden lassen, und Mary hätte sich weitere Unannehmlichkeiten und Kritiken ihrer Person von ihm anhören müssen.

GEDANKEN VON DARK SMITH

Obwohl ich bei meinen Lesern für meine interessanten Geschichten bekannt war, konnte ich innerlich spüren, wie mich diese Erzählungen von Mary Rowlands in der Welt noch bekannter machen würden, wenn ich sie erst einmal niedergeschrieben und sie in einem Buch veröffentlicht hätte. Und das alles nur, weil ich solch seltsame Geschehnisse noch nie erlebt hatte und mir auch nicht vorstellen konnte, dass es Realität sein sollte. Mitunter machte es mir Spaß, über das Erlebte von anderen zu schreiben, bei dieser Geschichte aber wäre ich am liebsten so manches Mal vor Mary Rowlands davongelaufen. Ich stellte mir immer wieder die gleichen Fragen: Ist das wirklich alles so passiert? Oder hat man Mary so sehr psychisch fertiggemacht und körperlich misshandelt, dass sie sich nicht mehr anders zu helfen wusste, als ihre Peiniger in ihren Gedanken auf schlimmste Art und Weise zu töten? Sie war wirklich sehr verzweifelt, allein gelassen, betrogen und belogen worden und wusste sich mit diesen Gedanken nur noch so zu helfen.

Wir waren gerade mit dem Mitternachtsmahl fertig geworden, als Mary Rowlands plötzlich schrecklich zu weinen anfing. Da waren sie, Mary Rowlands schreckliche Depression. Ihre starken Stimmungsschwankungen waren mir schon den ganzen Abend über aufgefallen, und ich musste gestehen, dass es mir sehr leid tat, sie so traurig und verzweifelt zu sehen. Sie wirkte so hilflos, und man konnte ihr ihren Seelenschmerz ansehen.

Ich versuchte, sie zu trösten, und wollte die Gunst der Stunde für mich nutzen, um ihr zu sagen, dass alles ein wenig zu anstrengend für sie sei und wir eine Pause einlegen sollten, damit sie sich etwas ausruhen konnte. Das verneinte sie und schaute mich dabei an, sodass ich das Gefühl bekam, ich würde der Nächste sein, wenn ich nicht weiter zuhörte und alles, wie sie es gewünscht hatte, aufschrieb. Ihr Redebedarf war zu groß, als dass sie hätte mittendrin aufhören können.

Heute glaube ich, dass sie aus Verzweiflung geplatzt wäre, wenn sie sich nicht alles in dieser Nacht von der Seele gesprochen hätte, und ihre Geschichte auch einen Zuhörer hatte. Zugegeben, ich nahm wieder mit ziemlich weichen Knien und ein wenig Bauchschmerzen meinen Platz ein und fing an, alles zu notieren. Ich wartete mit Anspannung auf ihre weiteren Erzählungen, nachdem sie sich etwas frisch gemacht hatte. Was mir aufgefallen war: Mary Rowlands hatte es große Freude bereitet, wenn sie mir von ihren Morden erzählte. Mir wurde dabei ständig angst und bange, und es versetzte mich immer mehr in Schrecken, mich in ihrer Nähe aufzuhalten. Nur nichts falsch machen, dachte ich mit einem Lächeln im Gesicht, das mir die Hoffnung gab, dass sie nichts von meinen Bedenken mitbekommen hatte.

In dieser Nacht ist mir aber auch aufgefallen, dass ein unnatürliches Mondlicht zum Fenster hereinschien und Marys seltsamen Gesichtsausdruck bei ihren Erzählungen noch unheimlicher wirken ließ. Ich ließ mir immer noch nichts anmerken und lauschte weiterhin gespannt ihrer grausamen, aber auch traurigen Geschichte.

LEBENDIG GEFRESSEN

Zwischenzeitlich erfuhr Mary, dass ihre Mutter, die schon lange erkrankt war, noch weitere Erkrankungen dazubekommen hatte, und man ihr beide Füße in einer Operation wegen ihrer Diabeteserkrankung entfernen musste. Seit einem Jahr lag sie bereits im Sanatorium, was Mary sehr traurig gemacht haben musste, sodass es ihr aus Sorge fast den Verstand raubte. Mary hatte ihre Mutter sehr geliebt, obwohl diese nicht gerade zimperlich und liebevoll mit der damals kleinen, hilflosen Mary umgegangen war.

Von Kindesbeinen an hatte Marys Mutter das kleine Mädchen überwiegend sich selbst überlassen und ließ sie dabei täglich spüren, dass Mary ihr im Weg war und sie sie nicht leiden konnte, ja sogar hasste. Die Frage, warum das so war, hatte sie Mary nie beantwortet, auch wenn Mary sie oftmals danach gefragt hatte. Hilfe konnte sie von anderen nicht erwarten, weder aus dem Bekanntenkreis noch von angeblichen Freunden. Auch selbst nicht von ihrem Vater, der an Brutalität nichts ausgelassen hatte. Und so kam es, dass Mary es gewohnt war, ohne Liebe und Geborgenheit erwachsen werden zu müssen und allein auf sich gestellt zu sein in dem für sie so großen unbekannten Leben, das ihr so vorkam, als ginge sie durch einen Dschungel, und wo überall Gefahren lauerten.

In der Zwischenzeit waren beide Elternteile dramatisch verstorben, und der ältere Bruder von Mary, ein Taugenichts, aber der Liebling ihrer Eltern, verstarb ebenfalls sehr früh an einem

Herzstillstand. Marys Mutter hatte im Sanatorium immer mehr abgebaut. Und ihr Körper war von riesigen, tiefen, eitrigen Wunden zerfressen worden, sodass sie qualvolle Schmerzen erleiden musste. Marys Mutter hatte sich für den Tod entschieden, zu schlimm wäre der weitere Leidensweg für die 180 Kilogramm schwere Frau gewesen, die ihr Leben lang nichts anderes getan hatte, als den ganzen Tag lang zu essen, im Sessel zu sitzen und sich nicht zu bewegen. Die Ärzte, Schwestern und Pfleger waren sich schnell einig und erfüllten Marys Mutter ihren letzten Wunsch, damit diese keine weiteren qualvollen Schmerzen erleiden musste. Im Sanatorium wurde dafür auf dem schnellsten Weg alles getan, und Marys Mutter bekam von einem der Ärzte eine Sterbehilfe. So konnte Mary sich nicht mehr von ihr verabschieden, denn als sie die Nachricht erhielt, lag ihre Mutter schon im Totenbett, wo sie ohne Schmerzen in Ruhe und Frieden eingeschlafen war.

Mary weinte über Wochen und Monate und Jahre über den Tod ihrer Mutter, die sie, trotz alldem, was sie ihr angetan hatte, sehr liebte und sich nicht mehr von ihr verabschieden konnte. Der Schmerz war nach mehreren Wochen Trauer ein wenig leichter geworden, aber es verging nicht ein Tag, an dem Mary nicht an sie dachte und ihr Bild vor Augen trug.

Als Marys Mutter verstorben war, kamen neue Probleme auf sie zu, die sie in den Wahnsinn zu treiben begannen, sodass Mary immer mehr das Verlangen bekam, sich auf grausamste Art und Weise auch an diesen Furien, die aus der Familie ihres Bruders stammten, rächen zu müssen. Und an Elizabeth, der Bestatterin, die gemeinsam mit ihrer Tochter versucht hatte, Mary zu betrügen, in dem sie eine solch hohe Rechnung für die Beerdigung von Marys Mutter angesetzt hatten, obwohl ihnen bekannt war, dass Marys Mutter kein Geld besaß. Doch Elizabeth' Gier nach Geld war größer, deshalb schickte sie Mary nach mehreren Monaten eine Rechnung, die nicht abgemacht war. Mary hatte im Hinterkopf schon einen Plan für die Bestatterinnen, aber erst, nachdem sie mit dem dreckigen Weibsbild, mit dem Norman eine neue Liebschaft begonnen hatte fertig war.

Mary hatte Norman nicht in seiner Wohnung angetroffen, dafür aber die Beweise gefunden, dass sich wahrhaftig eine andere Frau bei ihm aufgehalten haben musste, und mit Norman in seinem Bett schlief, denn Mary hatte bei ihrer Spurensuche im Schlafzimmer die Bettdecke zurückgeschlagen und gesehen, wie zwei Schlafanzüge ordentlich zusammengelegt auf der Matratze lagen, sodass alles darauf hindeutete, dass die Liebelei schon seit Längerem zwischen den beiden stattfinden musste. Dieser Anblick legte Marys ganzen Zorn und ihre Enttäuschung frei. Ihr Herz brach in zwei Teile, und ihre Seele drohte, sich vor Traurigkeit in Staub aufzulösen.

Sie wirbelte wie ein Sturm durch die gesamte Wohnung, dabei wurde sie von ihren schwarzen Schatten aus der Geisterwelt unterstützt, und sie schleuderte fast alles, was sich in der Wohnung befand, kreuz und quer durch die Zimmer. In allen Ecken konnte Mary die andere Frau regelrecht riechen, sodass ihre Wut und Enttäuschung immer größer wurden und sie die Geliebte von Norman in ihren Gedanken vierteilte. Mary tobte in einem Anfall von Verzweiflung, Hilflosigkeit und Ängsten in Normans Wohnung umher, bis sie in einem Weinanfall nicht mehr weiterwusste und kraftlos in die Knie ging.

Nachdem alles ziemlich verwüstet war, verließ sie die Wohnung atemlos und voller Verzweiflung. Mit großer Traurigkeit und Enttäuschung machte sie sich auf den Heimweg. Mary konnte nicht glauben, was Norman ihr angetan hatte, und eine große Leere ihrer Gedanken begleitete sie auf ihrem Weg in einer für sie beängstigenden Stille. Und für diesen untreuen, unaufrichtigen Mann hatte Mary ihren einst so geliebten John verlassen? Nein, nicht für Norman, der wäre es nicht wert gewesen, wie Mary später feststellen musste. Johns Tod und Marys damit verbundene Angst, das nicht überstehen zu können, weil sie ihn so sehr geliebt hatte, war der einzige Grund für ihre Trennung von John.

Stunden des Schweigens und großer Einsamkeit waren vergangen. Viele Tränen waren vergossen, und Mary lief wie ein Tier in einem Käfig unruhig in ihrer Wohnung umher. Sie wusste nicht, wie es weitergehen sollte, und hatte Angst vor einem Leben, das kein Leben war. Keine Nachricht von Norman, nichts, was ihn angetrieben hätte, um Mary eine Erklärung für sein Verhalten zu geben. Wo sollte das alles hinführen und wo sollte es enden? Fragen über Fragen kamen wie eine große Flut auf Mary zu, bei denen sie das Gefühl hatte, in dem ganzen Kummer zu ertrinken.

Noch am selben Tag hatten Norman und Mary sich ausgesprochen, und er hatte sich plötzlich und völlig unerwartet für Mary entschieden. Aber für Mary war die Angelegenheit noch lange nicht zu Ende, und so fing sie an, ihm Fragen zu stellen: »Norman, woher kommt plötzlich der Sinneswandel? Warum gehst du nicht zu ihr? Vielleicht wäre das auch besser so für uns und vor allem für dich? Denn lieben tust du mich nicht.« Norman musste mit seiner Antwort nicht lange geizen und sagte aus voller Überzeugung: »Ach, weißt du, sie erinnerte mich zu sehr an eine meiner Exfrauen.« Dann drehte er sich um und schaute aus dem Fenster. Mary war fassungslos, nur deswegen? Also heißt das ja, dass er immer noch auf der Suche ist, und wenn eines Tages eine bessere Frau käme, würde Mary wieder ausgetauscht? Norman hielt sich Mary also nur warm, weil gerade keine Bessere für ihn da war.

Das Gefühl, die Furie zu töten, bekam sie nun erst recht nicht mehr aus ihren Gedanken, sie musste das Weibsbild auf bestialische Art und Weise umbringen, um zu sehen, wie sie leidet.

Mittlerweile hatte der Herbst Einzug gehalten, die Blätter an den Bäumen wechselten nach und nach ihre Farben und fielen von den knorrigen Ästen. Trotz der noch wenigen bleibenden Sonnentage konnte Mary sich an der Schönheit der Natur nicht erfreuen. Viel zu sehr hatten Angst und tiefe Traurigkeit Platz in ihren Gedanken eingenommen und die Sicht für Schönes verdrängt.

Norman war erkrankt und musste für ein paar Tage ins Sanatorium. Gleichzeitig hatte Mary noch am selben Tag einen Entschluss gefasst: Sie wollte nicht mehr die Leidende sein, die ungeliebte Frau an Normans Seite. Sie wollte nicht mehr immer nur an Rache denken, und sie wollte auch nicht mehr töten, denn die seelischen Schmerzen und der ganze Kummer töteten sonst sie. Was sie wollte und wonach sie sich wirklich aus tiefstem Herzen sehnte, war Ruhe, um ihr winzig kleines Leben in Frieden zu verbringen und vielleicht noch einmal so zu lieben, wie sie und John sich geliebt hatten, aber das war nicht zwingend notwendig, denn Mary konnte es auch ohne Mann aushalten.

Und so bereitete sie sich auf einen Umzug vor, der sie zurück in ihre Heimatstadt führen sollte, und der Gedanke daran versetzte sie in eine für sie ungewöhnliche Ruhe und Zufriedenheit. Den ganzen Tag über, an dem Norman seine OP hatte, bekam sie kein Lebenszeichen von ihm, und sie nutzte die Zeit des Alleinseins für sich.

Mary kramte in einer Kiste mit Büchern mit geheimer Schrift, die nur sie allein lesen konnte, und trank wieder einmal aus einem Fläschchen einen Zaubertrank, der ihr Aussehen veränderte, sodass sie für niemanden mehr zu erkennen war. Noch in derselben Nacht verließ sie auf leisen Sohlen ihre Wohnung und lief durch den Park, der sich am Stadtrand befand und zu Normans Wohnung führte. Sie hatte die Hoffnung, dass sie noch Weiteres über Normans Ex-geliebte herausfinden könnte.

Als Mary Schritte in ihrer Umgebung hörte, versteckte sie sich rasch hinter einem Baum, war aber überzeugt, dass ihr der Geruch, der in der Luft lag und von der herannahenden Person zu sein schien, doch sehr bekannt vorkam. Angeekelt von dem ihr mittlerweile sehr wohl bekannten Mief, rümpfte sie die Nase und spürte, wie der Hass und das Gefühl des Mordens in ihr immer größer wurden. Sie konnte es nicht mehr erwarten, zu dem Geruch eine Fratze sehen zu können. Als sich die unbekannte Person Mary immer mehr näherte, war sie sich ziemlich sicher, dass das nur die Frau sein konnte, mit der Norman sie betrog, und dass deren Geruch in seiner Wohnung wie Tapetenkleister an den Wänden hing. In großer Erregung und nicht abwarten zu können, ihr gleich das jämmerliche Leben aussaugen zu dürfen, verhalfen ihr die bösen Gedanken zu unvorstellbaren Kräften, und die Lust des Mordens wuchs mit jeder Sekunde. Niemand hätte Mary in diesem Rausch stoppen können. Fest entschlossen, sprang sie aus ihrem Versteck und stand mit weit aufgerissenen Augen mitten auf dem lehmigen Boden vor der Person, die nur noch ein paar Schritte von ihr entfernt war. Mary aber tat so, als wenn sie sich vor ihr erschrocken hätte, und war wie immer sehr überzeugend:»Huch, ach, bitte, entschuldigen Sie«, sagte sie und spielte die Atemlose ihr vor, weil sie angeblich vor jemandem davongelaufen war. Außerdem ließ sie ihr Taschentuch und ihre Handtasche fallen und spielte ihr die hilflose, schwache, ängstliche Frau, in der Hoffnung, dass der Fisch ins Netz ging.

Zwar etwas launisch, aber dennoch hilfsbereit, verhalf die unbekannte Person Mary auf die Beine, die so tat, als wäre sie einer Ohnmacht nah, und stützte sie bis zur Parkbank, auf der beide Platz nahmen. Das tat Mary in purer Absicht, sie wollte die Gewissheit haben, ob es sich auch um die Schlampe handelte, mit der Norman sie betrogen hatte. Und wahrhaftig, im Laternenlicht konnte Mary in die alte, widerlich anzusehende, knittrige, faltengefüllte Fratze schauen.

Mary hatte beobachtet, wie diese ein Stück Papier und einen Stift aus ihrer Tasche kramte und begann, ein paar Zeilen zu schreiben, während sie eine stinkende Zigarette rauchte. Ihr verliebter Augenaufschlag brachte Mary nur noch mehr dazu, sie gleich töten zu wollen. Sie tupfte sich mit ihrem Taschentuch Schweißperlen aus dem Gesicht und las aus dem Augenwinkel das Geschriebene Wort für Wort mit.

Liebster Norman,
sie weiß es, Lissi hat es mir erzählt, als sie sie auf dem Marktplatz getroffen hat. Ich liebe dich.
Kuss, deine dich Liebende

Noch ein paar Herzchen, und fertig war die Nachricht an Norman Brighton. Mary war außer sich vor Zorn, sprang von ihrem Platz auf und begann, ohne weiter zu zögern, mit dem Töten. Sie packte die völlig Ahnungslose an den Haaren, schleuderte sie kraftvoll zu Boden und schlug ihr mehrfach auf brutale Art und Weise mit ihren Fäusten, die in mit Glasscherben bezogenen Handschuhen steckten, ins Gesicht. Die andere schrie mit starken Schmerzen laut auf und wand sich wie ein armseliger Wurm im Dreck.

Mary störte das wenig, ihre Aufmerksamkeit galt nur noch dem Tod der widerlichen, hinterhältigen Schlampe. Sie zog aus ihrer Tasche eine Fleischgabel und stach, wie vom Wahnsinn getrieben, auf ihr Opfer ein und pulte ihr mit der Gabel die Augen aus, die sie den herannahenden Ratten zum Fraß vorwarf. Dabei lachte Mary, die sich im Rausch des Tötens befand. Gleichzeitig rief sie den Geist, mit dem sie auf dem Friedhof Bekanntschaft gemacht hatte, und der nicht lange auf sich warten ließ:»Hm, Frischfleisch, nikotinverseucht, so wie ich es am liebsten mag«, sagte er und fing gleich an, ihren Körper bei lebendigem Leibe aufzubrechen, damit er an die für ihn so schmackhaften Innereien kam, die seine Leibspeise zu sein schienen. Mit großer Gier und schmatzenden Geräuschen riss er ihr die Organe aus dem blutüberströmten und zerfetzten Körper. Mary stopfte ihr währenddessen Erde und vertrocknetes Laub in den Mund, sodass diese nicht mehr schreien konnte und sich in einem schmerzhaften Todeskampf befand. Der Geist trank ihr Blut und fraß sie regelrecht bis auf ein paar wenige Knochen schmatzend auf. Mary sah ihr mit bösem Lachen beim Sterben zu und badete sich in großer Zufriedenheit. Dann nahm sie die wenigen Überreste, verabschiedete sich dankend von ihrem neuen Freund und warf auf dem Heimweg das Übriggebliebene in den Mülleimer, der in wenigen Stunden abgeholt und entsorgt werden würde. Nur den Totenschädel nahm Mary mit zu sich nach Hause, kochte ihn im sprudelnden Wasser ab, sodass sich die letzten Fleischreste lösten, und nutzte ihn seither als Aufbewahrungsschale, die bis zum Rand mit giftiger Mäusebutter gefüllt war, die sie für ihre nächsten Opfer brauchte.

ACHT AUF EINEN STREICH

Zwei weitere Tage in Marys schrecklich einsamem Leben waren vergangen. Norman war mittlerweile aus dem Sanatorium entlassen worden und hatte sich mit einer Kutsche zu Marys Wohnung bringen lassen, nachdem er zu sich in die eigene Wohnung gefahren war, dort aber festgestellt hatte, einsam und allein zu sein. Seine Sehnsucht nach Mary wuchs mit jeder Sekunde. Er sehnte sich so sehr nach ihr, dass es anfing, weh zu tun. Und was hätte er darum gegeben, wenn sie jetzt bei ihm gewesen wäre. Woher das Gefühl und dieser Sinneswandel kamen, konnte er sich selbst auch nicht erklären. Nur das Verlangen nach ihr und dem Gefühl, sie in seinen Armen halten zu können und nie wieder loszulassen, galt von nun an seine Aufmerksamkeit. Ob es ein Zeichen des Himmels war? Norman glaubte auf jeden Fall daran, denn er hatte schon seit Längerem das Gefühl, dass Mary nicht grundlos in sein Leben getreten war. Dass Mary aber von dieser Sekunde an angefangen hatte, die Liebe zu Norman nicht mehr zu spüren, und das Vertrauen nun endgültig verschwunden war, konnte er nicht ahnen.

Eine unruhige Nacht war für Mary zu Ende gegangen, und Norman hatte das erste Mal in ihrer Wohnung die Nacht zusammen verbracht. Nachdem die beiden ein Frühstück genossen hatten, machten sie sich auf den Weg in die Stadt, um ein paar Besorgungen zu machen. Norman brauchte ein wenig Bewegung, das hatten die

Ärzte so angeordnet, und Mary musste sich ihre Beine wegen ihrer starken chronischen Muskelschmerzen vertreten.

Als sie nach einem kleinen Spaziergang in Ruhe und mit Zufriedenheit auf dem Marktplatz angekommen waren, sah Mary schon von Weitem am Gemüsestand das hetzerische Weibsbild Helen stehen, eine weitere Exgeliebte aus Norman Vergangenheit, die ziemlich hinterhältig, neidisch und äußerst boshaft war. Mit ihrem rotblonden schulterlangen Haar, das einem Bündel Stroh glich, und einem Gesicht, aus dem man ihre Schlechtigkeiten lesen konnte, wirkte sie auf manch einen wie eine boshafte Hexe. Mary hatte vermutet, dass sie Normans Glück zerstören wollte, weil er sie damals für eine andere Frau hatte sitzenlassen. Als Helen mit neidischem Blick Norman und Mary auf einmal so vertraut wie noch nie zusammen sah, wäre sie am liebsten gleich mit lautem Aufschrei vor Wut geplatzt. Dennoch versuchte sie, sich nichts anmerken zu lassen, denn ihre Neugier war einfach zu groß gewesen, was ihr aber nicht gelang, denn vor Mary konnte man nicht das Geringste verbergen, sie war ihrem Gegenüber immer schon einen Schritt voraus.

Wütend sah sie zu Norman rüber und rief mit heftig winkender Handbewegung: »Norman, huhu«, während sie geradewegs auf die beiden zulief und Norman mit hochrotem Gesicht mit einer aufgesetzten Freundlichkeit entgegentrat. Mit breitem Grinsen fiel sie Norman in die Arme und begrüßte ihn herzlich mit Küssen. Mary aber sah sie dabei fast nicht an, denn sie konnte ihre Schönheit einfach nicht ertragen. Mary aber schaute Helen an und wirkte ganz entspannt. Das machte Helen sehr unsicher, und sie begrüßte Mary gezwungenermaßen und lächelte sie an.

Ihr strohiges Haar, die weiße Haut und der Mund, in denen sich kleine Stummelzähne mit Frühstücksresten befanden, waren für Mary widerlich. Angeekelt und nur widerwillig lächelte Mary zurück und spielte das Spiel mit. Dann sagte Helen plötzlich ziemlich aufgeregt und tat dabei mehr als betroffen: »Sagt mal, habt ihr das schon gehört? Vor zwei Tagen ist Sidonie verschwunden. Man hat sie in der Nacht noch in den Queens Park gehen sehen, aber seitdem ist sie wie vom Erdboden verschwunden. Wie ich gehört habe, soll sie einen Mann kennengelernt haben. Was mich, ehrlich gesagt, sehr gewundert hat, ist sie ja nicht gerade mit Schönheit gekrönt. Sag, Norman, hattest du nicht vor Kurzem noch ein Verhältnis mit ihr? Ach, bitte, Mary, entschuldige, ich hatte dich jetzt für einen Moment lang völlig vergessen, aber ich kenne meinen Norman nur zu gut, er tanzt gern auf zwei Hochzeiten.« Das hatte Helen natürlich nicht ohne Absicht gesagt, sie wollte Mary verletzen, sie wollte sie leiden sehen und dass diese sich vielleicht von Norman trennen würde. Mary war natürlich sehr verletzt und traurig, ließ sich das aber nicht anmerken. Stattdessen stiegen Gedanken in ihr auf, die Helen auf der Stelle in eine solch große Panik versetzt hätten, wenn sie diese hätte lesen können. Doch Mary war Profi, ihr Plan, wie Helen ihren letzten Atemzug nehmen würde, stand schon fest und war in Marys Terminkalender unter Friedensfest notiert. Raben und Krähen, die in diesem Moment laut kreischend über den Marktplatz flogen, beruhigten Mary und gaben ihr ein Gefühl der Vertrautheit.

Doch wie sollte es anders sein: Helen war an diesem Tag nicht Marys einziges Problem. Denn als die beiden von ihrem Stadtbummel wieder zurück in Marys Wohnung waren, hatte der Postbote schon mehrere Briefe für Mary hinterlegt. Ihr war nicht ganz wohl dabei, als sie sie sah, und war verwundert darüber, wer ihr so viele Briefe schreiben würde. Sorgen um Sorgen kreisten mit jedem Briefumschlag, den sie öffnete, in Marys Kopf und ließen sie nicht mehr zur Ruhe kommen.

Fast täglich bekam sie neue schreckliche Nachrichten, Kummer und Schmerz wuchsen und ließen sie nicht mehr zur Ruhe kommen. Atemnot und Panikanfälle ließen Mary am gesamten Körper zittern und förderten ihre Depressionen, sodass sie fast nicht mehr klar denken konnte. Norman war in all dieser Zeit immer an Marys Seite. Er unterstützte sie, er setzte sich für sie ein, wie es in diesem Zustand kein anderer hätte besser machen können. Die Ruhe, die Mary jetzt gebraucht hatte, konnte sie sich nehmen, denn Norman kümmerte sich um alles. Mit den schmerzhaften und nicht enden wollenden Problemen wuchs der Zusammenhalt der beiden, und sie fanden in ihrer Gemeinsamkeit immer mehr eine friedliche Ruhe.

Mary war darüber mehr als dankbar, blieb aber trotz alledem mit ihren Gefühlen Norman gegenüber vorsichtig, denn sie bekam all die Bilder nicht mehr aus ihren Gedanken, wie Norman mit anderen Frauen beschäftigt war und sie mehr als einmal austauschen wollte. Außerdem hatte er sie schlecht behandelt, sodass ihre Liebe zu ihm nicht mehr dieselbe war wie vorher.

Ein neuer Tag brach an und damit wieder neue Nachrichten, die weitere Probleme mit sich brachten. In den letzten Tagen hatte Mary wie schon so oft darüber nachgedacht, ins Paradies eintreten zu wollen, wo es keinen Kummer, keine Schmerzen und Krankheiten gab und sie befreit von all den boshaften Furien sei. Der nicht endende Stress, der Kummer, die Sorgen und die fehlende Liebe wollten einfach nicht weniger werden. Und die zusätzlichen neuen Krankheiten und Schmerzen machten nicht gerade alles einfacher. Zwar hatte Mary durch Norman mittlerweile zwei äußerst gute Ärzte an ihrer Seite, doch war sie wie in einer anderen Welt gefangen. Sie hatte ständig das Gefühl, sie gehöre nicht hierher, und hatte aus diesen Gründen eine starke Abneigung gegen sich selbst entwickelt.

Das Beerdigungsinstitut »Rest in Peace« (Ruhe in Frieden) mit der Inhaberin Mrs. Davids, einer buckligen alten Schrulle, die in einem Körper steckte, der viel zu dürr für ihre Größe war und auf zwei ungleichen Entenfüßen watschelte, hatte und ein langgezogenes Gesicht. Die Alte und deren geldgierige Tochter sorgten für weitere Probleme in Marys Alltag und forderten durch ihren Advokaten eine gehörige Geldsumme. Dazu kam, dass Mary für die Beerdigung ihres plötzlich verstorbenen zweitältesten Bruders Andy, der ein bemitleidenswertes Leben geführt hatte und arm wie eine Kirchenmaus war, 127 Pfund bezahlen musste. Ihr noch lebender Bruder, der der letzte Lebende in ihrer Familie war, und dessen Töchter rückten Mary mit Frechheiten auf die Pelle, weil er und seine Frau zu feige und zu dumm für alles waren. Seine Gier nach Geld und das ständige Verlangen der beiden, sich mit jedem Menschen in ihrem Umfeld zu streiten, waren groß. Auch hatte die gesamte Familie weder Anstand noch Respekt vor anderen Menschen und benahm sich mit einer so ekelhaften Primitivität, dass Mary sich für ihren Bruder und dessen Familie sehr schämte. So wuchs ihr Leid zusehends und wollte nicht weniger werden.

Es war für Norman kaum noch zu ertragen, dabei zuschauen zu müssen, wie sehr Mary an all dem Kummer und den Sorgen zu Grunde ging. Als sie auch noch begann, körperlich immer mehr abzubauen, wusste Norman sich selbst keinen Rat mehr. Mary war so viel mehr für Norman geworden, dass er es nicht hätte ertragen können, sie nicht mehr an seine Seite zu haben. Oft genug stellte sie sich selbst die Frage, woher sie nur all die Kraft genommen hatte, um dieses schmerzhaft schreckliche Leben zu überstehen. In einer stillen Minute dachte Mary nach: »So kann das alles nicht mehr weitergehen. Ich komme nicht dazu, ein Leben in Ruhe und Frieden zu führen. Eine Furie nach der anderen jagt mich, ich könnte mir ein anderes Leben für mich vorstellen, anstatt immer nur töten zu müssen.«

Mary sprach mit Norman darüber, dass sie sich mit all den schlechten Nachrichten, die sie in letzter Zeit bekommen hatte, mächtig überfordert fühlte und am Ende ihrer Kräfte angelangt war. Sie wurde immer kränker in ihrem Körper, der ihr nur noch als Hülle diente. Jede noch so kleine Bewegung war mit größten Schmerzen verbunden. Jede Sehne, jeder noch so kleine Nerv bereiteten Mary große, fast nicht auszuhaltende Schmerzen. Norman hatte mit der Aufklärung der plötzlich verschwundenen Sidonie zu tun und Mary einen Vorschlag gemacht, den sie dankend annahm. »Ach, äh, wie sagtest du noch, Norman, heißt der Advokat, bei dem wir gleich einen Termin haben?«, fragte Mary ihn, der ihr vorgeschlagen hatte, zu einem Bekannten von ihm zu gehen, der sich in Sachen Recht sehr gut auskannte und es sich zum Beruf gemacht hatte, als Advokat seinen Mandanten mit Rat und Tat zur Seite zu stehen, und vor dem Common Law für ihre Rechte kämpfte, wo er meistens auch gewann.

Norman konnte in Marys Gesicht lesen, dass es ihr große Angst machte, zu einem für sie völlig fremden Menschen zu gehen. Sie hatte das Gefühl, ihnen nicht gewachsen zu sein, immer etwas falsch zu machen oder wirres Zeug zu reden. Und wenn es darauf ankäme, etwas nicht haben zu wollen oder anderer Meinung zu sein als er, aus Angst, dass er sie dann nicht mehr möge, nicht nein sagen zu können. Mit beruhigenden Worten versuchte Norman, Mary ihre Angst zu nehmen. »Glaube mir, Liebling, ich kenne ihn schon sehr lange. Er hat bis jetzt noch jedem aus der Patsche geholfen. Er versteht sein Handwerk sehr gut. Du solltest mit mir zu ihm gehen. Vertraue mir einfach.« Mary stand in höchster Anspannung da und überlegte eine Weile, dann aber sagte sie entschlossen: »Ja, das sollte ich wohl. Um endlich ein Ende ins Dunkel zu bringen. Es muss aufhören, dass ich nur noch von Furien umgeben bin.« Norman lächelte Mary an und überlegte, was sie da sagte. Furien nannte sie also ihre Peiniger. »Du hast recht, auch für uns müssen die ständigen Aufregungen und die Sorgen aufhören. Ich will nicht wissen, wo das alles sonst noch enden soll.«

Mary schaute Norman mit verweinten Augen an und sagte: »Ja, auch damit hast du recht. Ich bin am Ende meiner Kräfte und kann einfach nicht mehr. Jetzt haben wir auch noch unseren Vermieter und dessen überforderten Verwalter an den Hacken, die mich um eine Menge Geld betrogen haben. Ich wünschte mir nur, wir hätten das alles schon hinter uns. Es ist gut, dass wir aus dieser Wohnung ausgezogen sind. Nicht auszudenken, wie krank uns das verschimmelte Gemäuer sonst noch gemacht hätte.« Mary brach mit dem letzten Satz in Tränen aus. Dann sagte sie schluchzend: »Also gut, ich werde zu ihm gehen. Er muss uns da rausholen, nicht wie dieser Betrüger und Taugenichts von Advokat, der uns nur das viele Geld aus der Tasche gezogen hatte.«

Norman nahm Mary in den Arm und hielt sie liebevoll fest. Dabei streichelte er ihr zärtlich über ihr schwarzes schulterlanges Haar und war sichtlich darum bemüht, dass Mary ihm vertraute. »Glaube mir, er wird Licht ins Dunkel bringen, mein Liebling.« Mary flüsterte: »Oh bitte, heilige Mutter Gottes, und auch du, Justitia, Göttin der Gerechtigkeit, steh uns bei und hilf uns bei der Aufklärung des betrügerischen Vermieters und dessen Verwalter. Bitte steh uns bei.« Das war für Mary der erste Schritt in die richtige

Richtung. Und sie zündete wie jeden Tag eine Kerze an und bat, dass das Licht ihr die Kraft und den Glauben gab, dass sie von der heiligen Mutter Gottes beschützt werde.

Mary wollte all die grausamen Morde und Gedanken nicht mehr. Sie wollte von dem Bösen befreit werden, das begonnen hatte, gegen Mary vorzugehen, weil es bemerkte, dass sie nicht mehr den Weg des Bösen weitergehen wollte. »Was würde ich nur ohne dich machen?«, fragte Mary Norman, der ihr daraufhin antwortete: »Die Frage stellt sich ja zum Glück nicht, mein Liebling.« Norman war dennoch in Gedanken versunken und dachte über das Verschwinden der Menschen nach, die sich in Marys Leben oder Umfeld aufgehalten hatten. »Ob sie etwas mit dem plötzlichen Verschwinden all dieser Menschen zu tun hat? Immerhin haben sie Mary ziemlich verletzt. Sie hatten sie lächerlich gemacht, haben sie betrogen, belogen und hintergangen. Gründe hätte sie dafür mehr als genug gehabt. Was, wenn sie wirklich etwas damit zu tun hat? Wie soll ich damit umgehen?« Das waren Fragen, die Norman sich selbst stellte. Er mochte aber nicht so recht daran glauben, denn er sah täglich, wie schlecht es Mary ging. Er verbannte diese Gedanken schnell wieder aus seinem Kopf und widmete sich seiner Liebsten. Die hatte sich inzwischen fertig gemacht, um mit ihm in einer Droschke in die High Street zum Advokaten zu fahren.

Als sie die Kanzlei von Clark Mason betraten, bat Norman ihn noch vor der Begrüßung darum, behutsam mit Mary umzugehen, denn sie sei hochsensibel und äußerst labil. Das aber hatte Clark bei der Begrüßung längst schon selbst feststellen können. Mary machte gleich beim Betreten der Kanzlei darauf aufmerksam, ihren Fall mit Diskretion zu behandeln. Was der Advokat natürlich bestätigte, sodass seine Lippen diesbezüglich versiegelt waren. Mary hatte vor, Clark Mason, und vielleicht auch Norman, von ihren Geheimnissen zu erzählen. Von den Furien und den Geistern, die ihr in Erscheinungen begegneten und immer mehr von ihr eingefordert hatten. So wie auch von dem Bösen, von dem sie sich mittlerweile mehr als bedroht fühlte. Ob die beiden Männer auch die merkwürdigen Geschichten von Mary glauben würden, darüber war sie sich nicht sicher, und so hielt sie aus diesem Grund erst einmal alles noch geheim, bevor sie auch von ihnen als verrückt erklärt werden würde. Auch wenn sich der freundliche und zuvorkommende Advokat von ihrer Aufrichtigkeit zuerst noch selbst überzeugen musste, war er doch schon von der Geschichte Mary Rowlands' mehr als erschrocken. Sie dachte bei sich:»Wenn der Gute davon schon so betroffen ist, dann sollte er mich vielleicht auch mit dem Töten der Furien verstehen können.«

Der Advokat kam nach einer freundlichen Begrüßung an der Eingangstür zur Sache und sagte:»Bitte, meine Herrschaften, nehmen Sie Platz und erzählen Sie mir, was Sie bedrückt. Ich glaube, dass es in Ihrem Interesse ist, dass wir gleich mit der Arbeit beginnen. Und wenn ich Sie höflichst darum bitten darf, mir nur die Wahrheit zu erzählen. Das erspart uns viel Zeit und Mühe.«

Mit einem Wimpernschlag rückte Mary sich naserümpfend, denn es roch stark nach Verfaulung in der Kanzlei, auf ihrem weich gepolsterten Stuhl zurecht, während Norman und Clark Mason sie genau beobachteten und gespannt auf ihre Erzählungen waren. Beide hatten das Gefühl, dass sich im Raum etwas verändert hatte und sie nicht mehr zu dritt waren. Sie verspürten plötzliche eisige Kälte, die aus allen Ecken des Raumes kam, trotz des knisternden Feuers im Kamin. Für einen Moment lang dachten sie, dass der heiße Kaffee in ihren Tassen gefroren sei. Flüsternde, fremde, unerträgliche Stimmen und leisen Gesang aus dem Jenseits konnten sie hören, wobei sich keiner der beiden Männer etwas anmerken lassen wollte. Der Advokat Clark Mason räusperte sich hinter seinem Schreibtisch, der über und über mit dicken Aktenordnern zugepackt war und auf jede Menge Arbeit hinwies, die noch vor ihm lag.

Mary schaute den stattlichen, großen, fremden Mann an, der an seiner Pfeife zog und im Dunst des wohlriechenden Pfeifenrauches fast unterging. Über seinen Brillenrand sah er Mary mit Verlegenheit an, nachdem er die Notizen, die er sich gemacht hatte, mit strengem Augenaufschlag durchlas und trotz seiner tiefen Stimme fast schon zaghaft sagte:»Mrs. Rowlands, es ist ziemlich aufregend und äußerst verwirrend in letzter Zeit, sagten Sie? Bitte erzählen Sie mir alles, mal sehen, was ich für Sie tun kann, und, ach ja, geben Sie mir doch mal Ihre Post, die Sie erhalten haben.« Während Mr. Mason die Briefe von Mary las, begann diese mit ihren Erzählungen, wobei sie immer wieder aus dem Konzept gebracht wurde, denn die Geister ließen sie nicht mehr aus den Augen und folgten ihr auf Schritt und Tritt.

Plötzlich sprach eine der verstorbenen Seelen aus dem Jenseits zu Mary, die sich schon mit großer Gier hinter dem Advokaten schwebend aufgehalten hatte: »Öfter mal was Neues, Mary. Heute servierst du uns einen Advokaten. Ob sein Fleisch noch ganz frisch ist? Er ist ja schon ziemlich in die Jahre gekommen, meinst du nicht auch? Nun ja, das macht nichts, die Hauptsache ist doch, dass du uns ein Festmahl servierst. Nicht wahr, liebste Mary?« Der übel riechende Geist lachte und zischte davon.

Gerade als Mary weitererzählen wollte, konnte sie keinen vernünftigen Satz mehr ohne Stottern über die Lippen bringen. Dann sprach ein weiterer Geist zu ihr, der genau hinter ihr stand und sich an ihren Schultern festhielt: »Wie wirst du ihn töten, Mary? Sollen wir ihm gemeinsam einen qualvollen Tod bereiten? Hm, was meinst du, meine Liebe? Er wird dich auch nur wieder im Stich lassen und nur dein Geld haben wollen.« Weitere Stimmen riefen Mary zu: »Lass uns nicht zu lange warten, Mary, unser Durst nach frischem Blut ist groß.«

Dann ertönte ein lauter Glockenschlag. Mary sah, wie Clark Mason mit einem dicken Seil um seinen Hals von der Zimmerdecke heruntergerast kam und erhängt vor ihren Augen mit weit heraushängender Zunge baumelte. Währenddessen fraßen andere grauenvolle Wesen aus der Finsternis, zusammen mit dem Geist vom Friedhof, Norman bei lebendigem Leib mit eklig schmatzenden Geräuschen auf. Mary sprang mit einem lauten Schrei von ihrem Stuhl auf und schlug mit ihren Händen um sich.

Norman eilte verwirrt von seinem Platz und nahm Mary in seine Arme. Er drückte sie fest an sich und sprach mit beruhigenden Worten zu ihr: »Ich weiß, Liebes, es ist alles zu viel für dich gewesen.

Beruhige dich, alles wird gut, ich bin da.« Und Mary wurde wieder ruhiger, Norman hatte ihr immer ihre Angst und Aufregung nehmen können. Clark Mason war zuerst sprachlos, aber als Norman ihm erklärt hatte, dass Marys Nerven ihr unter starkem Stress gewaltige Streiche spielten, hatte er es verstanden und war betroffen. Nun war er noch mehr dazu angetrieben, Mary Rowlands helfen zu wollen. Norman aber dachte bei sich:»Ich spüre, dass es da noch mehr in Marys Leben gibt, ich werde das Geheimnis noch lüften. Ich muss mich dringend mit Dr. Brad in Verbindung setzen, ich brauche jetzt mehr als zuvor sein Fachwissen.«

Nach diesem Vorfall führte der Advokat sein Gespräch mit Mary fort. Er wirkte etwas zurückhaltend und wollte sich weitere Eindrücke von ihr machen. Eine zarte Frau, die so hilflos und mit ihren Nerven völlig am Ende war, saß vor ihm und setzte all ihre Hoffnung in ihn.

Mit gesenktem Kopf hatte Mary wieder auf ihrem Stuhl Platz genommen, putzte sich die Nase mit einem Taschentuch, war sichtlich angeschlagen und schämte sich schrecklich für den Vorfall. Norman wollte Marys Erzählungen vorgreifen, doch griff der Advokat ein und sagte bestimmend:»Ach, bitte, Norman, ich möchte das von meiner Klientin gern selbst hören. Bitte, Mrs. Rowlands, fahren Sie mit Ihrer Erzählung fort.« Mary war verlegen, dann sagte sie leise:»Ach, es ist so viel, ich weiß nicht, womit ich beginnen soll. Aber es muss dringend etwas geschehen, denn so darf es nicht weitergehen.«

Mr. Mason las die Briefe und war dazu bereit, Mrs. Rowlands als seine neue Mandantin zu vertreten. Nachdem Norman und Mary mit all ihren Erzählungen fertig waren, verließen sie die Kanzlei mit etwas Erleichterung, und Mary blickte zuversichtlich in den restlichen Tag. Sie war so glücklich darüber, dass ihr jetzt eine weitere kompetente Person zur Seite stand. Doch waren das nicht ihre einzigen Probleme. Helen, dieses Biest, ließ Mary und Norman nicht in Ruhe. Sie hatte es sich zur Aufgabe gemacht, die beiden auseinanderzubringen. Mary dachte immer und immer wieder über die Vergangenheit nach und sah mit all den bisherigen zahlreichen Morden kein Ende.»Vier sind getötet. Zwei in den Wahnsinn getrieben. Ich will es nicht mehr, aber du, du Helen, lässt mir einfach keine Wahl, du wirst die Nächste sein, du wirst sterben müssen«, sagte Mary und sah ihr verändertes Spiegelbild an. Man konnte in ihren Augen lesen, wie sehr sie bereit war, Helen zu töten. Mary ließ ein paar Tage vergehen, doch ihre Stimmungsschwankungen wurden nicht besser. Als sie Helen endlich mal wieder trafen, ergriff Mary ihre Chance und lud das böse Weibsbild zum Abendessen zu sich nach Hause ein, was Helen recht war. Sie platzte fast vor Neugier, und ihr Vorhaben, Norman bei Mary schlechtzumachen, war ihr einziges Ziel. Helen wollte Norman unbedingt, der sie in der Vergangenheit mit einer anderen Frau betrogen hatte, auf dem Boden sehen. Sie wollte, dass er kein Glück in der Liebe hat, dass er litt und es ihm schlecht ging. Was sie nämlich nicht hatte, sollte Norman auch nicht haben.

Als Helen am verabredeten Tag noch vor der abgemachten Zeit mit ihrem kleinen Hund erschien, redete sie nicht um den heißen Brei herum, sondern begann sofort mit ihren hetzerischen und bösen Absichten. Sie fand dabei kein Ende. Mary hörte ganz genau zu und wurde in ihrer Vermutung, dass Helen ihnen ihr Glück nicht gönnte, mit jedem Wort von ihr bestätigt.

In Mary stiegen Gedanken des Grauens auf. Auch wenn sie selbst nicht mehr von ihrer Liebe zu Norman überzeugt war, konnte sie regelrecht spüren, welche Freude es ihr bereiten würde, Helen töten zu können. Helen spielte ihre Rolle als Opfer sehr gut, Mary aber war ihr weit voraus und empfand schon ein triumphierendes Gefühl. Plötzlich klopfte es an der Haustür, und Norman eilte im Laufschritt zur Tür. Er nahm einen Brief mit der Nachricht für sich in Empfang, die aus dem Polizeibüro gekommen war und ihn ganz überraschend ins Polizeipräsidium rief, denn es gab vielleicht eine neue Spur, die mit Sidonies Verschwinden zu tun haben könnte. Das beunruhigte Mary nicht im Geringsten, denn sie wusste ja, dass sie und der Geist in der Nacht ganze Arbeit geleistet hatten. Mary war es nur recht, dass sie nun mit Helen allein sein würde. Sie sah auf die Uhr im Wohnzimmer, die im gleichen Moment siebenmal läutete, und rechnete die Zeit aus, bis Norman zurück sein würde.

Als Norman die Wohnung verließ, zog der Himmel sich mit bedrohlich schwarzen Wolken zusammen, und es fing zu donnern und zu blitzen an. Die schwarzen Wolken unterstützten Marys Mordlust noch mehr. Helen fühlte sich immer wohler in Marys Gegenwart und hörte einfach nicht auf, ihre Geschichten mit hochrotem Gesicht vor Aufregung über Normans und ihre Vergangenheit zu erzählen. Mary widerte der Gedanke an, dass Norman und sie sich geküsst und es miteinander getrieben hatten. Sie war mittlerweile eine tickende Zeitbombe für Helen geworden, die nichts davon ahnte, was Mary vorhatte.

Mary konnte die gierigen Geister spüren, die sich in der Wohnung verteilt hatten und nur darauf warteten, Helen zu verspeisen. Ihr Durst nach Blut und die Gier nach Menschenfleisch war groß, besonders das von sehr bösen Menschen schmeckte ihnen besonders gut. Mary trank in einem unbemerkten Moment aus einer kleinen Flasche eine grünliche Flüssigkeit, die ihr wieder einmal zur Stärkung verhalf. Mit einem lauten Donnerschlag erlosch in der gesamten Wohnung das Licht, und der starke Wind jagte laut heulend um das Haus von Mary Rowlands.

Helen fing zu lachen an, Mary aber konnte eine kleine Unsicherheit heraushören. Flüsternd sagte sie, wobei sich ihre Stimme für Helen hörbar verändert hatte: »Warte, Helen, ich zünde uns ein paar Kerzen an, wir wollen doch alle sehen, was wir verspeisen, oder?« Verlegen lachte Helen weiter und redete wie ein Wasserfall, während Mary ein paar Kerzen anzündete und in die Mitte des Esstischs stellte.

Im Kerzenlicht sah Mary plötzlich ganz anders aus. Überhaupt nicht mehr so schön wie sonst. Helen wurde es nun doch ein wenig unheimlich. Mit einem Naserümpfen hielt sie sich ihr Spitzentaschentuch vor ihren Mund und sagte: »Sag mal, riechst du das auch, Mary? Es stinkt plötzlich so sehr nach Verfaulung und verwestem Fleisch. Was ist das? Und woher kommt der widerliche Geruch?« Mary sagte erst nichts, stand mit einem Grinsen da und starrte Helen nur an, der es immer unangenehmer wurde. Dann aber flüsterte sie, während sie in die Küche lief und mit einer fleischgefüllten Platte zurückkam: »Der Gestank, wie du ihn nennst, kommt von den menschenfressenden Geistern. Die riechen nun mal nach Verwesung und faulem Fleisch. Stört es dich sehr, liebste Helen?« Nachdem diese aus Angst nicht hatte antworten können, ergriff Mary erneut das Wort: »Nun, wenn du von mir wissen willst, woher diese Geister kommen, die du gerade siehst, dann musst du mir schon antworten, liebste Helen. Du redest doch sonst ununterbrochen, ohne Punkt und Komma.«

Helen, der es immer unwohler ging, antwortete mit einem verlegenen Lachen, weil sie nicht so recht an Spuk und Geister glaubte: »Ja, ja, Mary. Sag, woher kommen diese Geister, und woran sind sie gestorben?« Mary brauchte nicht lange, um Helen zu antworten. Während ihr Aussehen sich immer mehr veränderte, schnitt und sägte Mary mit einem scharfen Messer und einer Säge ihr Fleisch, das in der Mitte des Tisches gleich neben dem flackernden Kerzenlicht abgestellt war. Es hörte sich an, als würde dieses vor Schmerzen laut schreien. Es sah aus, als wäre es mal ein männlicher Brustkorb gewesen. Helen beugte sich mit angeekeltem Gesichtsausdruck und aus Neugier nach vorn und sah mit Entsetzen Mary an. Die lachte blutverschmiert und starrte Helen mit bösem Blick an. Sie sagte, während sie sich ihr glanzloses durcheinandergewirbeltes Haar mit dem Handrücken aus ihrem blutverschmierten Gesicht streifte: »Nun ja, gestorben sind sie alle auf grausame Art und Weise, mit viel Schmerz und Leid haben sie die Welt verlassen müssen. Deshalb kehren sie immer wieder zurück in die Menschenwelt. Warum willst du das wissen? Natürlich, um sich rächen zu können, genauso wie ich mich an dir rächen werde. Ach, reichst du mir mal deinen Teller, liebste Helen?« Diese leistete der Aufforderung von Mary völlig erschrocken und mit zitternden Händen nur zögernd Folge. Mary schnitt ein großes Stück Fleisch aus dem Brustkorb und platzierte das noch zuckende, laut vor Schmerzen schreiende Fleisch auf dem Teller von Helen, auf einem grünen Salatblatt und saftig grünen Erbsen als Beilage, und wünschte ihr mit teuflischem Blick einen guten Appetit. Mit lauten, gierigen Geräuschen schleckten sich die menschenfressenden herumschwebenden Geister ihre fauligen Lippen. »Ganz ruhig, ihr kommt auch noch dran«, sprach Mary zu ihnen, bevor sie sich ein blutiges Stück zappelndes Fleisch in ihren Mund stopfte. »Hm, schmeckt gut. Iss nur, Helen, bevor es aufhört zu zucken, es ist heute besonders zart. Der arme Kerl war wohl noch nicht so alt.«

Die stark zitternde Helen konnte nicht glauben, was sie sah. Sie dachte, sie wäre in einem Traum, aus dem sie gleich wieder erwachen würde. Mary sagte mit vollem Mund zu ihr: »Wirst du aber nicht.« Helen antwortete mit zittrigen Lippen: »Was werde ich nicht, Mary?« Währenddessen zupften und schnappten die Geister nach Helen und bissen sie mit ihren kleinen, spitzen, fauligen Zähnen in Oberarme und Beine. »Na, aus deinem Traum erwachen. Es ist kein Traum, du bist mein Gast und zugleich das Festmahl für die menschenfressenden Geister. Und nun iss auch, bevor du gefressen wirst. Du musst wissen, dass einige von ihnen fühlendes Menschenfleisch mit Vorliebe verspeisen. Komm, mach, wir haben nicht ewig Zeit, Norman wird bald zurück sein, ich muss ja noch alles aufräumen, das braucht auch seine Zeit, und er mag es überhaupt nicht, wenn es hier so unordentlich ist. Ich denke auch nicht, dass er dir beim Sterben zusehen möchte und vielleicht noch deine Hand hält, wie du es von ihm gewohnt warst. Und dabei liegt die Betonung auf warst. Es reicht, wenn ich dir dabei zusehen kann, wie sehr du leiden wirst.«

Blitze erhellten das Zimmer für einen Moment. Helen gab schreckliche Hilferufe von sich, die niemand hörte. Mary warf den Geistern Nadel und Faden zu, der aus menschlichen Gedärmen gefertigt war. Sie machten sich sofort daran, Helen mit großen Stichen den Mund zuzunähen. Doch zuvor stopften sie ihr die Innereien einer anderen Leiche in den Mund. Das erledigten die Geister, die sich schon im Blutrausch befanden und gegenseitig aus Gier zu streiten begonnen hatten, denn jeder wollte der Erste sein.

Händeringend versuchte Helen, sich mit schmerzhaftem Gesichtsausdruck die Fäden von ihrem Mund zu reißen, was ihr aber nicht gelang. Mary lachte böse: »Ha, ha, ha, ha. Du wirst nicht ein einziges schlechtes Wort mehr über deine verdammten Lippen bringen, du Miststück von Schlampe. Du hast mir genug zugesetzt, du wirst sterben, so wie all die anderen auch. Und du wirst bei lebendigem Leibe gefressen werden, genauso wie Sidonie gefressen wurde!« Mary lachte weiter und zog die Blitze und Donnerschläge auf sich, die ihr zu weiteren Kräften verhalfen. Dann nahm sie die Axt, die vor ihr auf dem Tisch lag, und hackte Helen ihre Unterschenkel ab, noch bevor diese davonlaufen konnte. Mary sägte mit einer stumpfen rostigen Säge an Helens Fingern und genoss es, wenn einer nach dem anderen abfiel, während die fressenden Geister damit begonnen hatten, Helen bei lebendigem Leibe zu verspeisen.

Wie schmerzhaft und grausam musste dieser Tod für Helen gewesen sein. Für Mary war er nicht schmerzhaft genug, sie musste viel mehr Schmerz ertragen, denn von Helen würde bald nichts mehr übrig sein und dann ist sie von ihrem Kampf mit Tod und Schmerz befreit. Mary aber musste mit all ihren Schmerzen bis zum Ende ihrer Tage weiterleben. Und sie musste zusehen, wie sich ihr Äußeres wegen der Krankheit immer mehr veränderte.

Nachdem das Festessen für die Geister aus der Schattenwelt zu Ende war, versprühte Mary eine Flüssigkeit, die nicht ganz ohne Magie war, im Raum, die die Blutspuren und die letzten Überreste von Helen verschwinden ließ. Mit scheuchenden Handbewegungen und einem Gesichtsausdruck von Ekel verjagte sie die Geister, die mit grausigem Gesang gut gesättigt ins Nichts verschwanden. Mary nahm ihre eigene Gestalt wieder an.

Niedergeschlagen und sichtlich unzufrieden, weil sie sich erneut für das Töten entschieden hatte, lief sie ins Badezimmer, wusch sich und rubbelte an ihrem Körper, als säße er voll mit Dreck, den sie kaum noch von ihrer Haut entfernen konnte. Dann zog sie rasch ihr Leinennachthemd an und richtete ihr inzwischen wieder glanzvolles, schulterlanges, lockiges Haar. Als sie ihr Spiegelbild erblickte, sah sie sehr traurig und ziemlich erschöpft aus. Und es dauerte auch nicht lange, bis Mary sich in einem schrecklichen Weinkrampf befand, der von ihren Schwermut hervorgerufen wurde. Sie verspürte nur noch einen einzigen Wunsch: sterben zu wollen.

BLUTFLECKE, GIFT UND TOD

Von tiefer Traurigkeit umgeben, schleppte Mary ihren geschwächten Körper ins Schlafzimmer und legte sich ins Bett, wo sie vor Erschöpfung in einen todesähnlichen Schlaf fiel, der von bösen, angstmachenden Träumen und von klassischer Musik begleitet wurde. Die Nacht fand ein Ende. Der Morgen graute. Nebelverhangen waren die Straßen der kleinen Stadt und hinterließen eine unheimliche Atmosphäre in diesen frühen Morgenstunden, die auch Norman sich nicht erklären konnte, als er das Polizeigebäude verließ.

Nach einer erfolglosen Nacht kam Norman niedergeschlagen nach Hause und fand die Wohnung wie immer in einer gemütlichen Atmosphäre vor. Seine Augen erfreuten sich an dem bunten, in Herbstfarben strahlenden Blumenstrauß, der im Wohnzimmer in einer großen roten Blumenvase stand. Mary, die eine Frühaufsteherin war, stand in ihrem Nachthemd in der Küche und hatte frischen Kaffee gekocht, dessen Duft durch die Wohnung zog und Norman ein Lächeln ins Gesicht zauberte. Der Frühstückstisch war auch schon gedeckt, bis auf die frisch gekochten Sechs-Minuten-Eier. Mit wehendem Nachthemd eilte sie ins Esszimmer: »Guten Morgen, mein Liebling«, begrüßte sie Norman und gab ihm einen liebevollen Kuss auf den Mund. »Guten Morgen, mein Liebes. Sag, hast du gut geschlafen? Und bitte entschuldige, dass ich gestern so plötzlich wegmusste und dich mit Helen allein gelassen habe. Aber du weißt ja, wie es manchmal auf der Wache zugehen kann, vor allem mit all den plötzlich verschwundenen Menschen, was uns seltsame Rätsel aufgibt.«

Mary hatte Norman wortlos frischen Kaffee eingegossen und lief erneut in die Küche, um das Toastbrot zu holen. »Ach, sag mal, ist es gestern Abend noch spät geworden? Ich meine den Rotweinfleck auf dem Teppich gleich neben dem Sessel. War das Helen? Es würde mich nicht wundern, sie kann sich einfach nicht benehmen. Auch dass sie unsere Wohnung mit ihren schmutzigen Schuhen betreten hat. Ich habe sie mehr als einmal darum gebeten, ihre Schuhe auszuziehen.«

Mary fing schrecklich zu lachen an, als Norman sich seinen Zeigefinger vor den Mund hielt und plötzlich flüsternd zu ihr sagte: »Pssst, Mary, nicht zu laut, vielleicht steht sie ja im Gästezimmer hinter der Tür und lauscht, was wir uns erzählen.« Erschrocken blickte Mary mit großen Augen zu Norman rüber, dabei wurde es ihr immer heißer, dicke Schweißperlen rannen aus ihren Poren und liefen ihr über das Gesicht und den Körper.

Mit großer Unsicherheit in ihren Augen dachte Mary: »Weinflecke auf dem Teppich? Was war da schief gelaufen? Wieso ist da noch ein Fleck?« Das war kein Wein, das war ein Blutfleck, den Mary in ihrer Eile übersehen haben musste. Ihr aufmerksamer Blick verfolgte Norman, der sich mit langsamen Schritten zum Sofa begab, auf die Knie ging und Helens kleinen Hund Moby an den Vorderpfoten mit einem Lächeln hervorzog. »Frauchen muss wohl zwei Gläser Wein zu viel getrunken haben, was, kleiner Moby?« Norman streichelte den völlig verängstigten Hund und setzte sich wieder auf seinen Stuhl. Mary suchte in ihren Gedanken nach ihren Fehlern, die sie gestern Nacht wohl gemacht hatte. Noch nie zuvor hatte sie Spuren hinterlassen, sie hätte sich am liebsten selbst für ihre Unachtsamkeit ins Gesicht geschlagen. Mary musste in ihrer Mordlust und dem Verlangen, Helen sterben zu sehen, nicht mehr an Moby gedacht haben, auch hatte sie vergessen, dass Helen ihr Glas mit Rotwein verschüttete, als sie ihr mit der Axt die Unterschenkel abgehackt hatte.

Stur und mit hasserfülltem Augenaufschlag schaute Mary zu

Norman und dem kleinen Moby, dabei bekam sie eine solch große Wut und schrie: »Die blöde mistige Töle, genauso ein Dreckstück wie sein Frauchen!« Norman erschrak, und Mary hielt sich beide Hände vor den Mund. »Mary, Liebes, was ist denn nur mit dir? Ich erkenne dich ja überhaupt nicht wieder«, sagte Norman, der sich große Sorgen um sie machte. Er setzte Moby auf dem Boden ab, der hinter dem Vorhang im Wohnzimmer verschwand, und nahm Mary fest in seine Arme.

Mary weinte schrecklich, ließ Moby dabei nicht aus den Augen, was gut war. Denn der kleine Hund kam mit einem abgesägten Finger von Helen in seiner Schnauze zurück und lief geradewegs auf Norman zu. Mary befreite sich mühselig aus den Armen von Norman und lief dem herannahenden Hündchen entgegen. Dabei tat sie heuchlerisch und spielte die große sorgenvolle Mary: »Moby, du kleines süßes Dummerchen. Komm nur zu Mary, ich habe in der Küche etwas Gutes für dich, ich glaube, es wird dir gut schmecken.«

Geschickt fing sie den immer wieder davonlaufenden kleinen Hund ein, drückte ihm mit seiner Schnauze und dem Finger im Maul von Helen fest an sich, verdeckte mit ihrer Hand den abgetrennten Finger von Helen und lief zügig mit Moby in die Küche, wo sie dem kleinen Hund Helens Finger wegnahm, ihn mit einem scharfen Küchenbeil in winzige Stücke zerhackte, um ihn unter die Butterkuchenkrümel zu mischen. Diese verfütterte sie an Moby.

Um weitere Spuren zu verwischen, machte Mary sich in einem Eimer heißes Wasser, nahm Salz und begann im Wohnzimmer den Fleck, der nicht nur ein Weinfleck war, sondern sich mit Blutflecken von Helen vermischt hatte, zu säubern. Mary gab das heiße Wasser und das Salz auf den Fleck und versuchte, das Blut nach einer Einweichzeit aus dem Teppich zu bekommen. Das heiße Wasser löste das Blut, und das Salz saugte die farbige Flüssigkeit auf. Mary war fast den ganzen Tag über damit beschäftigt, aber am Ende war jede Spur von Helen mit großer Sorgfalt verwischt. Norman rief Mary zu sich und fragte sie: »Ach, Liebes, möchtest du Helen denn nicht wecken? Wir haben sie sonst noch den ganzen Tag über bei uns, und ich muss ehrlich gestehen, dass mich der Gedanke daran nicht gerade glücklich macht.« Mary stand vor einem großen Problem, hastig stellte sie ihre Tasse Kaffee ab, biss ein Stück von ihrem Marmeladentoast und sagte mit vollem Mund: »Du hast ja recht, Liebster, ich schau mal nach, wo sie bleibt, und sage ihr, dass wir noch einiges zu erledigen haben.« Norman sah über den Rand seiner Tageszeitung und antwortete Mary: »Tu das, Liebste, sonst werden wir sie echt überhaupt nicht mehr los, danke. Ich wünschte nur, sie wäre schon weg.«

Mary grinste auf dem Weg zum Gästezimmer und flüsterte leise vor sich hin: »Und wie sie weg ist, mein liebster Norman.« Vorsichtig klopfte Mary an die Tür des Gästezimmers, das nicht weit weg von der Küche war, in der Norman immer noch vor sich hin gähnend am Frühstückstisch saß und es hören konnte. »Helen, guten Morgen. Frühstück ist fertig. Wir dachten, dass du vielleicht gern noch ein Frühstück mit uns möchtest. Helen, hallo, aufstehen, du Schlafmütze«, rief Mary, klopfte noch ein paarmal an die Zimmertür und drückte die Klinke runter. Dann plötzlich tat sie ziemlich erschrocken: »Norman, Liebster. Helen ist nicht im Gästezimmer.« Mit schnellen Schritten eilte Norman zu Mary, betrat den Raum und musste mit Erstaunen feststellen, dass Helen das Gästebett nicht einmal angerührt hatte. »Sie muss in der Nacht die Wohnung verlassen haben und zu sich nach Haus gegangen sein«, sagte Mary und lief zurück an den Frühstückstisch. »Ohne Moby mitzunehmen?«, wunderte Norman sich, der sich im Gästezimmer genauer umschaute. Mary machte es wütend, dass Norman sich solche Sorgen um Helen machte. »Jetzt habe ich die Schlampe schon beseitigt und sie spielt immer noch eine Rolle für ihn.«

Sie biss ein paarmal mit Wut in ihren Toast, als Norman zu ihr kam, sich setzte und seinen Kaffee trank. Er wirkte plötzlich so nachdenklich. Mary sagte: »Für mich ist es eine willkommene Nachricht, dass sie sich schon in der Nacht dazu entschieden hat, zu gehen.« Norman murmelte vor sich hin: »Aber ohne ihren Hund? Das kann nicht sein. Sie wäre nie ohne Moby gegangen.« Mit Ernsthaftigkeit verließ Norman die Küche und legte sich nachdenklich ins Schlafzimmer auf das Bett, wo er sofort einschlief. Er war viel zu müde, um sich im Moment auf dieses äußerst seltsame Verschwinden von Helen einzulassen. Das wäre der erste Mord gewesen, bei dem Mary Spuren nicht richtig beseitigt hatte.

Mary saß da und dachte plötzlich von einer Sekunde auf die andere über den Tod ihrer kürzlich verstorbenen Mutter und über die damit verbundenen Probleme nach. Sie schämte sich aber nicht im Geringsten, dass sie über den Tod der bösen Personen nachgedacht hatte. Sie schämte sich auch nicht dafür, dass sie ihren Bruder sowie ihre Schwägerin und ihre Nichten und deren Kinder wegen ihrer Falschheiten aufs Tiefste verabscheute und allesamt in die Hölle wünschte.

Am frühen Abend erwachte Norman aus einem erholsamen Schlaf. Gedankenversunken saßen er und Mary im Wohnzimmer zusammen und tranken Kaffee, beide hatten sich nicht sehr wohlgefühlt. Als Norman eine Unterhaltung mit Mary beginnen wollte, wurden sie durch lautes Jammern, das von Moby kam und sich nach Schmerzen anhörte, gestört. Norman und Mary liefen zu dem sich vor Schmerz windenden kleinen Geschöpf. Starker Durchfall und Erbrechen hatten das kleine Tier seit ein paar Stunden sehr geschwächt, und es sah nicht gut für den kleinen Moby aus. Hohes Fieber durchströmte den kleinen Körper. Sein Fell war struppig und stumpf. Norman eilte in die Küche und brachte eine Schale mit Wasser, die Moby sofort bis auf den letzten Tropfen ausschleckte, aber sein Durst schien immer größer zu werden und war nicht zu stillen. Seine Schmerzen waren so unerträglich geworden, dass Norman die Schreie des kleinen Geschöpfes nicht mehr länger ertrug. Aus Marys Augen aber sah man das Böse, und ihr war wohl in ihren Gedanken, Helen getötet zu haben.

Norman nahm Moby und legte ihn behutsam auf eine Decke am Kamin und ließ ihn nicht mehr aus den Augen. Mary heuchelte ihrem Liebsten Besorgnis und Mitleid vor. Sie pflegten das arme kleine Tierchen noch ein paar Tage, bis der kleine Kerl mit schrecklich schmerzhaften Krämpfen verstarb. Weitere Tage der Trauer um Moby vergingen für Norman, und er begrub, gemeinsam mit Mary, den kleinen Hund unter einem Baum im Wald der Zufriedenheit, wie ihn alle nannten.

Norman hatte zwischendurch immer wieder mal versucht, Helen zu erreichen. Doch leider blieb das ohne Erfolg, sie war, wie all die anderen, vom Erdboden verschwunden, sodass Norman eine weitere Vermisstenanzeige aufgab. Rätsel über Rätsel kreisten in Normans Gedanken umher, und wann immer er konnte, machte er sich auf Spurensuche.

ÜBERRASCHENDER BESUCH EINER RATTE

Mary war schwach und müde von all den Anstrengungen geworden, sie zog sich immer mehr in ihre Wohnung zurück und wollte mit niemandem mehr etwas zu tun haben. Zwei Monate nach dem Tod ihrer Mutter, dem Ärger mit dem Bestattungsunternehmen sowie dem plötzlichen Tod ihres zweitältesten Bruders stand völlig überraschend Marys Nichte Gwyneth vor ihrer Haustür. Mary wunderte sich über deren seltsames Aussehen, bat sie aber dennoch zu sich in die Wohnung. Mary konnte es regelrecht riechen, so viel Falschheit und Schlechtigkeit, die allein in dieser einen Person steckten.

»Ich bin hier, um dir mitzuteilen, dass Andrew verstorben ist. Wusstest du davon, Mary?« Natürlich hatte Mary den Brief aus dem Sanatorium, in dem ihr verstorbener Bruder lag, auch bekommen. Darin stand geschrieben, dass er kürzlich verstorben sei. Sie tat dennoch sehr überrascht und als wüsste sie von all dem nichts. Warum Mary das tat, wusste sie zuerst selbst nicht. Vielleicht lag es daran, dass sie mehr über den überraschenden Besuch ihrer Nichte verdutzt war. »Ach was, nein, das auch noch. Wo und wann ist er denn verstorben?« Gwyneth schenkte Mary nicht gerade ein seliges Lächeln, denn das hätte auch nicht zu ihr gepasst, war sie doch ein Abziehbild ihrer Eltern und genauso falsch und hinterhältig wie die beiden. »Aber wo ist er denn verstorben? Du sagtest doch, dass er nicht in unserer Heimatstadt verstorben sei«, fragte Mary, während sie in die Küche ging und Kaffee kochte. Ziemlich schnippisch antwortete Gwyneth ihr: »Er ist in London im Hospital verstorben.« Noch bevor Gwyneth weitersprechen konnte, kam Mary völlig aufgelöst aus der Küche und sagte: »Ach, bitte nicht, Gwyneth, erzähle es mir nicht. Ich kann es einfach nicht ertragen, wenn er an einer Überdosis irgendeines Rauschmittels gestorben ist. Mich überfallen derzeit so viele traurige Nachrichten, dass ich einfach nicht mehr weiß, wie ich damit umgehen soll. In meinem Kopf ist kein Platz mehr für krankmachende Nachrichten, und ich bekomme die Bilder nicht mehr aus meinen Gedanken, wie Mutter und Andrew tot in der kalten Leichenhalle liegen mussten und wie allein sie doch waren, als ihre traurigen Seelen ihre armen zerfallenen Körper verlassen hatten.«

Mary fing schrecklich zu weinen an. Ihr Schmerz war einfach zu groß, und sie konnte den Gedanken nicht ertragen, wie ihre Mutter und ihr Bruder einsam und verlassen gestorben waren. Mit dem Verlangen, Gwyneht auf der Stelle töten zu wollen, weil sie ohne Mitgefühl und Liebe war, leuchteten ihre Augen wie bei einem wilden Kater, der in der Nacht auf Jagd nach Ratten und Mäuse ging. Mary lief mit widerwärtigen Gedanken wegen Gwyneth in die Küche und holte den Kaffee für die hinterhältige Ratte. Gwyneth sprach ununterbrochen und tat so in ihrem Verhalten, als wenn sie eine sehr wichtige Person sei. Während Mary ihr Kaffee eingoss, beobachtete sie ihre schreckliche Nichte aus dem Augenwinkel und spürte einen kalten Schauer, der ihr eine Gänsehaut mit kurzen schüttelnden Bewegungen ihres Körpers brachte. Gwyneth wirkte weiterhin gefühlskalt und scherte sich einen Dreck um ihre verstorbenen Familienmitglieder.

Marys Bruder und Gwyneth waren dafür bekannt, dass sie Fantasten waren. Sie glaubten selbst an ihre erfundenen Erzählungen, genauso wie Marys Mutter davon überzeugt war, dass aus ihren Fantasien Erzähltes von ihr Erlebtes gewesen sei. Mit Widerwillen hörte Mary den erfundenen Geschichten ihrer fetten, halslosen

Nichte zu, wobei es ihr mit jedem weiteren Satz immer schlechter wurde. Es überkam sie solch eine große Wut und Abneigung gegen Gwyneth, dass sie sofort einen Entschluss fasste. Mary zog in einem unbemerkten Moment ein kleines Fläschchen aus ihrem Blusenärmel und schüttete etwas in Gwyneth' Kaffee, das ihr wahres Ich zum Vorschein bringen sollte. Diese griff nach der Tasse und trank ahnungslos einen großen Schluck aus der mit roten Rosen verzierten Tasse, um den trockenen Butterkuchen besser hinunterspülen zu können, den sie sich gierig in den breiten Mund gestopft hatte. Mary betrachtete Gwyneth weiterhin mit Ekel. Dabei dachte sie bei sich: »Wie fett diese Frau nur ist. Kein Wunder, wenn ich sehe, wie sie den Kuchen in sich hineinstopft.«

Während sie Gwyneth beim Essen zusah, erhielt Mary Nachrichten aus der Welt der Toten, die sie darauf aufmerksam machten, dass Mary ihren boshaften Bruder und dessen Familie vergiften könnte. Laut auflachend vor Freude, worüber Gwyneth sich sehr wunderte, weil sie nichts Lustiges zu Mary gesagt hatte, sprang Mary wortlos von ihrem Stuhl auf, packte Gwyneth, die immer müder geworden war, am Arm und brachte sie nicht gerade zimperlich zur Wohnungstür. »Ach, Gwyneth, sei mir, bitte, nicht böse, aber ich habe noch jede Menge zu tun. Richte zu Hause schöne Grüße von mir aus, ich werde sehr bald schon von mir hören lassen.« Mit großen Augen schob sich Gwyneth den letzten Bissen Butterkuchen in ihren Mund und ging kauend und schmatzend mit einem heftigen Kopfschütteln die Treppenstufen hinunter und verschwand auf der Straße.

DIE VERGIFTETEN UND GEQUÄLTEN GEISTER

In der Wohnung von Mary spielte sich Schreckliches ab. Direkt aus dem Reich der verstorbenen Seelen kam unter schlimmen Qualen eine mit Schmerz verzerrte Fratze und presste ihren vergifteten, fauligen Körper durch das Mauerwerk. »Wie viele Todesfälle wird es noch geben, Mary, bevor dein Hunger nach Rache und Tod gestillt ist?« Mary traute sich kaum, die gequälte Seele anzuschauen, sie drehte sich weg und hielt sich die Ohren zu. Zu schmerzhaft und widerwärtig war es für sie, in der Stimme die schrecklichen Qualen rauszuhören, die der Geist bis zu seinem Tod gehabt haben musste. Der Anblick des Gequälten ließ Mary den Atem stocken, als sie sich doch dazu entschlossen hatte, mit der armen Seele in Kontakt zu treten. »Was sagt denn dein Inspektor dazu, dass du mit Vergnügen und großer Lust mordest? Oder weiß er etwa nichts davon, was du in seiner Abwesenheit so treibst?« Mary konnte kaum den Schmerz in der Stimme ertragen. Sie hielt sich zuerst beide Hände vor die Augen, um nicht auch noch die Schmerzen sehen zu müssen. Beinahe stotternd antwortete Mary: »Doch, es hat auf der Polizeiwache sehr viel Gerede gegeben, und es wird täglich weiter nach Spuren gesucht.« Der Geist wand sich vor Schmerzen, bevor er Mary antworten konnte. »Wenn du jetzt das machst, was du vorhast, dann musst du auch damit rechnen, dass man die Leichen gründlich untersuchen wird.« Mary drehte sich weg und sagte: »Ja, das weiß ich selbst. Aber mehr als stark angeschwollene Gedärme werden sie schon nicht finden. Und außerdem werde ich einen Sommer vergehen lassen, bevor ich die verfluchte Brut töten werde.«

Weitere gequälte Geister pressten sich mit stöhnendem Getöse durch das Mauerwerk, den Fußboden und die Zimmerdecke, an der ein großer Kronleuchter hing. Mary war innerhalb kürzester Zeit von kaum auszuhaltendem Schmerz und Leid umgeben. Nun war sie im Kreis des Todes und den an Vergiftung verstorbenen Seelen wie eine Gefangene. Überall flogen sie mit quälenden Schmerzen in Marys Wohnung umher und riefen ihr leise zu: »Wir werden dir bei deinem Vorhaben mit Rat und Tat zur Seite stehen, liebste Mary. Damit du auch alles richtig machst und wir dir zur Wahl des richtigen Giftes raten können. Wir wollen ihnen dabei zusehen, wie sie allesamt mit schrecklichen, qualvollen Schmerzen sterben.«

Mary stand inmitten des Zimmers und sah nachdenklich aus. Dann wollte sie von den Gequälten wissen: »Sagt, habt ihr bei eurem Tod sehr leiden müssen?« Mit großem Geschrei antworteten die Geister ihr: »Ja, das haben wir. Man hat uns grausam und mit Absicht vergiftet. Es war schrecklich, unerträglich und nicht auszuhalten. Es sind Schmerzen, die keiner aushalten kann.« Kraftlos und niedergeschlagen wehrte Mary sich in ihren Gedanken gegen ihr Vorhaben, ihren Bruder und die Familie zu töten. Denn wenn einer wusste, was Schmerzen sind, dann war es Mary, die täglich kaum auszuhaltende Schmerzen erleiden musste.

Es schien, als hätte sie keine Macht mehr über sich selbst. Mit verweinten Augen sehnte sie sich nach Menschen, die ihr Freundlichkeit, und ein wenig Aufmerksamkeit schenkten und denen sie hätte vertrauen können. Aber die gab es für Mary wohl nicht. Und sie war in Gedanken versunken, zwischen Leben und Tod zu entscheiden. Sie musste so viel Böses in ihrem Leben ertragen, was sie sich machtlos und hilflos fühlen lassen hatte, und sie nicht wusste, sich gegen all diese Furien zu wehren. Nur durch eine Bestrafung mit dem Tod für all die boshaften Gestalten um sich herum hätte sie sich wehren können. Diesmal musste es der verdammte streitsüchtige und ebenfalls geldgierige, alkoholsüchtige Bruder und seine missratene Familie sein, an denen Mary sich rächen wollte. Wie ein Zwang brannte sich dieser Gedanke in ihrem Kopf ein. Sie sollten ebenfalls einen Schauplatz des Todes von Mary bekommen, und es sollte ihnen ihr gehässiges Lachen ganz gehörig vergehen. Mary machte sich Gedanken darüber, wie sie alle sieben auf einmal umbringen könnte, ohne dass man groß Verdacht schöpfen würde und ohne dass es nach Mord aussah. Es sollte den Anschein haben, dass die gesamte Familie an einer seltsamen Erkrankung verstorben sei. Mary grübelte Tag und Nacht. Sie las in den unterschiedlichsten Büchern über Gift und Pflanzen. Bis sie etwas zu ihrer Zufriedenheit gefunden hatte, das für sie nützlich war, denn die gequälten Geister hatten ihr einen Hinweis gegeben. Mary war außer sich vor Freude, endlich das gefunden zu haben, wonach sie so lange gesucht hatte.»Danke, ihr grausam verstorbenen Seelen, für eure Hilfe«, sprach sie in ihren Gedanken. Sie konnte spüren, wie die Geister selbst noch im Tod gelitten hatten.

Es verging eine ganze Zeit lang, in der Mary nicht mordete. Auch wenn die gierigen menschenfressenden Geister und die Gequälten Mary täglich drängten, jemanden in ihrer Umgebung zu töten, ging sie nicht darauf ein. Mit Zorn in ihrer Stimme sprach sie zu ihnen:»Wartet ab, bald ist die Zeit gekommen, und ihr könnt euren Durst nach Blut und Menschenfleisch und Schmerzen stillen. Und es wird ein Festmahl für euch alle sein.«

Am frühen Abend waren Mary und Norman mit dem Abendessen fertig geworden, noch bevor die Sonne unterging. Mary hatte kaum ein Wort mit Norman gewechselt. Obwohl es ihn nicht gerade stutzig gemacht hatte, fragte er sich dennoch, was er falsch gemacht hatte. Doch Norman täuschte sich, Mary war ihm nicht böse. Sie dachte immer noch intensiv darüber nach, wie sie die Familie ihres Bruders und ihn selbst vernichten könnte. Dann aber, als Mary zu Norman aufgeschaut hatte, richtete sie ihren Blick für einen kurzen Moment auf den Teppich im Wohnzimmer, auf dem der Blutfleck von Helen war. Norman bemerkte, wie starr Marys Augen plötzlich wurden. Er sagte besorgt:»Mary, Liebes, du siehst dich mit den zahlreichen Verschwinden deiner angeheirateten Familienmitglieder, Helen und Sidonie in Verbindung gebracht, aber bitte glaube mir, die Kollegen und ich stehen, genauso wie du und alle anderen, deshalb vor einem Rätsel.«

Mary sah abwechselnd zu Norman und zum Blutfleck, erinnerte sich an den kleinen Moby, unter welch schlimmen Qualen er seinen letzten Atemzug in Normans Armen gemacht hatte. Mit trübem Augenaufschlag sagte Mary schluchzend:»Norman, bitte, ich möchte gleich noch ein paar Schritte allein machen. Ich gehe vor die Tür und atme ein wenig frische Luft ein. Danach werde ich mich ins Bett legen und hoffentlich gut schlafen können.« Norman tupfte sich mit der Stoffserviette seinen Mund ab, während er Mary antwortete:»Ich kann dich gern begleiten, Liebes.« Noch bevor er weitersprechen konnte, fiel sie ihm energisch ins Wort und machte klar, dass sie allein sein wollte. Widerwillig gab Norman Marys Wunsch nach. Doch nachgiebig sagte er:»Gut, dann werde ich noch mal ins Büro fahren und mir ein paar Unterlagen holen, die ich übers Wochenende zu Hause abarbeiten werde.« Er stand von seinem Stuhl auf und gab Mary einen Kuss auf ihre zarten apfelroten Wangen. Der Duft feiner Vanille in ihrem Haar verführte ihn. Er schloss für einen Moment die Augen und verspürte plötzlich eine starke Sehnsucht, Marys nackte Haut fest an seine zu pressen und sie zu lieben. Doch das war Vergangenheit, denn Mary konnte, seitdem Norman sie betrogen hatte, das nicht mehr erwidern. Immer, wenn sie sich fallen lassen wollte, sah sie die Bilder vor sich, wie Norman und Sidonie es miteinander trieben, was er in Streitgesprächen jedoch verneinte.

Als Mary bemerkte, dass Normans Fantasie mit ihm durchging, wehrte sie weitere Zärtlichkeiten ab. Aus einem wunderschönen Traum gerissen, sagte Norman:»Gute Nacht, mein Liebes. Ich versuche, mich zu beeilen.« Das war doch ganz im Sinne von Mary, so hatte sie wenigstens Zeit, sich in ihrer geheimen Kammer einzuschließen und den Tod ihres Bruders und dessen Familie in aller Ruhe vorzubereiten. Mary dachte angespannt über Moby, Helens

Hündchen, nach. Aufgebracht lief sie in ihrer Kammer hin und her. Dabei schaute sie sich in ihren Regalen nach einem passenden Giftcocktail für ihren Bruder um. Nichts. Aber was mag nur der Grund dafür gewesen sein, dass Moby so qualvoll gestorben ist? Immer wieder dachte Mary darüber nach, bis sie sich dazu entschied, sich selbst in eine Art Hypnose zu versetzen. Sie reiste in die Zeit zurück, in der Helen ihr Leben lassen musste. Marys ganze Aufmerksamkeit aber war nicht auf Helen gerichtet, sondern sie interessierte vielmehr, wo sich das Hündchen während des Mordes an seinem Frauchen aufgehalten hatte.

In einer unsichtbaren Gestalt begann Mary, Moby ausfindig zu machen, doch zunächst ohne Erfolg. Jeden noch so kleinen Winkel durchsuchte sie, bis sie ihn völlig verängstigt zusammengekauert unter dem Sofa sah. Die Geister, die Helen bei lebendigem Leib fraßen, ließen sich von den lauten, schmerzvollen Schreien ihres Opfers nicht abhalten. Moby aber hatte solch große Angst bekommen und suchte nach einem Fluchtweg.

In einem unbemerkten Moment kroch er aus Angst zitternd unter dem Sofa hervor und lief so schnell er konnte durch das Wohnzimmer bis zur Tür. Diesen Weg muss er später wieder zurückgelaufen sein. Dann lief er durch einen kleinen Türspalt vom Wohnzimmer in die Diele und durch die offen stehende Kellertür die Treppenstufen hinunter, bis er in einem dunklen Kellergang stand und am ganzen Körper zitterte. Wie schrecklich unheimlich war es dort. Nass und kalt und von überall her kamen angstmachende Schatten. Auch kamen aus allen Ecken, mit lautem kreischendem Geschrei dicke fette Ratten, die durch die Gänge huschten. Nachdem Moby sich eine ganze Weile in dem kalten Kellergemäuer in einem Zinkeimer versteckt hatte, wurde er nach mehreren Stunden von Durst und Hunger geplagt.

Vorsichtig hatte Moby nach Stunden sein Versteck verlassen und schleckte gierig mit seiner kleinen Zunge die nassen Wände ab und fraß hastig wenige kleine Kuchenkrümel, die in den Gängen zu finden waren. Es waren Reste von denen, die Mary ein paar Tage zuvor in den Gängen aufgefegt und als Müll in ihre Wohnung mitgenommen hatte, erst, um sie zu entsorgen, und dann, um sie später mit dem zerhackten Finger von Helen dem kleinen Moby zum Fressen zu geben. Bei näherem Betrachten war Mary der Meinung, dass es das war, wonach sie gesucht hatte.

Mary erwachte aus ihrer Zeitreise und lief in Windeseile zur Wohnungstür zurück, neben der sich der Kellereingang befand. Im Treppenhaus schlich sie auf leisen Sohlen zur Kellertür, um sie zu öffnen, und stolperte die Treppenstufen hinunter, bis sie im dunklen Kellergang stand, wo sie auch Moby gesehen hatte. Mit Kerzenlicht leuchtete sie den Weg aus und suchte in weiteren Gängen, nach vorhandenen mit Butter bestrichenen Brotwürfeln und Kuchenkrümeln, sollten Moby und die Ratten noch welche übrig gelassen haben. Mary hatte bei ihrer Suche schon mehrere tote Raten in den Gängen gefunden. Doch zu ihrem Glück fand sie noch ein paar von ihr übersehenen herumliegenden Brotwürfel, die sie vorsichtig aufhob und in einem kleinen Stoffbeutel verschwinden ließ.

GIFTIGES BROT

Mit kreisrunden Augen und im Rausch eines Glücksgefühls, weil sie scheinbar das gefunden hatte, wonach sie so verzweifelt suchte, befand sie sich in einem Zustand der Aufgeregtheit, weil nun nichts mehr im Weg stand, dass Mary ihren Bruder und dessen Familie vergiften konnte. Es wäre für Mary eine willkommene Befreiung gewesen, wenn sie die Rattenbrut auch noch töten könnte. Sie konnte es in ihrer Fantasie sehen, wie sehr alle mit starken Schmerzen und den schlimmsten Vergiftungen grausam verrecken würden. Dieser Gedanke zauberte Mary ein Lächeln ins Gesicht. Und sie konnte es kaum noch erwarten, ihnen mit vergifteten Butterbroten und Butterkuchen ihre verfressenen Mäuler zu stopfen. Und niemand hätte diese zweibeinigen Rattenviecher noch retten können. Natürlich hätte Mary sich angenehmere Kontakte zu ihrer Familie gewünscht, aber darauf hatten ihr Bruder und dessen Frau auch keinen Wert gelegt.

Dorit, Marys Schwägerin, und ihr Bruder waren immer nur darauf bedacht, dass ihre Wohnung frei von Besuchern und aufgeräumt blieb, und fertigten mit sichtbar schlechter Laune ihre Verwandten schon an der Haustür ab und gaben ihnen mit ihrem Verhalten zu verstehen, unerwünscht zu sein. Sie selbst aber hielten sich gern über das Wochenende bei der Mutter oder bei Mary auf, nachdem sie sich dort vollgefressen und sich von vorn bis hinten hatten bedienen lassen. Mit ihrem abstoßenden Verhalten machten sie es Mary leicht, sodass sie nicht im Geringsten ein schlechtes Gewissen hatte.

Mary nahm die Brotwürfel und lief eilig den unheimlichen, dunklen, feuchten Kellergang entlang, eilte in die geheime Kammer, legte den Beutel ab und las in Büchern über Gift und dessen Wirkweise. Dabei kam sie zu dem Kapitel, wie man Ungeziefer bekämpft, Ratten und Mäuse vergiftet. Mehr als Ungeziefer sah Mary auch nicht in dem Rest ihrer Familie. Sie benahmen sich wie Ratten in Gestalt von Menschen und mussten bekämpft werden.

Mary las gründlich über die Symptome, die das Pack bald erleiden müssen:»Starker Durchfall, Übelkeit und Erbrechen. Des Weiteren treten heftige Krämpfe und große Schmerzen in Verbindung mit Fieber und Schweißausbrüchen auf. Verdrehte Gedärme.« Nachdenklich stand Mary mit verschränkten Armen da und spielte mit dem Gedanken, die Geister des qualvollen, grausamen, schmerzvollen Todes zu rufen, damit sie sich mit ihnen besprechen konnte, auf welche Art und Weise ihre Opfer vergiftet werden sollten. Mary dachte über sofortiges oder langsam vorangehendes Vergiften nach. Sollte sie ihnen das Gift über mehrere Wochen in kleineren Portionen unbemerkt verabreichen, müsste sie auch dafür sorgen, dass sie sich täglich bei ihrem Bruder aufhalten konnte. Das aber wäre sehr schwierig für sie geworden, denn ihr Bruder und dessen Fraue Dorit wollten keine Besucher in ihrer staubfreien, unbenutzten Wohnung.

Nachdem Mary ein weiteres Kapitel in ihrem Buch aufgeschlagen hatte, entdeckte sie Arsen und Strychnin. Sie las auch, dass es in kleinsten Mengen im toten Körper nachweisbar sei, und so durfte auf gar keinen Fall der geringste Verdacht einer Vergiftung aufkommen. Angestrengt überlegte Mary und kam zu keinem Ergebnis. Dennoch war sie sich sicher, eine passende Lösung zu finden. Um erst einmal zur Ruhe zu kommen, packte sie alles weg und machte einen Spaziergang an der frischen Luft, um ihre Gedanken zu sortieren und dabei zu einem für sie zufriedenstellenden Ergebnis zu kommen. Und wahrhaftig, im Nu kam sie zu der Gewissheit ihres Vorhabens. Eines davon war, ihren Verwandten das Gift langsam über mehrere Tage unter ihre Speisen zu mischen, sodass es für andere aussah, als seien sie an einem Magen-Darm-Infekt erkrankt, den sie sich bei anderen Hotelgästen, geholt hätten. Das war es, wonach Mary so lange gesucht hatte. Jetzt galt es, herauszufinden, wie sie ihnen das Gift verabreichen könnte. Und was lag da näher, als ihnen das Gift in ihre täglichen Lebensmittel unterzumischen. Auf ihre Brote sollte Mäusebutter kommen, in der ein rasch wirkendes Gift sein würde. Mary hatte sich dazu entschieden, das Gift in selbst gemachten Karamellbonbons zu füllen.

Zufrieden machte Mary sich auf den Weg ins Schlafzimmer, wo sie sich ohne Aufregungen in ihr weiches Bett legte und vor Erschöpfung sofort einschlief. Sie schlief so tief und fest und das sogar schmerzfrei bis in die späten Mittagsstunden. Gut erholt, wie lange nicht mehr, erwachte sie.

Nachdem sie sich im Badezimmer hergerichtet hatte und sie ihr Spiegelbild sogar einen Moment lang akzeptieren konnte, lief sie in die Küche und freute sich auf eine Tasse Kaffee, die sie genussvoll mit warmer Milch genoss. Sie schaute aus dem Fenster, und sehnte sich nach Liebe und Geborgenheit. Dabei füllten sich ihre Augen mit Tränen der Einsamkeit und Erinnerungen an ihren John.

Normans anfänglich abstoßende Haltung war einfach zu schmerzhaft für sie gewesen. Sie war mal wieder nicht gut genug für jemanden gewesen. Er hatte ihr das Gefühl gegeben, unattraktiv, dumm und naiv zu sein. Genauso, wie es schon ihr erster Mann getan hatte, hatte Norman geradewegs danach gesucht, Mary unterzubuttern. Sie trocknete ihre Tränen und richtete ihren Blick in die Kaffeetasse, in der sie das Gesicht ihres hämisch lachenden Bruders sah.

Mary überlegte, ob sie für die Herstellung der Bonbons und der Mäusebutter alle Zutaten in der Speisekammer hatte. Sie war gerade auf dem Weg dorthin, um sich davon zu überzeugen, weil sie gleich mit der Vorbereitung beginnen wollte, als es plötzlich an der Haustür mit lautem Gepolter klopfte und Mary zusammenzuckte. Aus ihrer Körpersprache war zu lesen, wie sehr sie sich fürchtete, weil sie nicht wusste, wer vor der Tür stand und wie ein Wahnsinniger an dem Seil der Türglocke zog. Sie traute sich nicht, die Klinke hinunterzudrücken und die Tür zu öffnen. Sie hatte die schrecklichsten Befürchtungen, was ihr passieren könnte, würde sie die Tür öffnen. Still schlich sie sich auf Zehenspitzen ins Schlafzimmer und versteckte sich dort. Dann hörte sie eine Stimme, die ihr vertraut vorkam. »Mary, Mary, bist du da? Bitte öffne mir. Vater ist zusammengebrochen und liegt im Sanatorium.« Mary horchte auf, und ihr schossen böse Gedanken durch den Kopf, gegen die sie sich innerlich zu wehren versuchte. Doch das Böse, das Mary einst gerufen hatte, wurde sie nicht mehr los, und es nahm immer mehr den Besitz ihrer Gedanken ein. So zwang sie das nach Blut gierende Böse in Gestalt eines furchtbar aussehenden Geistes, die Tür zu öffnen. Es sprach zu ihr: »Mach schon, worauf wartest du denn? Eine bessere Gelegenheit wird sich für dich nicht mehr finden. Denke daran, du bist es uns schuldig, wir waren es, die dir zur Seite gestanden haben. Nun mach schon, öffne endlich die Tür.« Um den Geist nicht weiter zu verärgern, folgte Mary seinen Anweisungen. Sie eilte zur Wohnungstür und öffnete sie.

Vor ihr stand völlig außer Atem ihre Nichte Gwyneth. Sie teilte Mary mit, dass ihr Vater zusammengebrochen sei und im Sanatorium liege. Das war es doch. Mary schossen sofort rettende Gedanken für ihr Vorhaben durch den Kopf. Sie spielte Gwyneth die Besorgte vor, so wie sie es immer zu tun pflegte, damit man ihr nicht auf die Schliche kam. »Schon gut, schon gut. Beruhige dich doch erst einmal. Komm nur herein und erzähle mir in aller Ruhe, was genau passiert ist«, sagte Mary energisch, woraufhin Gwyneth etwas ruhiger wurde.

Mary setzte sich mit ihr ins Wohnzimmer und hörte Gwyneth' Bericht aufmerksam zu. Dabei schienen sie nicht allein zu sein, die Geister der Qual, die sich in den Schmerzen der Lebenden mit Freude gesuhlt hatten, waren ebenfalls anwesend und wollten sich nichts entgehen lassen. Ständig hielten sie sich in der Nähe von Gwyneth auf und genossen es, ihren Angstschweiß zu riechen, der ihr aus allen Poren kroch. Sie lauschten ihrer Berichterstattung. Mary aber schien wieder einmal nicht ganz bei ihrem Vorhaben zu sein, ihre Gedanken drehten sich, suchten nach Ruhe. Sie wirkte auf einmal so schwach und hilflos wie ein kleines Kind, das sie tief in ihrem Inneren war. Sie dachte an eine ländliche Ruhe, wo sie in einer Wohnung leben und von nichts und niemandem mit Kummer und Sorgen überschüttet werden würde, weil sie es nicht mehr zulassen wollte. Doch Gwyneth riss Mary mit ihrer kreischenden Stimme aus der Sehnsucht ihrer Träume.

Mit einem Mal war Mary voll auf Gwyneth und das Töten ihres Bruders konzentriert, sprach aber kein Wort, sondern dachte in ihrer Fantasie über die Morde nach. Ihre Familienmitglieder waren diesmal in Gestalt von ekelhaftem Ungeziefer, ihr Aussehen erinnerte an dicke, fette Ratten, die immer auf der Suche waren, sich in einer warmen Unterkunft einzunisten und die Vorräte anderer wegzufressen. Wenn es nichts auf der Welt gab, wovor Mary sich so sehr geekelt hatte, dann waren es Mäuse und Ratten. Mary ekelte sich vor Gwyneth' grauschwarzem glanzlosem Rattenfell und deren langem nacktem Rattenschwanz, der bis auf den Küchenboden hinunterhing, und konnte sie aus diesem Grund weder anschauen noch sie berühren. Sie hatte ihre fette Nichte, die eine Furie in Gestalt einer Ratte war, fürs Erste beruhigen müssen, was ihr nur schwer gelang, denn Gwyneth fuchtelte mit einer Rechnung, die wieder ganz nach Betrug aussah, und deren Briefkopf Mary nicht ganz unbekannt vorkam, denn er war vom Bestattungsunternehmen, das auch für die Beerdigung von Marys Mutter, Vater und Bruder war. Dabei kaute Gwyneth mit ihren gelblich verfärbten Rattenzähnen ständig auf ihrer hässlichen schwarzen, unappetitlich dicken Unterlippe. Mary versuchte, das ekelerregende Rattenwesen zu beruhigen, denn sie dachte daran, dass Gwyneth sich ihr nähern und sie mit einer unaufrichtigen Umarmung berühren könnte, was sie nicht aushalten würde. Denn das eklige Gefühl, von einer Ratte berührt zu werden, würde Mary nie wieder loswerden.

Mary streckte ihren Arm zu Gwyneth aus, wobei diese die eine Seite von Marys Handfläche erblickte. Mary sagte laut: »Stopp! Ich weiß, ich weiß. Mir kommt das Ganze auch nicht so vor, als wenn das alles mit rechten Dingen zugehen würde. Aber beruhige dich nur, Gwyneth, ich kümmere mich beizeiten darum.« Mary überfiel zusehends das Gefühl des Ekels, sie forderte Gwyneth auf, sich auf den Heimweg zu machen, und lief mit schnellen Schritten zur Wohnungstür, die sie mit einem Ruck aufriss, die fette Ratte Gwyneth mit knappen Worten auf schnellste Art und Weise verabschiedete und die Wohnungstür ins Schloss warf. Dabei hätte sie fast Gwyneth' Rattenschwanz eingeklemmt, weil es Mary nicht schnell genug gegangen war. Eklig die Vorstellung, Rattenblut wegwischen zu müssen.

Fest mit dem Rücken an die Tür gepresst, stand Mary mit Tränen der Verzweiflung um ihre verstorbenen Familienmitglieder eine ganze Weile bewegungslos da. Auch wenn Mary als Kind nicht das Zuhause hatte, das sie sich gewünscht hatte, liebte sie sie dennoch so sehr, dass jeder Gedanke an die Verstorbenen ihrer Familie sie mit grauenhaften Schmerzen überschüttete. Dieses Gefühl des Alleinseins, niemanden mehr aus der Familie zu haben, lähmte ihren Körper und schwächte Marys Seele. Das eine Problem aber war noch nicht gelöst, da kamen schon jede Menge neue schlechte Nachrichten. Sie wusste einfach nicht mehr, wie sie das alles aushalten sollte. Nun musste sie sich auch noch den beiden Bestatterinnen annehmen und ihnen den Kampf ansagen. Aber es musste sein, sonst würde sie niemals Ruhe vor diesen quälenden Gestalten bekommen. »Für diese leichenwaschenden Furien werde ich auch noch einen geeigneten Tod finden«, dachte Mary bei sich und sah sie schon vor sich, wie beide winselnd um ihr jämmerliches Leben betteln würden.

Es vergingen mehrere Wochen. Mary befand sich in einem fatalen Zustand und dachte immer wieder an Norman, der sie in den ersten drei Jahren versucht hatte, immer wieder gegen andere Frauen auszutauschen, weil Mary nicht das war, was er sich vorgestellt hatte. Helen hatte Norman damals davon überzeugen können, dass Mary nicht eine von ihnen sei. Er behandelte sie einfach schlecht, und oftmals sah er sie noch nicht einmal an, als wäre sie Luft für ihn. Immer und immer wieder kehrten diese Gedanken und Bilder zurück, wie er sie betrogen hatte und wie Sidonie in seinen Armen lag, während Mary traurig darüber war, dass Norman sie ständig allein gelassen hatte.

Norman indessen war immer noch mit den Fällen all der plötzlich verschwundenen Menschen beschäftigt und tapste noch immer im Dunklen. Er kam zu keinem Ergebnis. Er hatte Mary am Abend zuvor erzählt, dass sie nun sogar mit Bluthunden in den Wäldern und Mooren nach den plötzlich verschwundenen Menschen suchten und eine Spur sie in den Park, unweit von Normans Wohnung, geführt hatte. Leider mussten sie alles abbrechen, denn es hatte zu regnen begonnen und die Hunde konnten keine Fährte aufnehmen. Er beschrieb Mary die Stelle, an der Sidonie und sie gemeinsam im Mondlicht auf der Bank gesessen hatten.

Mary wollte sich nichts anmerken lassen, doch sie geriet ins Schwitzen. »Was, wenn ich doch irgendwas am Tatort vergessen habe?«, dachte sie bei sich und wurde für Norman zusehends nervöser. »Liebling, was ist mit dir? Du bist plötzlich so anders. Ist das etwa eine Panikattacke? Ich denke, du solltest dich ausruhen«, sagte er und wirkte dabei besorgt. Mary aber war außer sich. Immer wieder quälte sie die Frage, warum Norman sich auf sie eingelassen hatte, nachdem er sie in den ersten Jahren so sehr verletzt hatte. Dabei kam ihr zum ersten Mal die Erinnerung daran, wie sie Helen einmal sagen hörte: »Die ist aber auch nicht keine von uns. Sie sieht eher wie eine Mulattin aus. Habe ich recht, Norman?« Norman stand wortlos da und gab Helen keine Antwort. Es schien sogar, als würde er ihr recht geben und sich aus diesem Grund Mary gegenüber schrecklich zu benehmen und ihr zu spüren zu geben, dass sie eine Fremde, eine Zugezogene sei. »Na klasse, du und eine Mulattin, dass ich nicht lache.« Damit hatte Helen Norman damals sogar richtig aufgehetzt, sodass er Mary von dieser Stunde an nicht mehr als Mary, als Partnerin an seiner Seite, sehen konnte. Es gab nichts, was Mary Norman damals hätte recht machen können. Mary schrie Norman mit großer Traurigkeit an, weil ihr diese schmerzhaften Gedanken und Erinnerungen nicht aus dem Kopf gehen wollten. Sie schaute, während sie schrecklich weinte, in seine Richtung, und schrie wiederholt: »Hör auf damit, hör einfach auf damit, und tu nicht immer so, als wenn ich verrückt bin. Ich bin krank und nicht doof. Verstehst du das?!« Dann lief Mary weinend aus dem Zimmer, schaute aus dem Fenster in den Himmel und betete die heilige

Mutter Gottes in großer Verzweiflung an: »Oh, bitte, heilige Mutter, bitte, hilf mir, das kann doch nicht mein Leben sein.«

Tränen der Traurigkeit und Verzweiflung liefen über Marys Gesicht. Fast hoffnungslos, ein eigenes Leben leben zu können und ohne Liebe bleiben zu müssen, wusch sie ihre zarte Haut und cremte sich sorgsam ein. Rot verweint waren ihre Augen und vollkommen leer. Sie war ohne Hoffnung und ohne Liebe, wonach sie sich so sehr gesehnt hatte, nach einer wahren Liebe und nach wärmender Geborgenheit, nach Zärtlichkeit, wie sie sie schon einmal von John bekommen hatte und sie manches Mal heute noch zu spüren glaubte. Nach einer ganzen Weile sammelte Mary sich wieder und setzte ihr todbringendes Vorhaben und die damit verbundenen Taten fort.

Nachdem sie alle Zutaten für ihre giftigen Süßigkeiten und ihre wohlschmeckende Butter zusammengetragen hatte, machte sie sich an deren Zubereitung. Große Lust und Gedanken der Qualen an die Rattenbrut machten es ihr leicht und brachten ihr großen Spaß. Immer wieder spürte sie, dass ihr die Geister der Qualen und Schmerzen bei der Zubereitung über die Schulter schauten und dabei vor Schmerzen schrien, was Mary kaum aushalten konnte und sich deshalb ihre Ohren mit wachsgetränkten Tüchern zustopfte. Mit großem Vergnügen mischte sie in ihrer geheimen Kammer einen wirkungsvollen Giftcocktail, verließ mit schnellen Schritten ihre Kammer und eilte auf leisen Sohlen in ihre Küche, wo sie damit begann, einen ganz speziellen Kuchen zu backen – einen Butterstreuselkuchen mit der von ihr selbst angefertigten Mäusebutter sollte es werden. Dann machte sie sich an die Zubereitung der köstlichen Karamellbonbons. Sie formte aus der restlichen Mäusebutter schöne Stückchen, steckte diese in eine schöne Verpackung, in der Hoffnung, dass sich die Rattenbrut die besondere Butter auf ihre Brote schmieren würde.

Nicht einmal zwei Monate waren vergangen, und Mary verspürte schon wieder den Drang, sich rächen zu müssen. Sie konnte einfach nicht damit umgehen, dass man sie ständig betrogen, sie für dumm und völlig naiv gehalten hatte. Ihre Talente wollte man nicht sehen, obwohl Mary sehr talentiert war. Sie konnte hervorragend kochen und backen. Sie konnte Bilder zeichnen und sie hatte sogar mit dem Schreiben begonnen. Mary schrieb wunderschöne Kinderbücher und illustrierte sie selbst. Wegen ihrer Erkrankungen hatte sie immer mehr abgebaut und musste das Illustrieren und Schreiben aufgeben. Das gefiel jedem, der es ihr nicht gegönnt hatte, dass sie einmal eine erfolgreiche Autorin sein könnte. Sie waren in ihrer üblen Nachrede hinter Marys Rücken bestätigt, dass sie es nie zu einer Veröffentlichung schaffen würde. Mary aber hatte in kraftvollen Momenten immer wieder mal geschrieben, sie hatte wahrhaftig begonnen, an einer neuen Geschichte zu schreiben, die ein Kinderbuch werden sollte.

Nachdem Mary die gefährlichen Köstlichkeiten zubereitet und in hübsche Verpackungen gesteckt hatte, verpackte sie die Geschenke in einer großen Holzkiste und stellte sie in tiefschwarzer Nacht vor die Haustür ihres ekelhaften, widerlich gierigen Bruders ab. Und so wie Mary unbemerkt gekommen war, war sie auch wieder in der Dunkelheit verschwunden. Wie die Geister der Qualen, die dicht an Marys Seite waren, verschwand sie lautlos und unsichtbar und eilte durch die nebelverhangenen engen Gassen, wo niemand auch nur ahnen konnte, dass Mary Rowlands es war, die gerade ihrem Bruder ein ganz besonderes Geschenk gemacht hatte.

GESCHENKTER TOD

Der Morgen graute, nebelverhangen waren die Straßen und es schien so, als wenn jeden Moment ein Sturm aufkommen würde. Mary saß in einer Zufriedenheit zu Hause vor ihrem Kamin und trank eine Tasse Kaffee mit viel Milch. Ihr Blick war starr und in den wolkenverhangenen Himmel gerichtet. Mit einem Lächeln verehrte sie den Tod, den Mary ihrem Bruder und dessen Familie zugeteilt hatte. Nun dauerte es nicht mehr lange, bis sie von dieser Rattenbrut für immer befreit sein würde. Sie hatte es tatsächlich geschafft, einige dieser Furien, die sie so sehr gequält hatten, zu töten, um ihr eigenes Wohl zu erreichen. Und dabei ging Mary nicht gerade zimperlich mit ihren Opfern um.

Was sie aber langsam zu stören begann, war, dass sie nicht mehr von dem Bösen loskam. Selbst wenn sie es gewollt hätte. Die Geister und die Lust, ihre Peiniger mit dem Tod bestrafen zu müssen, ließen sie nicht mehr klar denken und keine ruhige Minute mehr haben. Mary musste sich mit der Herrin der Vergebung in Verbindung setzen, um frei von all ihren quälenden Gedanken zu werden, die sonst sie selbst umbringen würden. Nur die Herrin der Vergebung hat allein die Macht, Mary vom Bösen und von den Geistern, Furien und der Lust zum Töten zu befreien. Die einzige Voraussetzung aber war, dass Mary auch dazu bereit war, ihren Peinigern zu vergeben, damit sie selbst ein Leben in Ruhe und Frieden leben konnte. Zugegeben, es hört sich sehr einfach an, auch ich, Dark Smith, dachte zuerst: »Warum vergibt sie ihnen nicht, und fertig ist sie und kann ihren Frieden finden?« Doch noch war es nicht so weit, es gab noch einige Morde zu erledigen, denn der Schmerz, den ihr die anderen angetan hatten, war einfach noch zu groß, als dass sie einen klaren Gedanken hätte fassen können. Und so diente sie dem Bösen weiterhin mit all ihrer Kraft, die ihr die Geister der Trauernden geschickt hatte.

Wieder waren einige Tage vergangen und Mary spürte immer mehr große Unruhe und Traurigkeit, die ihr die Tage und Nächte zur Qual machte. Mit völliger Verzweiflung begann Mary ihre Tage, und es verging nicht ein einziger, an dem es ihr gut ging und sie das Gefühl von Glück und Zufriedenheit verspürte.

Müde und abgeschlafft bewegte sie sich in ihren eigenen vier Wänden, wie eine wandelnde Leiche. Ihre Blicke, die sie durch ihre großen Panoramafenster in die prachtvolle Landschaft warf, waren leer, trostlos und ohne jegliche Freude. Es gab nichts, was ihr Mut und Kraft gab. Zu groß war die Trauer um ihre verstorbenen Familienmitglieder, auch wenn nicht einer von ihnen so um Mary getrauert hätte, wie sie es um die anderen tat. Marys mitfühlendes gutes Herz und ihr Charakter waren anders, als die ihrer Familie, wobei sie sich oft selbst fragte, warum alle aus der Familie so hinterhältig und falsch waren. Aber Mary war trotz allem in tiefer Liebe für ihre Eltern und ihre verstorbenen Brüder.

Sie erhielt weiterhin fast täglich Briefe mit schlechten Nachrichten, insbesondere von den zwei geldgierigen Bestatterinnen, die Mary seit Monaten dazu aufforderten, die völlig überteuerte Rechnung zu begleichen, obwohl Mary das so nicht mit Elinor Shore vereinbart hatte.

Elinor Shore war die Mutter von Gretchen, die das Bestattungsunternehmen übernommen hatte, sodass Elinor nur noch einfache Mitarbeiterin und Geldeintreiberin des Unternehmens war. Zwei widerliche Weiber, die einen durch ihre unsympathische Erscheinung und ihre schrecklich krächzenden Stimmen schon dazu animierten, ihnen auf der Stelle etwas antun zu wollen. In Mary brodelte es wie in einem Topf, der bis zum Rand mit einer Giftbrühe gefüllt war. Sie hätte den beiden überaus hässlichen Weibern am liebsten sofort ihre Köpfe von den Schultern gerissen und ihre Herzen bei lebendigem Leib aus ihrem Brustkorb entfernt. Ihr Blut hätte sie in einem Kelch aufgefangen und den trauernden Geistern zu trinken gegeben. Aber Verzweiflung, Traurigkeit und Schmerzen, die ihre Gedanken des Mordens und der Rache hochkommen ließen, verwirrten Mary nur noch mehr, und sie bewegte sich den Tag über in einer irrealen Welt.

Norman wollte Mary beistehen, denn er sah ihr an, wie sehr sie litt und wieder einmal nicht wusste, warum man ihr das alles antat. Er spürte, wie schlecht es ihr ging und konnte den Anblick selbst kaum ertragen. Er musste etwas tun, damit Mary nicht mehr so leiden musste und zur Ruhe käme. Norman nahm mit großer Entschlossenheit die Briefe an sich und beauftragte den Advokaten, sich darum zu kümmern. Der nahm den Auftrag gern an, denn auch er kam nicht von dem Gedanken los, nach kurzem, aber intensivem Lesen einzelner Briefe, dass es sich um Betrug handelte und er Mary helfen musste.

Die Bestatterin Elinor Shore, eine durch und durch schlechte Person, wollte Marys Krankheit von Anfang an schamlos ausnutzen und sich an ihr skrupellos bereichern. Sie dachte, dass Mary naiv sei und man mit ihr machen könnte, was man wollte, ohne dass diese sich dagegen wehren würde. Das war ein fataler Fehler. Mary wurde immer wieder von ihren Mitmenschen als naiv hingestellt, nur weil sie anders war, bis Mary sie eines Besseren belehrte. Doch da war es meist schon zu spät. Jetzt waren es noch vier Furien, von denen Mary sich befreien wollte, damit sie selbst ein Leben in Ruhe und Frieden leben konnte. Mit abscheulichen blutigen Gedanken des Tötens dachte Mary: »Ihr verkommenen, leichenwaschenden Furien, eure Gier nach Tod und Geld soll euch bald schon selbst zuteilwerden. Ihr werdet heiß und fettig auf einem Tablett als gebackene Leichen den Geistern der Traurigkeit serviert werden. Und merkt euch eines, ich spreche nicht aus, was ich nicht halten kann. Seid gefasst und passt gut auf euch auf, denn die Stunde des Bösen ist gekommen. Mary

Rowlands wird euch lehren, was es heißt, böse Absichten zu haben und andere Menschen schamlos zu betrügen.«

Mary musste schnellstens handeln, am besten noch heute mit den Vorbereitungen beginnen, denn sie hatte nur noch sieben Tage Zeit, um die Herrin der Vergebung zu finden, um ihre Hilfe zur Freiheit und inneren Ruhe zu bekommen, sie zu bitten, von dem Bösen und den Geistern befreit zu werden, bevor sie selbst das Opfer der gefräßigen Seelen werden würde. Die Geister und das Böse saßen so fest in ihren Gedanken und brachten sie dazu, weiterzumachen.

Mary hatte aber noch eine, scheinbar wichtige Nachricht an diesem Morgen erreicht, die für sie erfreulich war, nämlich die eines gewissen Dr. Damsher. Mary riss den grauweißen Umschlag, der stark nach Medizin roch, auf und las mit großer Erregung die handgeschriebenen Zeilen. Mit Zittern in ihrer Stimme und rollenden Augen las sie Wort für Wort, wobei sich mit jedem gelesenen Satz ihre Mundwinkel nach oben zogen, bis ein strahlendes Lachen zu sehen war. Fest presste Mary die erfreulichen Nachrichten an ihren Oberkörper und tanzte freudig durch die Wohnung. Dr. Damsher, der Hausarzt von Marys Bruder, war noch in der Nacht, in der die Rattenbrut die Kiste vor ihrer Haustür entdeckt hatte, um den Inhalt gierig zu verspeisen, vom Hauspersonal gerufen worden, weil sich die Familie mit quälenden Schmerzen in Fieberträumen und starkem Erbrechen im Todeskampf befand.

Mary las weiterhin Zeile für Zeile, und mit jedem weiteren Satz lächelte sie und ihre Wangen färbten sich aus Freude apfelrot. Ihr Gesicht strahlte, und sie fühlte sich als Siegerin. Dann las sie weiter:

Sehr geehrte Mrs. Rowlands,

leider muss ich Ihnen mitteilen, dass die gesamte Familie sowie Ihr Bruder, Derek Shire, in der Nacht von Donnerstag, den 13. Oktober 1877, an einem schrecklichen unbekannten Virus verstorben sind. Nach unseren Ermittlungen hatte sich die Familie ein paar Tage zuvor an einem uns unbekannten Urlaubsort aufgehalten, und so, wie wir annehmen, sich an einem todbringenden Virus bei anderen Urlaubern angesteckt.

Ich bedaure sehr, Ihnen das mitteilen zu müssen, und spreche
Ihnen in aller Form mein Beileid aus. Achten Sie gut auf sich.
Dr. Damsher

Mary machte vor lauter Glück einen Freudentanz. Minutenlang drückte sie den Brief fest an sich und tanzte mit freudigem Gesichtsausdruck durch die Wohnung. Norman stand im Türrahmen und beobachtet Mary dabei. Doch ahnte er nicht, worum es sich im Brief handelte, und er freute sich erst einmal mit Mary. Als Mary Norman grinsend im Türrahmen entdeckte, erschrak sie fürchterlich und konnte sich kaum noch beruhigen. Sie mochte es einfach nicht, wenn plötzlich jemand aus dem Nichts vor ihr stand oder sie belauschte. Das löste große Ängste in Mary aus, die sie in den meisten Fällen panisch davonlaufen ließen, ohne dass sie wusste, wohin.

TRAUER, TRÄNEN, MARYS FREUDE

Nachdem sich alles etwas beruhigt hatte, fragte Norman Mary bei einer Tasse Kaffee, worum es in dem Brief ging. »Ach, Liebes, bitte, sag mir doch, welch gute Nachricht dich heute schon in den frühen Morgenstunden erreicht hat.« Mary räusperte sich und hielt verlegen ihr Spitzentaschentuch vor ihre Lippen. »Ach, weißt du, Norman, das war nicht so wichtig, es war nicht der Brief, der mich zum Tanzen gebracht hat. Ich spürte einfach nur einen kurzen Moment der Freude, die kurz darauf in tiefer Traurigkeit und Weinanfällen endete. Das ist immer so, auch die Freude löst in mir große Traurigkeit aus, und ich falle in nicht enden wollende Schwermut und Tränen«, sagte sie und weinte. Norman konnte es nicht ertragen, Mary so weinen zu sehen. Er sprang von seinem Sessel auf und setzte sich vorsichtig neben sie auf das weiche Sofa, nahm sie behutsam in den Arm und flüsterte: »Ich bin da, ich bin immer für dich da.« Dabei streichelte er ihr liebevoll über ihr nach Rosen duftendes Haar und saugte den Duft mit leidenschaftlichem Gesichtsausdruck ein. Sanft küsste Norman Marys vor Aufregung schwitzende Stirn, und sie fing daraufhin an, sich wieder zu beruhigen.

Dann erzählte sie Norman, dass sie von Dr. Damsher, dem Hausarzt ihres Bruders, die Nachricht erhalten hatte, dass ihr Bruder und dessen Familie an einem schrecklichen Virus verstorben seien. »Nein, was?!«, sagte Norman mit Entsetzen, der Mary mit großen Augen des Mitgefühls anschaute und sie erneut fest an seinen

Oberkörper drückte, um sie zu trösten. Mary versank in Normans Armen, kuschelte sich ganz nah an ihn und lächelte böse.

Tage waren vergangen, Mary hatte alles für die Beerdigung ihrer an Viren verstorbenen Familienmitglieder mit Norman vorbereitet. Am Tag der Beerdigung hatte der Himmel sich mit fürchterlichen, immer mehr werdenden schwarzen Wolken zusammengezogen. Das Krächzen der Raben untermalte die Rede des Pfarrers, der seinen Blick auf die trauernde Menge gerichtet hatte und seine Grabrede hielt:»Aus der Erde sind wir gekommen, zu Erde sollen wir wieder werden. Erde zu Erde, Asche zu Asche, Staub zu Staub.«

Der Friedhof wirkte während der Beerdigung geisterhaft. Im Dorf hatte es bisher noch keine so große Beerdigung gegeben. Es ging den Dorfbewohnern nah, dass mit einem Schlag eine ganze Familie an einem schrecklichen Virus erkrankt und daran verstorben war. Mary hatte es sofort erkannt, was die Gesichter ihr am Himmel sagen wollten. Sie fühlte sich plötzlich schlecht, als sie und alle anderen an den Gräbern ihrer Familienmitglieder standen, und hatte sich entschieden, nicht ans offene Grab zu gehen. Zartes Glockengeläut erreichte Marys Gehör, als es wie aus Eimern zu regnen begann.

Mary schaute mit leerem Augenaufschlag in den Himmel und flüsterte leise:»Was habe ich nur getan? Ich habe das alles doch so nicht gewollt. Als wir Kinder waren, war er doch mein liebster Bruder. Sogar der Himmel weint darüber, dass ich zu solch grausamer Tat fähig bin.«

Mit traurigen Augen hatte Mary ihren Blick auf die Trauernden am Familiengrab ihres Bruders gerichtet und konnte beobachten, wie die Seelen der Verstorbenen in Gestalt von Geistern einer nach dem anderen aufstieg und wie durchsichtige Vorhänge sanft durch die Schluchzenden flatterten. Mary beobachtete, wie sich die Geister von Freunden, Bekannten und ihren Verwandten verabschiedeten. Nachdem sie das getan hatten, richteten sie ihre ganze Aufmerksamkeit auf die vom Regen durchnässte Mary. Mit einem furchterregenden Summen schwebten sie allesamt auf Mary zu, dabei waren ihre Gesichter hasserfüllt. Sie wich erst ein Stück von den gequälten Geistern zurück, dann aber stellte sie sich ihnen gegenüber und wollte wissen, was sie ihr noch zu sagen hatten, bevor es für sie ins Jenseits der Unendlichkeit ging.

Ihr Bruder war als ihr Bruder, so wie sie ihn einst gekannt hatte, kaum noch zu erkennen. Mit vor Schmerz verzerrtem Gesicht und der Angst, sterben zu müssen, schwebte er auf Mary zu, deutete mit seinem Finger auf sie und sprach mit grausam verstellter Stimme zu seiner Schwester: »Nur du allein bist daran schuld, dass wir so einen grauenvollen, schmerzhaften Tod finden und erleiden mussten. Ist dir eigentlich bewusst, welche Schmerzen wir aushalten mussten?« Entschlossen und angstfrei trat Mary ihrem Bruder entgegen und antwortete: »Du und deine Familie machen mir mit eurer Erscheinung keine Angst. War euch denn eigentlich bewusst, wie sehr ich unter eurem Verhalten gelitten habe? Wie sehr hätte mir euer Beistand gutgetan, euer Verständnis für meine seelischen und körperlichen Schmerzen? Nein, ihr wolltet es nicht sehen. Weil ihr immer nur an euch selbst gedacht habt. Und noch eines: Ich habe es schon mit ganz anderen Geistern, als ihr es seid, zu tun gehabt. Und außerdem hättet ihr meine Geschenke nicht annehmen müssen. Aber Neugierigkeit und Verfressenheit, sobald es etwas umsonst gibt, hat euch schon immer verleitet. Die Süßigkeiten und die Mäusebutter mussten von euch mit großer Gier verschlungen werden. Bevor euch jemand zuvorgekommen wäre und etwas davon hätte abhaben wollen. Nun habt ihr es am eigenen Leib erfahren müssen, was es heißt, wenn man nicht teilen will und vor Gier seine eigene Scheiße frisst, um anschließend daran zu verrecken. Denn das werden in der Hölle fortan eure Mahlzeiten sein: Geisterscheiße.«

Marys Bruder bäumte sich wie ein Berg vor ihr auf und schoss mit großer Wut und lautem Geistergeschrei auf sie zu. Er zeigte sich zum Kampf gegen sie bereit und würde seine Schwester ohne Skrupel auf der Stelle töten. Doch war ihm nicht bewusst, dass auch Mary die Macht der Toten und Geister des Bösen besaß. Mit Gepolter eilten ihr die Geister aus der Hölle zu Hilfe, die Mary allein durch gedankliche Kontaktaufnahme gerufen hatte. In Massen kamen sie aus den Gräbern gekrabbelt und nahmen ihren Bruder und seine Familie mit lauten geisterhaften Schreien in die Welt der Toten mit.

Nachdem sich Mary mit einem Lächeln freudig in die Hände geklatscht hatte und sich als Siegerin fühlte, sah sie Norman mit einem besorgten Gesichtsausdruck auf sich zukommen. »Mary, Liebes, was machst du denn nur? Ich habe dich schon überall gesucht. Du bist ja ganz nass, wir fahren sofort nach Hause, sonst holst du dir noch eine Lungenentzündung.« Norman packte Mary in die Kutsche, richtete ihr völlig zerzaustes Haar ein wenig, wickelte sie in eine Decke und brachte sie auf dem schnellsten Weg nach Hause. Dass sie schon eine ganze Weile von den widerlichen dürren Bestatterinnen beobachtet worden waren, hatte Mary natürlich schon längst bemerkt. Denn Mary war wachsam und aufmerksam, sodass ihr nichts entging.

DIE LEICHEN-
WASCHENDEN
WEIBER

Zu Hause angekommen, bereitete Norman für Mary ein heißes Wannenbad. Liebevoll umsorgte er sie und tat alles Erdenkliche für sie, damit es ihr gut ging. Mary saß im Wohnzimmer in ihrem Sessel, gleich neben Normans Schreibtisch, und warf einen Blick auf die Berichte, an denen er schon seit Monaten erfolglos gearbeitet hatte. Sie lagen offen auf dem Schreibtisch herum und verführten Mary dazu, sie zu lesen. Sie warf einen Blick in die Diele, um zu sehen, ob Norman sie dabei überraschen könnte. Damit sie auch im guten Gewissen ungestört blieb, gab sie ihm weitere Aufgaben, denen er gern nachkam.

Mary las mit großem Interesse und kramte in den Berichten über die Verschwundenen vorsichtig herum. Leise murmelte sie vor sich hin: »Unaufgeklärte Fälle der Familienmitglieder Rowlands. Hedda Rowlands verschwunden. Cliff verschwunden. Sidonie verschwunden. Helen verschwunden. Dana und Harry im Irrenhaus, wegen Wahnsinn, gegenseitiger Verstümmelungen und einer leichten Form von Kannibalismus gelandet. Beide sind inzwischen grauenhaft verstorben.« Helen und ihr anderen verdammten Miststücke, da seid ihr ja alle, nun ja, lieber Norman, so leid es mir auch tut, leider wirst du nicht einen einzigen auf deiner Liste jemals ausfindig machen.«

193

Plötzlich antwortete eine fragende, zittrige Stimme Mary: »Was meinst du damit? Weißt du vielleicht mehr, als du mir sagen willst? Rede, sag es mir, wenn du etwas weißt.« Mary blieb zuerst die Sprache weg, dann fasste sie sich schnell und handelte sofort. Sie drehte sich langsam weinend um und sah Norman mit nachdenklichem Gesichtsausdruck im Türrahmen stehen. Er sagte stotternd, und dabei war eine kleine Verunsicherung herauszuhören: »Ich habe deine Schlafsachen geholt, worum du mich gebeten hattest, damit du sie dir nach dem Bad gleich anziehen kannst. Sag mir, Liebes, weißt du etwas über das Verschwinden der Menschen? Hast du Angst? Oder erpresst dich jemand? Das würde dein Verhalten der letzten Monate erklären. Ich spüre doch, dass dich etwas bedrückt.« Norman machte ein paar Schritte auf Mary zu, die sich in Tränen der Verzweiflung wiederfand, weil sie zuerst nicht wusste, was sie antworten sollte. Normalerweise log Mary nicht, nur war es diesmal eine völlig andere Situation. Da half es nichts, sie musste Norman weiterhin die Hilflose vorspielen, um nicht von ihm entlarvt zu werden. Schluchzend lief sie auf Norman zu, der ihr entgegenging, sie fest in den Arme nahm und mit einer Hand ihren Kopf sanft an sich drückte. Mitfühlend sah er aus dem Fenster und tröstete Mary wortlos, die die Ruhe genoss, denn sie wollte ihren Norman einfach nicht mehr anlügen und sich selbst von den Bösen und den Geistern befreien.

Dann flüsterte sie leise: »Bitte, Norman, stell mir keine weiteren Fragen, ich kann damit nicht umgehen und es strengt mich einfach zu sehr an. Es ist alles so schrecklich und traurig, kompliziert und schwer für mich. Ich fühle mich so leer, so schrecklich allein. Und ich denke jeden Tag an meine Mutter, ich habe sie sehr geliebt.« Norman nickte nur und sagte kein einziges Wort mehr. Er atmete tief aus, gab ihr einen liebevollen Kuss auf ihr schwarzes Haar und stand schweigend mit der weinenden Mary da. Es schien so, als ginge es nicht nur Mary schlecht, Norman fühlte sich schuldig, jetzt auch ein Teil zu sein, der Mary nicht gut behandelt hatte. In diesem Moment hatte er nur einen einzigen Wunsch: all das, was er ihr angetan hatte, rückgängig zu machen.

Norman hatte sich vorgenommen, auf Mary aufzupassen, was bisher noch keiner so getan hatte wie er. Er wollte sie an solch schweren Tagen, die ihr Leben zur Hölle gemacht hatten, nicht mehr allein lassen. Raben und Krähen flogen mit lautem, krächzendem Abendgruß für Mary am Fenster vorbei und suchten für die herannahende Nacht ihren Schlafplatz auf.

Aus dem Augenwinkel sah Mary neue geisterhafte Wesen des Kannibalismus, in ihrer Wohnung umherschweben. Das sind ganz üble Gestalten, sie fressen sich mit Vorliebe gegenseitig auf, und zu ihrer Leibspeise gehören Bestatter, weil sie mit Leichen zu tun haben, und nach all den Jahren den Geruch des Todes angenommen haben, den sie nie wieder von ihrer Haut abreiben können. Plötzlich konnte Mary wirres Durcheinandersummen der ungeladenen Gäste hören. Und einer von ihnen sprach zu ihr: »Danke, Mary, danke, wir nehmen deine Einladung gern an. Bestatter sind unsere Vorliebe. Es wird furchtbar für sie sein, mit uns Bekanntschaft zu machen.«

Mary blinzelte mit verweinten Augen zu einer mächtig großen und unansehnlichen Gestalt hinüber. Dann fasste sie sich und vergaß, dass Norman noch bei ihr war. Er hörte sie sagen, ohne dass er jemanden sehen konnte: »Aber nicht in meinem Haus, ihr werdet nicht in meinem Haus töten. Habt ihr mich verstanden?« Norman war entsetzt, er konnte es nicht ertragen, zuschauen zu müssen, wie sehr Mary mit ihren Nerven am Ende war. »Kein Wunder, dass sie so am Boden ist, jetzt auch noch der Tod ihres Bruders. Sie braucht Ruhe, sie braucht unbedingt viel Ruhe«, sprach er zu sich selbst, während er Mary sorgenvoll ansah und sie am liebsten nie wieder losgelassen hätte.

Norman hatte schon seit Längerem bemerkt, dass es mit Mary immer schlechter zu werden schien. Er stand ihr aber immer bei, und so auch jetzt. Behutsam nahm er sie und führte sie ins Schlafzimmer, wo sie sich aufs Bett setzte und mit verstörtem Blick zu Norman sah. Er sagte mit leiser Stimme: »Was auch immer mit dir geschehen ist, ich werde immer an deiner Seite sein und es nicht mehr zulassen, dass man dich schlägt oder schlecht behandelt.« Mit seinen letzten Worten wurde Marys Blick starr und leer. Mit Wut und Kraft in ihrer Stimme sagte sie:»Mich prügelt keiner mehr bis zur Ohnmacht durch die Wohnung, betrügt mich und sagt mir, wo es langgeht, niemand mehr. Niemand, hörst du, niemand, auch nicht Norman. Sollte ich das Geringste bemerken, werde ich es sofort im Ansatz ersticken.« Norman stand da und schaute Mary an, er konnte spüren, was man ihr alles in der Vergangenheit angetan hatte. Oft fragte er sich selbst, wo diese zarte Person die Kraft hernahm, um das alles zu überstehen.

Mary saß noch immer auf der Bettkante und konnte nicht mit dem Weinen aufhören. Es wurde Zeit, dass sie die Herrin der Vergebung aufsuchte, um endlich Frieden für sich zu finden. Aber wo sollte Mary sie nur suchen? Sie hielt sich ja nicht unmittelbar in ihrer Nähe auf, oder doch? Sie hatte zuvor noch nie von ihr gehört. Was aber nicht hieß, dass es sie nicht gab und Mary sie nicht finden würde.

Bei Marys letzten Gedanken klopfte es an der Wohnungstür, Mary sah mit ängstlichem Blick zu Norman und versteckte sich unter der dicken Bettdecke. Er beruhigte Mary und ging zur Wohnungstür, um einen Polizisten aus dem Revier zu begrüßen. »Hallo, Jeff, komm herein. Was ist los, was ist passiert?«, fragte er neugierig. Jeff lehnte die Einladung dankend ab und überbrachte ihm stattdessen nicht so gute Nachrichten. »Sir, sorry, aber ich muss Sie bitten, mit aufs Revier zu kommen. Es ist dringend. Im Fall der verstorbenen Familie Shire hat sich der Verdacht des Hausarztes Dr. Damsher mit großer Wahrscheinlichkeit bestätigt. Aber, bitte, kommen Sie, er ist auf dem Revier in Ihrem Büro und wartet darauf, Ihnen das mitteilen zu können.«

Entsetzt sah Norman den Kollegen an. Gleichzeitig schwebten die kannibalischen Geister aufgeregt um ihn herum, und Norman nahm einen fauligen Verwesungsgestank wahr. Er öffnete nasenrümpfend die Fenster und erklärte Mary, dass er noch mal ins Büro gerufen wurde, etwas sehr Dringendes würde dort auf ihn warten. Dann nahm er seinen Mantel und den Hut von der Garderobe und verließ die Wohnung mit schnellen Schritten. Mary hörte die Wohnungstür ins Schloss fallen.

Tief in Gedanken sagte Mary zu sich selbst: »Ich spüre, dass es nichts Gutes bedeutet, dass Norman ins Büro gerufen wurde. Bis jetzt hatten er und die Polizei nicht eine einzige Spur. Aber dieser Nichtsnutz von Dr. Damsher ist zu neugierig. Überall muss er seine Nase reinhängen.« Die kannibalischen Geister schwebten mit Gier nach Menschenfleisch im Zimmer vor Mary, wo einer zu ihr sprach: »Nun ja, lass dich nicht aus der Fassung bringen. Der fette Mops Dr. Damsher hat auch nicht die Weisheit mit Löffeln gefressen. Er spielt sich gern auf und meint, er wäre etwas Besonderes. Auffressen würde ich ihn aber dennoch sehr gern. Meinst du, du könntest da etwas für uns tun, Mary?« Mary schaute den Geist mit großen Augen an und sagte: »Hm, also ist dieser Dr. Damsher auch schon bekannt. Ich warte ab, was Norman mir heute Abend berichten wird, dann sehen wir weiter. Wird der Doktor für mich eine Gefahr, dann werde ich dafür sorgen, dass er ein Abendmahl für euch sein wird, aber wenn ich nichts zu befürchten habe, steht er nicht auf der Liste jener, die aus dem Weg geräumt werden müssen.« Mary wirkte bei ihrer Unterhaltung mit den Geistern sehr bestimmend, sodass man das Gefühl haben konnte, dass sie versuchte, sich vor ihnen zu schützen oder ihnen aus dem Weg zu gehen.

Sie sprach weiter zu den Kannibalen: »Machen wir uns an die Arbeit, die Zeit ist knapp, denn Norman wird am Abend zurück sein, und ich habe noch ganz andere wichtige Dinge zu erledigen. Ihr wollt doch bestimmt heute noch die Furien aus dem Bestattungsunternehmen fressen, oder?« Nachdem Mary das ausgesprochen hatte, schwebten die Geister blutrünstig umher und fingen an, sich untereinander aus Gier anzufressen. Mary hüllte sich in einen schwarzen Samtumhang mit großer Kapuze, die sie über ihr blauschwarz schimmerndes Haar gelegt hatte, sodass man nur bei genauerem Betrachten ihre wunderschönen Lippen sah.

AUCH BESTATTER KÖNNEN FURIEN SEIN

Im Schatten der tiefschwarzen Dunkelheit eilte Mary durch geheimnisvolle enge Gassen, die nicht von den Gaslaternen in der Nacht beleuchtet wurden. Die Bewohner dieser Straßen hatten nicht allzu viel zu verlieren und scherten sich einen Dreck darum, wie es anderen ging. Jeder musste hier zusehen, wie er sein Leben fristete. Totenstille herrschte in dieser trostlosen Gegend, weil sich niemand in der Dunkelheit vor die Tür wagte, denn das Morden und die Gewalt waren nachts am größten. In der Ferne konnte man Hundekläffen hören. Nur ein paar fette Ratten, die meist mehr zu fressen hatten als manch ein Bewohner dieser ärmlichen Gegend, kamen aus den Ecken hervor und kreuzten Marys Weg. Es graupelte, und Donnerschläge untermalten Marys Mordlust.

Ganz am Ende der unheimlichen Gegend stand das Haus der beiden Bestatterinnen, dunkelrot gestrichen und in passende schwarze Fensterrahmen und Haustür gekleidet. Schon das Grundstück sah nicht gerade einladend aus, wobei man das Gefühl bekam, in eine andere Welt einzutreten. In den unteren Räumen des alten aus Ziegelsteinen gefertigten Hauses befand sich das Geschäft. Durch ein großes Schaufenster waren aufgestellte Särge zu sehen, ansonsten war kein weiterer Blick ins Innere des Geschäftes freigegeben. Oben waren die Wohnräume der verkommenen Weiber. Einige Geister waren Mary vorausgeschwebt, wobei andere zu ihrem Schutz bei ihr geblieben waren. Mary sah durch ein kleines Fenster ein Kerzenlicht flackern, bei genauerem Hinschauen konnte sie die beiden elendigen, krummen Gestalten erkennen. Dämlich vor sich hin lachend, konnte Mary hören, worüber sie sich unterhielten. »Na, mein liebes Töchterchen, was meinst du? Bist du bereit zum Leichenfleischernten und für eine gute Mahlzeit?«, lachte die alte Böse. »Aber natürlich, altes Mütterchen, bin ich bereit, es wird mal wieder Zeit, dass es Gold und Silber für uns regnet und ein guter fetter Braten auf den Tisch kommt. Manch ein Bewohner hatte sowieso viel zu viel davon«, lachte sie. Beide liefen durch einen langen dunklen Gang in ihrem Haus, der zu einer geheimen Tür führte.

Mary eilte mit großer Vorsicht und in Bereitschaft, die beiden noch in derselben Nacht zu töten, hinter ihnen her und konnte die Alte sagen hören: »Puh, das stinkt hier oben aber plötzlich gewaltig nach fauligem Fleisch. Und es ist so schrecklich kalt hier. Hast du denn nicht das Haus geheizt, wie ich es dir aufgetragen hatte?« Nachdenklich und naserümpfend, nahm die Jüngere auch wahr, was ihre Mutter festgestellt hatte, aber es störte sie nicht im Geringsten und erhitzte nur noch mehr ihre gestörten Gedanken. Die Gier nach Gold, Silber und Menschenfleisch war größer als der Gestank, der von den kannibalischen Geistern kam, die ihre Mahlzeiten nicht mehr aus den Augen ließen.

Nachdem die beiden die Tür erreicht hatten, öffneten sie diese gemeinsam, weil sie sehr schwer war. Nach dem Öffnen strömte eine noch eisigere Kälte den beiden verwunderten Weibern entgegen. Aber auch davon ließen sie sich nicht abhalten. Sie hüllten sich in ihre warmen, selbst gestrickten, grobmaschigen, schwarzen Umhänge und stiegen mit einem Kerzenleuchter in der Hand eine lange Treppe hinunter, bis sie in einem kleinen Vorraum standen und die Alte einen kreisrunden mit Blut verschmierten Schlüsselbund nahm, der an ihrem Rock mit einer Kette befestigt war. Nachdem sie den richtigen Schlüssel gefunden hatte, steckte sie ihn ins Schloss und öffnete eine weitere Tür. Gleich darauf war leises Wimmern zu hören, das von Menschen zu kommen schien. Als die beiden bösen Weiber den riesigen Raum betreten hatten, zündeten sie mit ihrem Kerzenlicht die an den Wänden hängenden Fackeln an und schimpften dabei schrecklich:»Hört sofort mit dem Gejammer auf, ihr widerlichen, vor Gold stinkenden, reichen Ratten! Ihr werdet noch jeder rechtzeitig drankommen, einer nach dem anderen.«

Im Lichtschein der Fackeln konnte Mary, die dort mittlerweile unbemerkt angekommen war, aus ihrem Versteck heraus beobachten, was die zwei Weiber da unten versteckt hielten. Und dabei kam ihr eine Idee, die ihr ganzes Problem mit einem Mal lösen würde. Sie würde alle verschwundenen und von ihr und den Geistern getöteten Vermissten den beiden bösen Bestatterinnen an den Hals hängen. Dafür hatte Mary auch schon einen Plan.

Bei dem Anblick der verwahrlosten Gefangenen, die Hunger, Durst und andere Quälereien über sich ergehen lassen mussten, füllten sich ihre Augen mit Tränen, sodass Mary nur noch das Verlangen hatte, dem Ganzen ein Ende zu setzen und den Menschen zu helfen, sich zu befreien. Aber erst einmal beobachtete sie, was die beiden Weiber dort so alles getrieben hatten, um an das Gold und Silber der anderen zu kommen. Mary konnte in einer anderen Ecke des Raumes eine Art Schlachtbank erkennen, auf die die beiden Weibsbilder gerade einen ihrer Gefangenen mit gefesselten Händen und Füßen gelegt hatten. Neben dem Schlachttisch auf dem Boden waren aufgehäufte, von Knochenresten abgezogene Menschenhaut, Innereien und Schädel zu erkennen. Ihre Werkzeuge waren scharfe Messer, ein Fleischerhackbeil und was man sonst zum Zerkleinern von Fleisch brauchte. Manche Leichenteile drehten sie durch einen Fleischwolf, nachdem sie das Menschenfleisch vom Knochen geschält hatten.

Mary beobachtete, wie sich die beiden Bestatterinnen Schutzkleidung anzogen und dabei waren, den noch Lebenden auf dem Schlachttisch an Händen und Füßen mit einer stumpfen Säge zu bearbeiten, um ihm anschließend mit dem Hackbeil den Knochen zu durchtrennen und die abgetrennten Hände und Füße auf den blutgetränkten Steinboden fallen zu lassen. Laut schreiend, wurde das Opfer auf dem Schlachttisch wahnsinnig und fiel in eine todesähnliche Ohnmacht. Die Alte sagte mit sehr strengem Ton zu ihrer Tochter: »Los, hol den Leicheneimer und sammle das gute Fleisch ein. Und hör auf, deinen Durst am Blut zu stillen, du bekommst noch früh genug deine Mahlzeit. Aber erst muss die Arbeit erledigt werden.«

Die kannibalischen Geister konnten es kaum abwarten, bis sie sich endlich an den beiden Bestatterinnen bedienen durften. Die weinenden und jammernden Gefangenen mussten alles mitansehen.

Einer der Geister schwebte neben den blutverschmierten Weibern und leckte jede von ihnen mit seiner langen Zunge ab. Er schmatzte und genoss es, das Blut auf seiner Zunge zu spüren. Manchmal knabberte er an ihnen, sodass sie laut aufschrien, weil sie bemerkten, wie sich spitze Zähne in ihre verrunzelte, ungepflegte Haut gebohrt hatten und kleine Wunden an ihren Armen hinterließen. »Wenn wir hier fertig sind, dann muss die Bude ausgeräuchert werden, überall die Flöhe, die von den Ratten auf uns überspringen. Hast du denn nicht das Gift verteilt, Judy, so wie ich es dir vor ein paar Tagen aufgetragen hatte?«, fragte die Alte mit boshafter Stimme ihre Tochter, die ihr ungehalten antwortete: »Doch, habe ich, wenn es wieder mal nicht zu deiner Zufriedenheit erledigt wurde, dann mach es doch das nächste Mal selbst.«

Elinor, die Alte, schaute mit bösem Blick zu ihrer Tochter, die gerade dabei war, sich ein Stück Menschenfleisch von dem inzwischen verstorbenen Opfer auf dem Schlachttisch zu schneiden und es an Ort und Stelle mit großer Gier zu fressen. Dabei hing ihr der kannibalische Geist regelrecht an den Lippen. Mit lautem Geschrei vor Wut lief die Alte humpelnd mit dem Hackebeil in ihrer rechten Hand rüber zu ihrer ungehorsamen Tochter, um ihr Respekt beizubringen. Außer sich vor Wut fing sie an, auf sie einzuschlagen. Die schlecht erzogene Tochter aber hatte es satt, sich von ihrer boshaften Mutter immer und immer wieder herumkommandieren zu lassen. Sie griff nach dem großen schwarzen Fleischermesser und stach auf die Alte ein. Ein blutrünstiger Kampf zwischen Mutter und Tochter war entfacht. Wie zwei völlig hysterische Tiere waren sie aufeinander losgegangen. Die Tochter stach hemmungslos tief klaffende Wunden, aus denen das Blut ihrer Mutter schoss. Mary genoss das Schauspiel der Grausamkeit. Dann sah sie, wie die Alte ihrer Tochter den Kopf in kleine Stücke hackte, was ihr den Tod brachte. Die Alte bäumte sich auf und wischte sich Blut und Fleischreste aus dem Gesicht. Aus allen Ecken kamen mit lautem Geschrei die kannibalischen Geister und fingen sofort an, die Tochter aufzufressen. Auch die Alte konnte dem Anblick des auf dem Boden liegenden zerhackten Fleisches nicht widerstehen, stürzte sich gierig auf das zermatschte Fleisch und fraß die Teilchen mit lauten, schmatzenden Geräuschen auf. Sie leckte noch Sekunden später mit der mit den Fleischresten belegten Zunge die blutigen Reste vom Boden. Dass sie selbst verblutete, hatte die Alte in ihrem Blutrausch vergessen.

Als sie minutenlang den Boden abgeleckt hatte, weil sie nicht genug bekommen konnte, sah sie plötzlich um sich herum die übel stinkenden, gefräßigen, kannibalischen Geister. Aufgeschreckt von dem Bösen, kroch sie laut jammernd in Marys Richtung und zog eine Blutspur hinter sich her, die einige der kannibalischen Geister angelockt und diese dazu verführt hatten, die Alte noch im Davonkrabbeln zu fressen. In großer Freude trat Mary aus ihrem Versteck und stand, mit aufmerksamem Augenaufschlag da, der auf die Alte gerichtet war.

Mit zerzaustem Haar und der Stimme des Bösen sprach Mary zu der Alten: »Du dreckige Betrügerin, du leichenfressendes Weib, du sollst es am eigenen Leibe erfahren, wenn man innerlich aus Traurigkeit und völliger Verzweiflung zerfressen wird. Viel musste ich ja nicht dazu beitragen, dich und deine gierige Tochter zu erledigen. Ihr Schweine habt mir die ganze Arbeit abgenommen. Den Rest werden meine kannibalischen Freunde erledigen.« Dabei lachte sie lauthals vor Freude. Die Geister des Kannibalismus fraßen sich von außen nach innen durch den Körper der bösen, vor Schmerz schreienden Bestatterin. Gierig verschlangen sie Gedärm, Herz, Lunge, Leber und Nieren. Als nur noch die alte Haut der

Bestatterin übrig war, zogen und rissen sie an ihr wie Tiere und ließen einzelne Fetzen in ihren gierigen Mäulern verschwinden. Nachdem alles zu Marys Zufriedenheit erledigt war, machte sie sich mit schnellem Schritt auf den Heimweg. Sie konnte Normans Heimkehr kaum erwarten. Sie war es satt, ständig von den üblen Geistern und dem Bösen umgeben zu sein. Sie konnte sich noch was anderes vorstellen in ihrem Leben, auch wenn sie noch nicht richtig wusste, wo, was oder wie.

Während Mary auf Normans Heimkehr wartete, schlief sie völlig erschöpft ein und fiel in einen Traum, in dem sie in einem hellen Licht die Umrisse der Herrin der Vergebung sah, die von zartem Glockenklang begleitet wurde. Mary konnte in ihrem Traum nicht erkennen, wo sie sie finden konnte. Doch spürte sie beim Erwachen, dass es ein Hinweis gewesen sein musste. Sie richtete ihre ganze Aufmerksamkeit darauf. Wäre da nicht noch ein weiteres Problem zu erledigen gewesen. Es sollte Marys letzte Rache werden, bevor sie die Herrin der Vergebung finden würde.

ENE, MENE, MECK, VERWALTER UND VERMIETER WEG

Als es plötzlich an der Haustür von Mary und Norman klopfte, sprang Mary aus ihrem Sessel, schaute mit großen Augen zur Wohnungstür. Ihr Atem ging schnell, und sie hatte große Angst vor dem, was da draußen vor der Wohnungstür auf sie warten könnte. Dann klopfte es wieder, bis sie all ihren Mut zusammenfasste und zur Wohnungstür lief. Als sie ihr Ohr an die Tür gelegt hatte, hörte sie die Stimme ihrer Nachbarin aus der ersten Etage. »Mrs. Rowlands, sind Sie zu Hause? Ich weiß, dass Sie zu Hause sind, ich habe Sie schon in aller Frühe in ihrer Wohnung gehört.«

Mary verdrehte die Augen, Unsicherheit und Ängste stiegen in ihr auf, sich jetzt mit der neugierigen Ziege unterhalten zu müssen. Mary öffnete die Wohnungstür und sah in das aufgesetzte, doofe Grinsen der vor Neugier platzenden Person, die voller Ungeduld auf das Öffnen der Türe gewartet hatte. »Guten Morgen, bitte entschuldigen Sie, dass es so lange gedauert hat. Ich war in einen festen Schlaf gefallen«, entschuldigte sich Mary.

Die neugierige Nachbarin warf einen Blick in die Wohnung und drängelte sich an Mary vorbei. Sie schaute sich in der Wohnung von Mary und Norman um, und man konnte beobachten, dass sie ihren Neid nicht verbergen konnte. Schnippisch und wütend über den schönen Anblick sagte sie:»Habt ihr immer eure Vorhänge zugezogen? Das macht die Wohnung ja sehr dunkel. Wir hatten früher auch so viel herumstehen, heute nicht mehr, warum auch.« Sie warf ihren Kopf mit Hochmut in den Nacken und lief, ohne Mary noch einmal zu beachten, aus der Wohnung.

Mary ließ die Vorstellung ihrer Nachbarin nicht in Ruhe, sie sah das Bild vor sich, wie diese sie neidvoll angesehen hatte, was Mary nicht verstand, und das machte sie traurig.

Bald kam Norman aus dem Polizeipräsidium nach Hause und sah, wie die Nachbarin, die auf den Treppenstufen ausgerutscht sein musste, tot vor ihrer Haustür lag. Norman leitete alles ein, um ihr Leben zu retten, aber es war zu spät.

Mary stapelte gerade die letzten Brotscheiben auf einem Teller, als sie Norman sagen hörte:»Guten Morgen, Liebling, ich bin zurück. Müde, aber ich bin jetzt bei dir.« Absichtlich erzählte Norman Mary nichts von dem schrecklichen Unfall mit der Nachbarin. Viel zu sehr hätte Mary sich darüber aufgeregt. Die Wohnung roch nach frisch aufgebrühtem Kaffee, und der bunte Blumenstrauß auf dem Tisch verlieh dem Morgen eine besondere Atmosphäre.

Norman stand im Türrahmen, sah Mary an und sagte mit Sehnsucht in den Augen:»Weißt du eigentlich, wie schön du bist, Liebste?« Mary überging das und machte ihn auf das Frühstück aufmerksam. Nachdem er sich umgezogen hatte, nahm er auf einem Stuhl Platz. Beim Frühstück erzählte Norman Mary von den erfolglosen Ermittlungen wegen der vielen verschwundenen Menschen. Sie hörte ihm aufmerksam zu. Die Unterhaltung wurde durch das Klingeln des Telefons unterbrochen. Norman nahm das Gespräch an, und Mary hörte, wie er kauend sagte:»Ja, ja. Wie meinen Sie das? Aber, aber. Sie verdächtigen wen, bitte? Das ist doch nicht Ihr Ernst, das ist doch völliger Quatsch! Von den Toten ist bisher noch keiner wiederauferstanden. Das ist völliger Unsinn, Boomer. Ich bin gleich da.« Als Norman mit Boomer das Gespräch beendet hatte und nur wenige Minuten später in seinem Anzug zu Mary an den Frühstückstisch geeilt war, verabschiedete er sich mit einem Kuss von ihr und rief ihr beim Verlassen der Wohnung zu:»Ich bin bald zurück und erkläre dir alles am Abend.« Die Tür fiel ins Schloss, und Mary saß mit einem ernsten Gesichtsausdruck da, denn sie dachte immerzu an die entführten Menschen, die sich in der Folterkammer der Bestatterinnen befanden.

Norman fuhr mit schnellen Rädern durch kleine Wasserpfützen und lehmigen Boden. Nebel bedeckte den Boden des Grundstücks der verschwundenen Bestatterinnen. Im Haus brannte noch überall Licht, und eine eisige Kälte, die den zuvor eingetroffenen Polizeibeamten Boomer und seinen Kollegen entgegenströmte, verunsicherte diese, die es bevorzugt hätten, besser draußen vor dem Haus auf Inspektor Norman Brighton zu warten.

Geisterhaftes Gestöhne kroch durch die Ritzen der undichten Fenster, während sich der Himmel mit schwarzroten Wolken zuzog. Es war ungewöhnlich für Norman, der gleich nach dem Aussteigen aus seiner Kutsche mit scharfem Blick in den Himmel geschaut hatte und sagte:»Blutwolken, hm. Die kenne ich nur aus Gruselgeschichten.« Auch ihm kam es seltsam vor, dass nur auf dem Grundstück der Bestatterinnen der dichte Nebel waberte und der Himmel mit schwarzroten Wolken, den Blutwolken, wie er sie genannt hatte, verhangen war. Was hatte das nur wieder zu bedeuten? Norman lief zu seinen Kollegen und sagte:»Schon seltsam, was? Der Nebel und die rotschwarzen Blutwolken. Nicht gerade einladend, Boomer.«

Norman sah sich um und schien in Sorge zu sein, was da im Hause auf sie zukommen könnte. Wenn er es auch nicht gern zugab, war ihm nicht wohl bei der ganzen Sache:»Na, dann wollen wir mal. Wenn die Herren mir bitte folgen wollen«, sagte er und hatte beim Begehen des Hauses seine Hand an der Pistole.

Vorsichtig näherten sich die Polizisten dem angstmachenden Haus.

Die Eingangstür schlug der aufheulende Wind auf und zu, bis Norman sie mit seinem linken Fuß stoppte und mit aufmerksamem Blick versuchte, sich von außen einen ersten Eindruck vom Inneren des Hauses zu verschaffen, was aber nicht so einfach war. Plötzlich war es stockdunkel, die Lichter im Haus waren wie von

Geisterhand ausgeschaltet worden. Stöhnen und übler Gestank von Verwesung und fauligem Fleisch strömte den Polizisten entgegen, deren Gesichter weiß wie Wände geworden waren, sodass sie sich kaum auf das Wesentliche konzentrieren konnten. Norman sagte mit einem Hustenanfall: »Boomer, sag den Männern, dass sie sich ihre Taschentücher vor Mund und Nase binden sollen.« Der Polizist Boomer befolgte den Rat. Alle kramten aufgeregt in ihren Uniformen und holten ihre Taschentücher heraus, um sie sich vor Mund und Nase zu binden. Viel brachte es nicht, aber es war doch etwas erleichternd, sodass alle das Haus betreten konnten.

Vorsichtig machten sie sich mit langsamen Schritten ins Innere des Hauses auf, wo es ihnen immer unwohler wurde. Aus fast allen Ecken hörten sie es krabbeln und kriechen. In den oberen Etagen war es nicht anders, die Polizisten schauten mit aufmerksamem Blick an die Zimmerdecke und versuchten, die Geräusche aus der ersten Etage zuzuordnen, die sich anhörten, als würde jemand die Möbel verrücken. Norman deutete mit einer winkenden Handbewegung nach vorn den Kollegen an, dass es weitergeht. Er machte große Schritte in Richtung tiefschwarze Dunkelheit auf die Tür zum Keller zu. Als alle dort angekommen waren, liefen sie mit großer Vorsicht die steile Treppe hinunter.

Je näher sie kamen, desto mehr konnten sie eine Mischung aus leisem Wimmern, Schmatzen und Fressgeräuschen hören. Als die Polizisten in der Folterkammer der Bestatterinnen standen, ließen sie ihre Blicke durch das Gemäuer schweifen. Dann sahen sie den aufgehäuften, von Fliegen umschwärmten Knochenberg, abgezogene Hautreste sowie ausgepulte Augäpfel, die zerstreut herumlagen. Der Anblick war hart. Einer der Polizisten sagte fast flüsternd: »Sir, drehen Sie mal bitte Ihren Kopf langsam nach rechts.«

Norman und auch die anderen taten das, und was sie sahen, verschlug ihnen allen die Sprache. Es war so grausam, dass der Anblick sie fast ohnmächtig werden ließ. Die Gefangenen, die Mary absichtlich nicht befreit hatte, weil es zu ihrem Plan gehörte, dass Norman sie fand, saßen eng aneinander gekauert, blutverschmiert, in Erbrochenem und in Fäkalien auf einem von Ratten zerfressenen

Jutesack und waren mit schmatzenden Geräuschen dabei, einen von ihren mit großem Appetit zu verspeisen. Ihr Anblick ließ darauf schließen, dass sie schon mehrere Wochen ohne Nahrung hier unten sein mussten.

Wie Tiere versuchten sie, die Polizisten mit lautem Knurren und zischenden Geräuschen von sich abzuhalten. Die Polizisten hielten ihre Hände dicht an ihren Pistolen und waren auf alles gefasst. Norman versuchte mit beruhigenden Worten, die kannibalisch fressenden Menschen mit ausgestreckter Hand zu beruhigen und sagte: »Boomer, bitte veranlassen Sie, dass wir hier dringend Ärzte und Verstärkung brauchen. Machen Sie schon, denn ich weiß nicht, wie lange ich die Kannibalen unter Kontrolle halten kann.«

Boomer machte sich sofort auf den Weg nach oben, um Verstärkung und Ärzte zu holen, die nicht lange auf sich warten ließen. Nachdem die Gefangenen von den Ärzten mit starken Beruhigungsmitteln ruhiggestellt worden und unter Kontrolle waren, brachte man sie in verschiedene Kliniken, wo sie für Monate intensiver Behandlungen bis zu ihrer Gesundung bleiben würden.

Beim Verlassen des Hauses war Norman der Letzte. Er hatte sich noch einmal gründlich umgeschaut und nahm plötzlich Gestank und eine eisige Kälte wahr. Er schüttelte sich, sah mit weit aufgerissenen Augen auf und konnte eine geisterhafte Gestalt erkennen, die wie eine Schlange auf ihn zukam.

Ihr widerliches Aussehen verunsicherte Norman, er konnte bei näherem Betrachten eine Ähnlichkeit mit der alten Bestatterin erkennen. Mit hasserfüllter, krächzender, geisterhafter Stimme und unverständlichen Worten rief sie immer und immer wieder: »Mary, Mary, Mary.« Rückwärts gehend und mit großer Vorsicht lief Norman aus dem Haus und ließ seinen Blick nicht von der herannahenden Bestatterin, die jetzt ein Geist des Kannibalismus war. Dann bemerkte er, dass weitere kannibalische Geister versucht hatten, sich mit großer Anstrengung durch den holzigen Fußboden zu quetschen, und mit derselben großen Gier Norman fressen wollten und nach ihm griffen. Der aber konnte sich in letzter Sekunde ins Freie begeben.

Vor Aufregung stand er mit seinen Händen an den Knien in gebeugter Haltung da und rang nach Luft. Sein Herz raste vor Aufregung, so etwas hatte er noch nie gesehen. Nachdem er einigermaßen atmen konnte, ordnete er an, dass die Eingangstür sowie die Fenster im Erdgeschoss mit Brettern vernagelt werden, bis man wusste, was mit dem Grundstück und Anwesen passieren würde.

Nach getaner Arbeit verließen die Polizisten das grauenhafte Grundstück und waren froh, lebend rausgekommen zu sein. Derweil hatte Mary sich zum neu gebauten Haus ihres vorherigen betrügerischen Vermieters aufgemacht, um ein ernstes Gespräch mit ihm zu führen. Er schuldete Mary noch sehr viel Geld, das er ihr mit geheuchelter Freundlichkeit regelrecht abgeschwatzt hatte, indem er so tat, als wäre er mehr Freund als Vermieter für sie ist.

Die Mietwohnung war immer feuchter geworden und die Wände, die Rückwände der Möbel, das Innere der Schränke und die Fußböden waren mit schwarzem Schimmel befallen, was ein weiteres Mietverhältnis unmöglich machte. Und so kam es, dass Mary und Norman aus der Schimmelwohnung ausziehen mussten. Natürlich hatte Mary ihr Geld vom Vermieter zurückverlangt, was er ihr jedoch auf keinen Fall zurückgeben wollte.

Ihre Gedanken kreisten ständig darum, die Vergebung zu finden, denn es musste sich in ihrem Leben etwas ändern und das ganze Töten musste aufhören. Die Sorgen fraßen sie immer mehr auf, und sie selbst schien mit ihren Nerven immer mehr am Ende zu sein. Sie befürchtete, dass die Angst um sich selbst berechtigt war. Bisher wusste noch niemand von ihren bestialischen Morden, den vielen Geistern und dem Bösen. Und so sollte es auch bleiben. Mary wollte unbedingt in Ruhe und Frieden leben können, doch sollten ihr alter Vermieter und der Verwalter die Letzten sein, an denen sie sich grausam rächen wollte.

Derweil war Norman auf der Polizeiwache eingetroffen und versuchte, mit seinen Kollegen Licht ins Dunkle zu bringen. Alle standen von dem Erlebten völlig unter Schock und mussten sich erst einmal von einem Arzt behandeln lassen, der ihnen Beruhigungsmittel verabreichte. Das spielte Mary in die Hände, denn so hatte sie genügend Zeit, ihr letztes Vorhaben in Ruhe zu Ende zu bringen.

Mit klaren Gedanken und neuer Entschlossenheit war sie sich sicher, dass das der richtige Schritt war. Allerdings könnte es etwas schwieriger werden, denn Mary sah, dass ihr Vermieter nicht allein zu Hause war. Sie versteckte sich hinter einem Baum, der nicht weit vom Haus entfernt stand, und flüsterte sich selbst zu: »Der dreckige Kerl, der verkommene Verwalter ist auch da. Na, das sollte kein Problem für mich sein. Wenn ich es geschickt angehe, dann habe ich zwei Schweine mit einer Klappe geschlagen.« Sie wirkte äußerst entschlossen.

Mary bewegte sich auf das Haus zu und brachte sich in Stimmung, gleich zu töten. Vor Aufregung kribbelte es in ihrem Körper, und sie spürte, dass sich der Boden unter ihren Füßen zu bewegen begann. Ihre Gedanken kurz auf das kalte Erdreich gerichtet, bemerkte sie, dass es Geister waren, die ihr zu Hilfe eilten, unter dem lehmigen Boden hervorgekrochen kamen und ihn wie Wellenschläge aufwühlten. Eine gespenstische Atmosphäre baute sich langsam auf, als Mary sich auf das Böse einließ. Doch spürte sie auch, dass es etwas schwieriger werden könnte, diesen letzten Auftrag auszuführen, denn es fehlte ihr an Kraft. Mary war sehr erschöpft.

Aus der Ferne hörte Mary die Geister des Lügens und des Betruges, wie sie ihr zuriefen: »Keine Angst, Mary, du wirst das schon schaffen, so wie du alle Morde bisher geschafft hast. Wir sind ja da und helfen dir.« Sie schaute sich nicht um, ihr Blick war nur auf die beiden Männer im Haus gerichtet. Sie war dabei, sich einen Plan auszudenken, wie sie die beiden töten würde. Es sollte für die beiden ein so grausamer Tod werden, wie es zuvor noch keinen Tod gegeben hatte. Die Geister aber ließen Mary nicht in Ruhe und riefen ihr mit großer Ungeduld zu: »Immerhin geht es hier um dich, unsere guten Freundin Mary Rowlands. Du hast dich vereint mit dem Bösen, mit der tiefschwarzen Nacht, deiner Verbündeten, die dich für alle unsichtbar gemacht hat.«

Mary schaute zu den immer mehr werdenden Geistern und sagte: »Ich werde tun, was ich kann. Denn was würde ich nur ohne euch machen? Allein hätte ich diese Grausamkeiten nicht ausführen können.« Die Geister antworteten Mary mit Freude: »Die Frage, meine Gute, stellt sich ja zum Glück nicht, denn du wirst von uns gelenkt, und wir werden für immer an deiner Seite sein, liebste Mary.« Für immer an deiner Seite sein, der Satz hallte noch minutenlang in Marys Ohren nach und breitete sich in ihren Gedanken wie ein Meer voller Alpträume aus. Aber um ängstlich zu sein, hatte sie jetzt keine Zeit, das würde ihrem Töten nur hinderlich sein, sodass die Geister und das Böse es vielleicht bemerken würden, dass Mary von ihnen wegzukommen versuchte. Und so vereinte sie sich wieder einmal mit dem Bösen. Gemeinsam planten sie das weitere Vorgehen.

Nachdem Mary sich mit der tiefschwarzen Nacht einig geworden war, die ihr dabei half, unsichtbar zu werden, wurde es Zeit, ihren Plan umzusetzen.

Von draußen sah Mary durch das Fenster, wie die Männer sich mit Frauen, die nicht ihre eigenen waren, köstlich amüsierten und ein Abendmahl zu sich nahmen. Bei Kerzenschein und romantischer Musik schienen sich alle vier in ihrer Gesellschaft recht wohlzufühlen. »Also, dieses Essen, damit hat sich der Koch mal wieder völlig selbst übertroffen, was?«, sagte Nossle, Marys alter Vermieter, woraufhin die anderen am Tisch mit schmatzenden Geräuschen zustimmten. Dass die da drinnen so froh gestimmt waren, machte Mary nur noch wütender. »Warum stutzt du so, Mary? Würdest du nicht auch viel lieber dort drinnen am Tisch sitzen und dir das gute Essen schmecken lassen?«, fragte einer der Geister, der Marys hasserfüllten Blick sah und ihn genoss.

Mit leichenblassem Gesicht und großer Wut in ihrer Stimme antwortete Mary: »Aber nicht mit diesen verkommenen Schweinen, ich darf nicht darüber nachdenken, gemeinsam mit denen an einem Tisch zu sitzen. Ich könnte auf der Stelle kotzen.« Die Geister schwebten in voller Erregung, gleich töten zu können, um Mary und das Haus herum. Mary machte das sichtlich nervös, und sie regte sich nur noch mehr darüber auf. So sagte sie mit einem sehr bestimmenden Ton: »Was stimmt mit euch nicht, hört auf, so gierig zu sein. Ihr bekommt noch alle früh genug eure Mahlzeit.« Laut schmatzend und sabbernd, versuchten die Geister des Betruges und des Diebstahls, sich zusammenzureißen, was schwer für sie war. »Dass ihr auch immer so gierig sein müsst«, stöhnte Mary. Einer der Geister war aber nicht so geduldig wie die anderen. Er war der Boshafteste dieser Runde. Aufgebracht schwebte er zu Mary und wollte sich von der lebendigen zierlichen Frau nichts sagen lassen. »Mary?«, rief er ihr zornig mit tiefer Stimme zu. Die antwortet daraufhin völlig angstfrei mit scharfem Ton: »Ja.« Der aufgebrachte Geist bäumte sich vor Mary auf und versuchte, sie mit seiner gewaltigen Erscheinung einzuschüchtern, was ihm aber nicht gelang, denn Mary befand sich selbst schon im Zustand, bereit zu sein, alle vier in der Wohnung zu töten. »Wie lange willst du uns noch die Leckerbissen vorenthalten? Es wird sowieso nicht für alle reichen.« Mary lächelte mit bösem Augenaufschlag und sagte: »Ich habe euch immer die besten Leichen und Opfer aufgetischt, so werdet ihr auch heute auf eure Kosten kommen.« Der Geist antwortete ihr: »Natürlich hat es uns immer geschmeckt, aber nur diesmal sind wir zu viele Geister. Wenn du dich dazu entscheiden könntest, dass wir die andern beiden auch noch haben können, wäre es vielleicht in Ordnung.« Mary überlegte eine Weile, bevor sie dem Geist antwortete: »Nun ja, das stimmt schon. Aber die beiden Damen sind völlig unschuldig und haben mit der ganzen Sache nichts zu tun.« Der Geist war weiterhin erzürnt: »Mit deiner Sache vielleicht nicht, aber sie betrügen ihre Ehemänner und ihre Familien, stimmt's?« Mary schaute kurz zu ihm rüber, bevor sie ihm antwortete: »Wenn man das so sieht, hast du natürlich recht. Mach, was du für richtig hältst. Ich bin nur an dem Tod der beiden männlichen Personen interessiert. Mit allen anderen habe ich nichts zu tun. Hast du verstanden? Und nun geh zurück auf deinen Platz, denn es wird gleich losgehen«, forderte Mary den Geist mit strengem Ton auf, der nur widerwillig ihren Anweisungen folgte. Aus der Ferne rief er Mary zu: »Fehlt noch etwas, oder wann willst du beginnen?« Mary murmelte: »Halt deine Klappe!« Und sie beobachtete weiterhin, was im Hause vor sich ging. Es wirkte, als müssten sie sich erst noch richtig in Stimmung bringen.

»Hört mir zu, spätestens beim neunten Glockenschlag, noch während des Nachtischs, werden wir zum ersten Gang übergehen. Alles muss spurlos von euch verzehrt werden, nichts darf darauf hinweisen, dass ich hier am Tatort war. Habt ihr das alle verstanden?«, wollte Mary wissen, denn es befanden sich unter den Geistern auch ein paar Neulinge. Die Geister bejahten Marys Aufforderung: »Aber ja doch, Mary, immerhin bescherst du uns ein fantastisches Leichenfressen.« Mary räusperte sich und sagte: »Ihr helft mir, und dafür solltet ihr auch reichlich belohnt werden. Ich möchte niemandem etwas schuldig bleiben, auch nicht euch Geistern.«

Dann wurde es für eine ganze Weile still in der Umgebung. Das Personal räumte im Haus den Tisch ab und richtete das Esszimmer für den nächsten Morgen her. In der Küche wurde das Geschirr gespült und in die Schränke geräumt, einige der Angestellten packten sich die Reste des Abendmahls ein, um sie mit nach Haus zu ihren Familien zu nehmen. Es wäre eine Schande gewesen, das köstliche Essen in den Müllschlucker zu werfen. Der Hausherr Nossle begab sich, nachdem er das Personal nach Hause geschickt hatte, mit seinem Verwalter und dem Damenbesuch in den Wintergarten, um einen Sekt auszuschenken. Nossle und der Verwalter wollten sich auf das Liebesspiel mit den blonden Schönheiten vorbereiten.

Sternenklar war die Nacht, und der Mond stand so hell wie nie zuvor hoch oben am Himmel und leuchtete den Damen. Als Nossle gerade dabei war, seinen Besuchern den Nachtisch zu reichen, schlug es neun Mal. Es war so weit, der Zeiger auf der Standuhr im Wohnzimmer hatte sich auf die Neun gesetzt. Die Damen wollten sich einen kleinen Spaß mit den Männern erlauben und liefen kichernd in die Dunkelheit, über den Rasen. Auf dem angrenzenden Grundstück versteckten sie sich hinter der dicken, knorrigen Eiche, die das Aussehen einer muskelbepackten männlichen Person angenommen hatte und die die beiden schreienden Frauen mit ihren starken Ästen, die wie Arme aussahen, umschlungen und dabei fest an ihre raue Baumrinde pressten, sodass die beiden Frauen keine Luft mehr bekamen. Sie schrien so laut sie nur konnten und befanden sich in einem Todeskampf mit dem geisterhaften Baum, der mit lauten Rufen seine Freunde, die Geister, zum Menschenfressen eingeladen hatte. Gierig kamen sie von überallher geströmt. Jeder wollte ein großes Stück der schon fast halb vom Baum aufgefressenen Frauen abhaben. Die Geister waren so gierig nach dem Menschenfleisch, dass sie es nicht schafften, leise zu sein. Und so kam es, dass Nossle und der Verwalter Ware auf das laute Geschrei und Gestöhne der hungrigen Geister aufmerksam geworden waren. Sie liefen in den Wintergarten, um nachzusehen, was da draußen los war. Dabei stellten sie mit Entsetzen fest, dass die Frauen verschwunden waren. Nossle und Ware sahen sich mit ernstem Gesichtsausdruck an. »Was ist nur da draußen los? Wo sind die dummen Hühner nur hin?«, wollte Nossle wissen. Sein Verwalter stand mit offenem Mund und schulterzuckend wie ein dummer Junge da. »Nun steh doch nicht so dumm herum, tu doch etwas, wo sind die Frauen hin, Mitchell Ware?«

Während die beiden Männer in heller Aufregung waren, saß Norman im Polizeipräsidium an seinem Schreibtisch, vor einem Berg mit Akten gehäufter Todesfälle, und meinte, dass er das Verschwinden der vielen Menschen gelüftet hätte und alles auf das Konto der beiden Bestatterinnen schreiben konnte. Und so fing er damit an, die Fälle sorgfältig zu sortieren und sie als aufgeklärt beiseitezulegen. Das würde die ganze Nacht lang dauern, sodass Mary in aller Zufriedenheit ihre Opfer töten konnte.

Inzwischen hatten Nossle und Ware sich nach draußen in den Garten begeben, wo sie leise nach den beiden Damen riefen. »Wo sind sie nur, warum antworten sie uns denn nicht?«, sagte Ware und wirkte dabei ängstlich. »Nicht so voreilig, Ware. Vielleicht spielen die beiden ja auch nur ein Spiel mit uns«, versuchte Nossle sie beide zu beruhigen.

Für die Geister bereitete Mary immer wieder wahre Festtage, die sie nicht mehr missen wollten. Sie freuten sich schon auf die beiden verunsicherten Männer. Sie konnten aus der Ferne riechen, mit wie viel Schlechtigkeiten und betrügerischen Absichten Nossle und Ware ihre Kunden betrogen hatten. »Mary, wann wirst du uns endlich die beiden auftischen?«, wollte ein sehr ungeduldiger Geist wissen, der von den Frauen nicht allzu viel abbekommen hatte. Mary sah zu ihm rüber und sagte:»Hör mir mal ganz genau zu, es ist so weit, wenn es so weit ist. Ich werde euch noch rechtzeitig mein Zeichen geben. Bis dahin haltet ihr euch allesamt auf Distanz, verstanden?« Die Geister befolgten nur ungern und knurrend Marys Anweisungen. Sie schwebten in den Startlöchern und waren so gierig wie schon seit Langem nicht mehr. Mary war ganz genauso aufgebracht wie die Geister, denn sie wollte zusehen, wie die beiden Betrüger ihren letzten Atemzug machten.»Ware, komm hier entlang«, sagte Nossle, der eine Kerze in seiner linken Hand hielt und versuchte, sich in der tiefschwarzen Nacht zurechtzufinden.

Das geisterhafte Gestöhne und der Nebel, der langsam über den Boden waberte, untermalte die unheimliche Atmosphäre, in der die beiden Männer sich befanden. Ohne es groß zu bemerken, hatten sie sich immer weiter vom Haus entfernt und liefen geradewegs auf den Waldrand zu. Als sie dort angekommen waren, hörten sie eine Stimme, die ihnen nicht unbekannt vorkam, sagen:»Guten Abend, die Herren. So spät noch auf den Beinen? Und dazu hier im dunklen Wald. Habt ihr denn überhaupt keine Angst?« Im Schatten des Mondlichts konnten die Männer eine zarte, schlanke Frau erkennen, die zwischen zwei hochgewachsenen Tannen stand, die wie Wächter aussahen. Ihre Stimme klang so verführerisch, dass ihr Verlangen nach der Unbekannten nicht mehr zu stoppen war. Selbst in der Dunkelheit konnten die beiden Männer erahnen, wie schön diese Frau sein musste.»Ich bin Nossle, Gary Nossle. Und das hier ist mein Verwalter Ware, Mitchell Ware«, stellte Nossle sich und seinen Verwalter vor.

Die Frau, die dort im Mondlicht zwischen den Tannen stand, war keine andere als Mary. Sie starrte die beiden mit ihren dunkelbraunen Augen an und glitt mit ihrer Zunge über ihre Lippen. Stotternd vor Aufregung und mit langsamen Schritten versuchten die beiden Männer, sich ihr zu nähern. Dass sie von unendlich vielen Geistern umgeben waren, hatte nicht einer von ihnen bemerkt. Sie nahmen nur den starken Gestank wahr, der von den Geistern kam.

Mit erhobener Hand hatte Mary sie dazu aufgefordert, auf der

Stelle stehen zu bleiben, was die Männer mit erschrockenem Gesichtsausdruck taten. »Habt ihr nicht was vergessen? Ihr seid doch hierhergekommen, um etwas zu suchen, oder?«, fragte Mary die beiden, die völlig vergessen hatten, dass sie auf der Suche nach den verschwundenen Frauen waren. Das Geschrei der verstorbenen Seelen drang aus der schwarzen Erde bis an die Oberfläche des lehmigen Waldbodens.

Plötzlich fingen die Bäume an, sich hin und her zu bewegen, und das Rauschen des Windes wurde immer stärker. Der Waldboden bebte heftig und teilte sich in zwei Teile. Mit nach Schwefel riechendem Gestank brodelte es mit glühend rotgelben Farben, die direkt aus der Hölle kamen, an verschiedenen Stellen des Waldbodens. An den Wänden des brodelnden Höllenfeuers krabbelten bestialisch gierige, menschenfressende Seelen mit einer Leichtigkeit hoch. Zähnefletschend kamen aus anderen Waldstücken riesige dreiköpfige Wölfe in rasendem Tempo daher, wobei jeder der Erste am menschlichen Buffet sein wollte.

Mary stand mit erhobenen Händen da, beschwor das Böse und lachte aus vollem Herzen grausam und laut. Vor Angst wurden Nossle und Ware bald wahnsinnig, doch alles Jammern und Winseln half ihnen nichts. Mary genoss den Anblick der laut heulenden Weichlinge und sah, wie sie sich ihre Hosen aus lauter Angst vollmachten. Geister, die nicht mehr länger warten konnten, begannen damit, ihre Finger abzufressen. Andere wiederum fraßen an ihren Füßen und Beinen. Weitere lutschten mit großer Gier ihre Augäpfel aus und leckten mit ihren Zungen durch die noch blutigen Augenhöhlen. Stück für Stück fraßen sie an den verlogenen Zungen der beiden und genossen es, als wären es Pralinen. An ihren Überresten hochgezogen, hingen sie kopfüber über dem brodelnden Höllenfeuer. Der Wind, der die beiden hin und her schwenkte und sie immer bis kurz vor die hungrigen Wölfe brachte, regte ihren Appetit nur noch mehr an, sodass diese immer, wenn sie einen der beiden zu packen bekamen, ein großes Stück Fleisch von ihren Knochen rausrissen.

Als die Qual mit dem Tod beendet wurde, rannten die Wölfe mit den Überresten der Knochen in den dunklen Wald und waren nicht mehr zu sehen. Zeitgleich fing der Waldboden an, sich wieder zu verschließen, und nach wenigen Minuten war von all dem Bösen nichts mehr zu sehen. Die Geister und das Böse hatten sich von Mary mit einem kurzen und knappen Knurren verabschiedet und verschwanden ins Nichts. Die tiefschwarze Dunkelheit begleitete Mary noch bis zum Haus von Nossle, aus dem Mary sich ihr gestohlenes Geld zurückholte, und brachte sie nach Hause.

Als Mary völlig erschöpft zu Hause ankam, war es tiefe Nacht, und alles schien in schönen Träumen zu liegen. Sie machte es sich mit einer Tasse Kaffee und einem besonderen Kerzenlicht gemütlich. Auf der kleinen, dicken Kerze war auf der Vorderseite das Bild der heiligen Mutter zu sehen. Mit verweintem Augenaufschlag schaute Mary auf das Bild und dann in das leicht hin und her flackernde Kerzenlicht. Plötzlich erschien ihr aus dem hellen Lichtstrahl die heilige Mutter mit einem sanften Lächeln. Mary faltete ihre Hände und fing zu beten an: »Herr, der du bist im Himmel … Heilige Mutter Gottes, bitte, hilf mir, hilf mir, von dem Bösen erlöst zu werden. Hilf mir, das Böse zu vergeben, damit ich in Ruhe und Frieden leben kann. Denn ich bin bereit, dem Bösen und denen zu vergeben, die mich mein Leben lang gequält und misshandelt haben. Heilige Mutter, ich flehe dich an, vergib mir, denn auch ich vergebe, amen.«

Mary erhielt von der heiligen Mutter ein Zeichen der Vergebung. Sie spürte, dass sie sanft von ihr aus der Ferne auf die Stirn geküsst wurde, und konnte die Worte hören: »Alles sei dir vergeben, und du wirst von uns gelenkt. Deine Engel und ich passen fortan auf dich auf. Behalte dein gutes Herz, und mach dich von all dem Bösen frei.«

Dann erlosch die Flamme, und Mary verspürte das erste Mal in ihrem Leben einen kleinen Schutz, wie der von einer Mutter, die ihr Kind schützend in den Armen hält. Für Mary gab es nun endlich auch eine Mutter. Die heilige Mutter Gottes. Danach schlief Mary völlig erschöpft ein. Sie spürte, dass es von nun an eine Sorge in ihrem Leben weniger gab.

DAS ENDE DER GESCHICHTE

DARK SMITHS'
LETZTE WORTE

Nachdem Mary Rowlands mir ihre grauenhafte, dennoch traurige Geschichte erzählt hatte, war ich so durcheinander, dass ich nicht wusste, was ich machen würde, sollte ich das Haus, an einem Stück und lebendig, verlassen. Natürlich spielte ich mit dem Gedanken, zur Polizei zu gehen und Marys grausamen Morde zu melden. Doch dachte ich gleichzeitig auch darüber nach, dass man mich auf der Polizeiwache nicht für ganz normal halten könnte, wenn ich ihnen meine unglaublichen Notizen vorlesen würde. In den Augen des Inspektors, der kein anderer als Norman Brighton war, wäre ich nur ein irrer Schriftsteller gewesen. Mit großer Sicherheit würde ich in einer dieser Nervenheilanstalten landen. So kam es, dass ich Mrs. Rowlands nicht bei der Polizei anzeigte.

Nachdem ich mich von Mary Rowlands in den frühen Morgenstunden verabschiedet hatte, fuhr ich in meiner Kutsche nach Hause. Ich hatte bei Mary Rowlands drei Tage und Nächte verbracht, ohne es bemerkt zu haben. Es war so, als wenn ich in dieser Zeit in eine völlig andere Welt eingetaucht wäre, in die Welt der Toten, und alles leibhaftig miterlebt habe, was Mary Rowlands mir erzählte. So setzte ich mich, nachdem ich fast zwei Tage durchgeschlafen hatte, an meinen Schreibtisch und fing an, die Notizen zu einem Buch zu machen.

Nach einem Jahr war es so weit. Mein Buch war fertig und wurde mir vom Verlag aus den Händen gerissen. Nachdem es in den Buchläden im Schaufenster stand, war es in kürzester Zeit ausverkauft. Ich wurde auf der ganzen Welt bekannt und hatte nach fast vier Wochen einen Ausverkauf meines Buches erreicht, und das auf der ganzen Welt.

Ich, Dark Smith, hatte mit der grausamen Geschichte von Mary Rowlands einen Bestseller geschrieben und war fortan einer der berühmtesten Schriftsteller der ganzen Welt. Bleiben Sie geistfrei.

Dark Smith

Ende

ÜBER DIE AUTORIN

 Kathy ist durch und durch hinreißend, mit dem Herzen einer Träumerin und der Entschlossenheit einer Kriegerin. Kathy träumt aber nicht nur, sie lebt ihren Traum. Ihr Leben war und ist nicht immer einfach, aber sie reißt sich zusammen und lächelt, denn sie kann trotz ihrer großen Einschränkungen in ihrer Alltagskompetenz nicht anders. Es gibt eine Kraft in ihr und einen starken Willen, der Kathy zum Weitermachen zwingt. Es ist natürlich das Schreiben.

Kathy liebt es, Geschichten zu schreiben und zu illustrieren. Ihr aktuelles Buch aus der Vampir-Reihe – »Der Vampir Graf Blasius von Blauenstein« – ist am 27. Juli 2022 bei BoD erschienen.

Es wohnt eine Kraft in Kathy, die ihr die dunkelsten Tage erhellt, was ihr erlaubt, ihre Narben und Wunden, die einfach nicht verheilen wollen, in etwas Schönes zu verwandeln. Nimm Kathy nicht als selbstverständlich hin, denn sie weiß heute, was sie wert ist. Sie hat jetzt keine Angst davor, alles hinter sich zu lassen, aber sie hat Angst vor den Blicken anderer Menschen, wenn sie nicht so behandelt wird, wie sie und jeder andere Mensch es verdient. Wenn du Kathy als Freundin hast, dann lass sie **NICHT** mehr gehen. Kathy ist ein Herzensmensch und auch eure Herzensautorin.

Autorin  **Kathy Crow**